KB136274

상처받은 영혼들

상처 받은

영혼들

알리사 가니에바 지음
승주연 옮김

Оскорбленные чувства

열아홉

이제는 예전과 달리 밀고에 대해 더 이상 성스럽다고 여기거나
조심스러워하지 않는다.

- 알렉산드르 지노비예프 '호모 소비에티쿠스' 중

눈이 어찌나 크던지.

- 표도르 소로구프 '작은 악마' 중

1

보슬비를 맞으며 한 남자가 비틀거리면서 뛰어가고 있었다. 니콜라이는 '술 취했나 보군, 비틀거리는 꼴이라고는.' 하고 생각하며 신호등이 빨간 불로 바뀌자 차를 세웠다. 거리는 이미 어둠 속에서 유영하고 있었고 알루미늄 기둥 위에 매달린 가로등 불빛들은 희미하게 깜빡였다. 도시 여기저기에 설치된 등의 상태로 보아 수은이 얼마 없다는 것을 짐작할 수 있었다. 그 순간 니콜라이는 생각했다. '이반 뇌제는 매독 치료용으로 바르던 수은 연고 독 때문에 죽었지. 그는 그 연고를 다리에 발랐어. 아니면 시종이 그에게 발라줬을 수도 있고. 작고 작은 강에, 그 강가에서 마루센카가 하얀 다리를 씻었다네, 마루센카야, 넌 밤새 누구와 밤을 보냈느냐, 누구랑 말이니, 마...'*

---

* 러시아 민요

누군가의 커다란 손바닥이 축축한 창문을 때렸다. 니콜라이가 창문을 내리고 보니 아까 어딘가로 뛰고 있던 바로 그 사람이었다. 그는 비싼 잠바를 걸치고, 손에는 금반지를 끼고 있었다. 얼굴도 상당히 잘생긴 축에 속했지만, 어딘가 매우 불안해 보였다. 술에 취했는지는 모르겠지만, 차림새가 부랑자 같아 보이지는 않았다.

"이보게, 친구. 나 좀 태워주게!"

남자는 얼굴에서 빗물을 신경질적으로 닦아내며 뜻밖의 저음으로 간청했다.

"내가 무슨 택시 기사인 줄 아나 본데요."

니콜라이는 기분이 상한 듯 말끝을 길게 늘어뜨렸다.

"이봐요, 제발. 꼭 좀 부탁할게요! 돈은 얼마든지 드리리다!"

"사람 말귀 못 알아들어요? 내가 무슨 마부라도 되는 줄 아나 본데!"

신호등이 파란불로 바뀌고 뒤에 있는 차들이 신경질적으로 경적을 눌러대기 시작했다. 하지만 이상한 남자는 물범처럼 무거운 몸을 차에 밀착해서는 통행을 방해하고 있었다.

"이봐, 여기서 꺼져!"

니콜라이가 다급히 발을 구르던 그때 남자는 니콜라이 코 바로 앞에서 송아지 가죽 냄새가 나는 두툼한 가죽 지갑을 뒤집더니 500루블짜리 지폐 몇 장을 차 안으로 던졌다. 지폐는 차 안 여기저기에 흩어져 니콜라이의 어깨 위로, 공처럼 불룩한 배로, 그리고 의자 밑 어딘가로 떨어졌다. 뒤에 있는 차들은 여전히 신경질적인 경적을 눌러대고 있었다.

"제정신이 아닌 거야, 뭐야?"

니콜라이는 당황해 중얼거리며, 잠시 고민을 한 후 뒷문의 잠금을 해제했다. 남자는 가쁜 숨을 몰아쉬더니 탁한 소리를 내며 뒷자석에 몸을 들이밀었다. 문이 닫히고, 쾅 하는 소리와 함께 차는 출발했다.

니콜라이는 자동차 룸미러의 각도를 조절했다. 거울 끝에 매달린 묵주가 잠시 요란하게 흔들렸다. 갑자기 "양손에는 묵주, 머릿속에는 여자들..."* 이라는 말이 떠올랐다. 남자는 보슬비로 젖은 차창을 근심 가득한 얼굴로 뚫어지게 바라보고 있었다.

"목적지는 있나요?"

니콜라이는 쌀쌀맞게 질문했다.

"당신은?"

이 말을 하며 남자는 순간 몸을 부르르 떨었다.

"난 중앙 광장으로 갑니다."

"그럼 나도. 대신 돌아서 갑시다, 드라이브 좀 합시다."

"도망이라도 다니는 거요?"

남자는 대답은 하지 않고 여전히 거칠게 숨을 몰아쉬었다. 이상한 것은 술 냄새가 나지 않는다는 것이었다. 니콜라이는 생각에 잠겨 축축한 도로를 응시했다. 그는 1분에 지구 인구의 7% 정도에 해당하는 사람들이 술에 취한다는 것을 어딘가에서 읽은 적이 있다. 그럼 이건 명수로 따지면 도대체 몇 명이란 말인가? 니콜라이

* '손에는 묵주를 쥐고 있지만 실제 생각은 세속적인 곳에 머물러 있음'을 뜻하는 격언

는 머릿속으로 계산을 하느라 인상을 찌푸렸다. 500만 명인가? 만약 거칠게 숨을 몰아쉬는 이 형씨가 만취 상태라면 술 냄새가 심하게 나야 한다. 어쩌면 바람막이 창 옆에 아내가 매달아 놓은 약초 담긴 주머니가 술 냄새를 잡아먹었는지도 모를 일이다. 자수가 서툴게 수 놓인 방향 주머니가 일종의 에센셜 오일 역할을 한 셈이다.

아내는 중고차를 샀기 때문에 차가 전에 타던 사람들의 기운에 오염됐다고 했다. 부정을 씻어낼 의식이 필요하다는 것이다. 보닛 위에서 양초를 들고 100루블짜리 지폐 한 장이라도 완전히 불태운 후에 '대가는 지불했다고!'를 외치면 된다던가. 시계방향으로 차 주위를 열두 바퀴 돌고 초를 끈 후에 양초는 공터에 버리면 끝이다.

니콜라이는 라벤더 향을 들이마셨다.

"혹시 그거 알아요?"

그는 승객에게 갑자기 공손하게 물었다.

"얼마 전에 제 직장 동료들한테서 들은 건데요, 개미 있잖아요, 개미는 냄새로 서로를 알아본답니다. 혹시 아세요?"

"뭐라고요?"

뒷좌석에 앉은 남자가 몸을 움직였다.

"개미 말입니다. 왜 그 페로몬이라는 거요. 개미 한 마리가 죽으면 페로몬이 아직 남아있거든요. 그래서 그 형제들이 일주일 동안 죽은 녀석하고 대화한다는 거예요. 생화학 물질이 사라질 때까지 그런다지 뭐예요. 그 물질이 남아있는 동안은 살아있다고 생각한다는 거죠. 반대로 살아있는 개미에게 썩은 냄새가 나는 액체를 뿌리잖아요, 그 즉시 개미가 해체되는 것 같아서 벌써 죽은 셈 친다는 거죠. 그래서 그 개미를 무덤에 데리고 간다는 겁니다."

니콜라이는 웃었다.

"불쌍한 녀석은 저항하고 개미집으로 도망도 가보지만 그를 또다시 잡아끌고 와서는 묻는다는 겁니다. 정말이지, 재미있죠?"

남자는 니콜라이의 이야기를 이해하는지 동의한다는 듯 고개를 끄덕였다. 그는 계속해서 쌕쌕거렸고, 한쪽 손으로는 요즘 유행하는 잠바 위 가슴 언저리를 신경질적으로 누르고 있었다.

"개미에게도 묘지가 있는지 몰랐군요."

"사실 손수레가 있다고 해도 놀랍지 않아요."

니콜라이가 갑자기 크게 웃으며 말했다. 그는 남자가 제 발로 굴러들어왔다는 생각을 하자 갑자기 웃음이 나서 물었다.

"아니 왜 우버 택시를 부르시지?"

남자가 갑자기 침울해했다.

"내가 어디로 가는지, 어디에서 출발하는지 감시당하게요? 아니요, 난 이제 당할 만큼 당했다고요."

"누가 선생님을 미행이라도 한다는 겁니까?"

하지만 길동무는 또다시 말하기 싫다는 듯 입을 다물었다.

"사람들은 누구나 두려워하는 게 있는 것 같아요."

니콜라이는 혼잣말처럼 되뇌었다.

"집에 전화기를 두고 올까 봐 걱정하는 사람이 있죠. 우리 딸이 그래요. 이런 걸 뭐라고 하던데, 기억이 안 나네요. 무슨 포비아라고 했던 것 같은데. 미생물을 무서워하는 사람도 있어요. 노화를 두려워하기도 하죠. 두더지를 무서워하기도 하고, 비행기 타는 일을 겁내는가 하면, 눈이 멀까 봐 염려하기도 하죠. 암에 걸릴까 봐, 똥을 밟을까 봐 몸 사리는 경우도 있어요. 결혼하거나 사랑에 빠지는 것을 겁내기도 하고요. 사람들 있는 데서 방귀 뀔까 봐 두려워하기도 하고, 무대에서 많은 사람 앞에 서는 걸 두려워하기도 해요. 의사나 장모를 두려워하기도 하고, 거울 속에 비친 자기 모습을 보는 일을 두려워하는 사람도 있어요. 머리에 이가 옮을까 봐, 방사선이 무서워서, 에이즈가 겁나서, 테러리스트가 무서워서 걱정하는 사람도 있죠. 잠에서 못 깰까 봐, 저녁 식사 그릇에서 머리카락을 발견할까 봐 노심초사하기도 하고요. 광대, 컴퓨터, 틈새바람을 두려워하기도 해요. 구취를 두려워하는 사람도 있어요. 두려워하는 것이 텅 빈 홀이거나 터널일 수도 있고요. 고소공포증이 있거나, 심지어 물이나 돈을 혹은 약을 무서워하는 사람도 있죠. 악령을 두려워해서 잠 못 든다던가…"

"혹시 무슨 일 하시죠?"

승객이 갑자기 그의 말을 끊고 질문했다.

"저요? 건축회사에서 일합니다. 댁은 어떤 일을 하시죠?"

"건축회사라…"

남자의 얼굴이 갑자기 번뜩였다.

"어떤 회사죠?"

"댁도 그럼 그쪽이신가요?"

니콜라이는 상대방 얼굴을 잘 보려고 다시 룸미러의 각도를 손보았다.

하지만 남자는 대답 대신 또다시 어둑어둑하고 축축한 거리로 시선을 떨굴 뿐이었다.

"우리 지금 어디에 있는 거죠?"

"부탁하신 곳으로 왔습니다. 지금 중앙 광장을 향해 우회도로로 가고 있어요."

남자는 그제야 안심한다는 듯 창문에서 시선을 떼고 말했다.

"그 공포 말입니다... 저도 최근 들어서 전화 받는 게 두려웠어요. 도처에 다 눈이 있는 것 같더라고요, 이해하시겠어요?"

니콜라이는 알 것 같았다. 정신착란. 피해망상. 혹은 망상형 조현병이랄까. 이 병은 도시에 시나브로 스며들면서 사람들의 목을 어김없이 조여 왔다. 니콜라이의 지인들은 대화 도중에 엉덩이 밑에 전화기를 깔고 앉거나, 테이프로 노트북 카메라를 가리기도 하고, 컴퓨터 네트워크에 익명의 까치발로 접속하는 일이 점점 더 잦아졌다.

니콜라이의 머릿속에 순간 재미있는 옛날 포스터 문구가 생각났다. '전화기 옆에서 수다 떨지 말 것. 수다쟁이는 스파이의 먹잇감이다.' '적에게는 영악하고 잔인한 악이 도사리니 조심할 것'. 병원에 갔던 장모가 한번은 잔뜩 흥분해서 돌아온 적이 있었다. 환자들의 소변과 대변이 든 병이 사설 임상 병리센터에 보내진 사실이 발각됐다는 것이었다. 그리고 어떤 어마어마한 작전을 목적으로 해외 요원에게 보내졌다는 것이었다. 구체적으로 그 작전이 무엇인지 정확하게 알고 있는 사람은 없었지만 사법 기관은 이미 철저한 조사에 착수했다. 이 모든 소란은 해당 권한이 있는 곳에 애초에 누군가가 신고를 했기에 발생한 것이었다. 어느 경계심 많은 시민일 것이다. '경계심이 있는 곳에, 적은 침투할 수 없습니다...'

니콜라이는 장모가 그때 당시 흥분해서 알아들을 수 없는 몸짓으로 설명하던 일을 떠올려보았다. 어찌 되었든, 그가 연금을 타기까지 아직 시간이 많이 남았다는 것이 얼마나 다행인가. 그 후로는 우울한 날들의 연속일 것이다. 허구한 날 메밀 죽에 흑빵이나 먹으면서 말이다. 그때 불현듯 건축회사 동료인 스테판한테서 들은 재미있는 이야기가 하나 떠올랐다.

"무엇을 도와드릴까요."

"여보세요, 아가씨, 연금 지급하는 곳 전화번호 좀 줘 봐요."

"죄송하지만 국제 전화는 연결해드리지 않습니다."

니콜라이는 큰 소리로 웃었고, 따분하기 그지없는 여자 벨랴이바는 그들을 향해 불만이 있는 듯 흘겨봤다. 뭘 얘기하고 싶으냐고 묻는 듯이 말이다.

니콜라이가 지금 하는 일은 친구 소개로 하게 된 것이었다. 그는 물품 공급 부서에서 일했는데, 시청이나 정부 기관으로부터 의뢰를 받았다. 얼마 전에는 시의 스포츠 축제를 위해 스케이트장을 하나 임대하기도 했다. 여기저기에서 카메라 플래시가 터지고, 빨간색 리본이 나풀거리고, 사람들은 서로 우아한 말들을 주고받았다. 그런데 접합지점을 제대로 메우지 않아 스케이트장 옆 벽에서는 물이 흘러내리기 시작했다. 모든 책임은 건설사에서 져야 한다.

스테판은 '중국 사람들이 만리장성을 만들 때처럼 해야 했는데.

왜 그 시멘트에 밥을 섞어가며 했다잖아'라며 농담을 했다. 니콜라이는 어차피 쌀을 좋아하지 않아서 쌀을 넣든 안 넣든 관심이 없었지만, 스케이트장 만들 때 썼던 기와의 일부가 교외에 있는 값비싼 신축 건물의 지붕에서 발견된 것은 왠지 신경이 쓰였다.

마리나 세묘노바는 사장이다. 젊은 사람이고 손이 고왔다. 니콜라이가 그녀의 실물을 본 건 새해맞이 신년회 자리에서 딱 한 번이었다. 대신 유화로 그린 그녀의 초상화는 방문객 응접실에 걸려있어 친숙했다. 어니스트 포고딘이라는 한 유명 화가의 작품이었다. 가벼운 붓 터치에 아이싱 혹은 유약 처리가 된 그림이었는데, 세묘노바는 무거운 금색 액자 안에서 흑 담비 모피를 걸치고 거만하게 상대를 흘겨보았다. 주 고객에게는 할인 혜택이 주어진다.

갑자기 차체가 흔들렸다. 검은 도로는 군데군데 구멍이 나서 하얀 이를 드러냈다. 바퀴는 물웅덩이를 철퍼덕거리며 지나갔다. 니콜라이의 입 밖으로 욕설이 튀어나왔다. 아스팔트는 작년에 폭설이 심할 때 새로 깔았는데, 보고서를 제출하는 시점에 맞추려고 하다 보니 먼지가 섞여서 공사를 엉망으로 한 것 같았다. 그 결과 도로 곳곳이 움푹 패 있었다.

"다 와 가나요?"

남자가 허스키한 목소리로 물었다.

"당신이 가자고 해서 가고 있는 건데 재촉하시면 안 되죠. 이제 거의 다 왔습니다."

니콜라이는 한쪽 어깨너머로 고개를 돌려 말했다.

비는 폭우 수준으로 계속 내렸다. 빗줄기는 더 세지더니 마치 살

많은 옆구리를 손바닥으로 찰싹이듯 거침없이 차체를 때렸다. 와이퍼가 반복적인 리듬으로 세차게 퍼붓는 비를 퍼내고 있었다. 주위를 둘러보니 나무로 만들어진 막사들은 더 보이지 않았고 콘크리트 벽이 계속해서 이어졌다. 콘크리트 슬랩 PO-2인데, 튀어나온 마름모 모양이었다. 날이 이미 어두워진 탓에 거기에 적힌 글씨를 알아볼 수는 없었지만 가장 큰 글씨로 된 두어 개의 문구는 몇 년째 바뀌지 않고 있다는 것을 니콜라이는 기억했다. 전화번호와 함께 '사회도 보고 아코디언 연주도 합니다'라는 넓게 휘갈겨진 글씨 아래로, '러시아는 슬픔 당한 이들의 편입니다!'라는 슬로건이 반쯤 지워져 있었다.

"코너를 지나서 차를 돌릴게요. 저기요, 괜찮은 거예요?"

남자의 몸이 뒷자리에서 이리저리 흔들렸다. 그는 니콜라이가 외치는 소리를 듣지 못한 채, 고개를 숙이고 알아들을 수 없는 말들을 읊조렸다.

니콜라이는 생각했다. '이젠 하다하다 멀미까지 하는 건가'. 바퀴 아래로 빗물이 출렁였고, 차는 굉음을 내며 패인 웅덩이마다 더러운 거품을 일으켰다.

"핸들이 헛도는군!"

니콜라이는 페달을 세게 밟으면서 소리 질렀다. 그는 페달을 연이어 한 번, 두 번 밟았다. 타이어가 깨진 아스팔트 끝에서 스크래치를 내더니, 무거운 차체 앞이 살짝 들리면서 끽하는 소리와 함께 차가 흔들렸다. 차는 순식간에 미끄러지면서 깊은 진흙탕 구덩이로 처박혔다. 제동장치가 아주 조금만 더 버텨줬더라면 좋았을 것이다. 만약 잠깐만이라도 차에서 내려 길을 살폈더라면...

니콜라이는 뒤를 돌아보았다. 남자는 완전히 기절한 채로 삐딱하게 누워있었다.

"이봐요, 아저씨! 차가 웅덩이에 빠졌어요! 내려 봐요!"

니콜라이가 그를 불렀다.

침묵. 아무 반응이 없다.

"패션후르츠 요구르트 같으니라고!"

니콜라이는 치밀어 오르는 욕을 삼키며 바바리코트 깃을 세우고는 축축한 바깥으로 발을 뻗었다. 차에서 내리기가 무섭게 차가운 물이 무릎까지 차올랐다. 심한 욕이 절로 나왔다. 그는 가장 얕은 곳으로 발을 디뎌 가면서 물속에 잠긴 자동차 트렁크 뒤쪽으로 걸어 나왔다. 니콜라이는 추위에 몸을 잔뜩 움츠리면서 생각했다. '이 거위같이 덩치만 큰 자식은 완전 술이 떡이 되셨구먼, 뒤에서 나를 밀어줄 수는 없겠어. 나 혼자로는 안 되니 지나가는 차를 세워서 누구든 도움을 청해야겠지.' 그러나 도로는 정말이지 너무나도 한산했고, 볼썽사나운 대형트럭이 회색 파도처럼 멀리서 굉음을 내며 쌩쌩 지나갈 뿐이었다.

니콜라이는 뒷문으로 다가가서 주먹으로 유리를 두어 번 내리쳤지만 동승자는 미동도 하지 않았다. 차창 유리에 달라붙은 그의 코는 형체를 알 수 없는 하얀 혹처럼 보였다.

"인제 그만 좀 하쇼!"

니콜라이는 손잡이를 거칠게 잡아당겨 차 문을 활짝 열어젖혔다. 바로 그 순간 남자는 갑자기 누가 밀기라도 한 것처럼 니콜라이의 발아래로 고꾸라졌다. 그의 이마는 물웅덩이 옆 우뚝 솟아있는 난간에 부딪혔고 양팔은 부자연스럽게 무거운 몸뚱이 아래서 구겨졌다. 우아한 에나멜 앵글 부츠를 신고 있는 짧은 다리는 컴컴한 물속에 잠겨 모습이 보이지 않았다. 남자는 여전히 미동도 없었다.

"이봐요!"

니콜라이는 침을 한 번 삼킨 후 자신도 모르는 낯선 새된 목소리로 외쳤다.

"지금 나랑 장난해요?"

그는 쪼그리고 앉아서 남자의 한쪽 어깨를 흔들었다. 남자의 둔탁한 몸은 아무런 반응을 하지 않았고, 쉼 없이 이마에 흘러내리는 가느다란 핏줄기가 빗물에 씻겨 내려갔다. 그는 한쪽 눈을 뜨고 다른 눈은 흙바닥에 파묻힌 채로 물수제비 가득한 도로를 무표정하게 보고 있었다. 니콜라이의 이빨이 신경질적으로 부딪쳤다. 그는 손가락 끝을 남자의 목울대에 갖다 대어보고는 목의 앞까지 더듬었다. 숨을 죽이고 잠시 기다렸는데 맥박이 만져지지 않았다. 그때 그는 핸드폰 플래시 기능을 떠올렸다. 중요한 것은 행인들의 관심을 끌지 않는 것이다. 어차피 도로에는 흔한 차 한 대 지나가지 않았다. 휴일인 데다 이곳은 인적이 드물고 시내에서도 꽤 떨어진 곳이었다. 사방은 캄캄하고 지나가는 사람도 없었다.

그는 핸드폰 플래시를 켜서 물 밖으로 나와 있는 한쪽 눈에 갖다 대었다. 동공에 반응이 없었다. 살을 후벼 파듯이 추운 날씨였지만 니콜라이의 가슴에는 땀이 송골송골 맺혔다. 무슨 조치든 취해야 했다. 경찰에 전화한다? 그렇다면 그는 살해 용의자로 지목될 것이다. 아니, 절대 안 되지. 남자의 잠바를 뒤져서 여권이랑 핸드폰을 찾아본다? 고인의 지갑 안에는 모르긴 몰라도 신용카드도 있을 텐데. 아니, 안 돼. 그럼 지문이 남는다.

도망가는 거다, 그 방법밖에는 없다! 니콜라이는 남자가 입은 가죽 잠바의 옷깃을 잡아채어 담장 바로 앞에 있는 인도 비스무리한 데까지 끌고 갔다. 비에 젖어 반들반들해진 잠바는 콜타르 같아서 꼭 쥔 주먹에서 미끄러졌고, 심장은 갈비뼈 속에서 들릴 듯 말 듯 쿵쾅거렸다. 니콜라이는 속으로 '빨리 서둘러'를 연신 반복했다. 그는 시체를 끌어낸 후 웅덩이에 빠뜨리고 온 것이 없는지 살피기 위해 바바리코트 주머니를 더듬어 보았다. 그리고는 운전석 쪽으로 향했다. 그는 재빠른 동작으로 차에 탄 후 문을 닫았다. 양손을 핸들 위에 얹고 긴 호흡을 한번 내쉬었다. 그리고 출발했다.

그는 별안간 고인이 차 안으로 던졌던 지폐들이 물이 뚝뚝 떨어지는 차 시트 아래에서 젖어있을지도 모른다고 생각했다. '내가 왜, 도대체 왜 그렇게 수상한 사람을 차 안에 들였을까!' 그는 머릿속에 아코디언 소리 같은 것이 뱅글뱅글 도는 것 같았다. 환한 도로로 나오자 어디로 가야 할지 알지 못한 채로 그는 폭우를 뚫고 달렸다. 빗속에 널브러져 있을 불쌍한 그의 동승자에 대한 생각이 머릿속에 진드기처럼 붙어서 떨어지지 않았다. 이 순간 그 남자는, 콧구멍을 진흙탕 속에 처박고 얼굴이 반쯤 파묻힌 채로, 콘크리트 담 바로 옆에 누워있을 것이다. 이제 막 숨을 거둔 자... 만약 우연이라도 그가 살아있었다고 한들 지금쯤은 질식해서 죽고도 남을 시간이었다. 남자의 뒷덜미는 살짝 올라가 있고, 축축한 가죽 옷깃은 위로 살짝 들려져 있었다. 니콜라이는 죽은 사람들이 사후에도 움직일 수 있다는 것에 대해 생각했다. 사후 경직이 일어나는 것이었다. 손발이 굳고 손의 깍지가 풀리지 않는다. 몸속에는 가스가 가득 차서 머리가 심하게 돌아간다. 갑자기 니콜라이의 성대에서 자기도 모르는 신음소리가 새어 나왔다. 그는 어쩌면 고양이가 등을 꼿꼿하게 세우듯, 동그랗게 몸을 말았는지도 모른다.

차 안 서랍에서 전화벨 소리가 계속해서 천천히 울렸다. 부인이 그를 애타게 찾고 있었다. 니콜라이는 동갑내기 친구를 만난다고 나가서는 한참 지난 시간 동안 집에 오지 않고 있었다. 친구는 도시에 가면 흔히 볼 수 있는 단독 주택에 살고 있었고, 자기 집으로 니콜라이를 초대한 것이었다. 친구는 우정을 빌미로 거실 천장에 설치할 스트레치 실링을 도매가로 주문하고 싶어 했다.

니콜라이는 갑자기 '우정'이라는 상표의 체인톱이 생각났고, 자기가 무언가 굉장히 우울한 난센스에 대해 생각한다는 것을 깨닫고 끔찍했지만 그 생각은 그의 머릿속에 단단히 들러붙었다. '우정'. 싱글 실린더식 기화기 기관. 힘은 4마력이다. '우정'은 1954년 러시아와 우크라이나 재통합 300주년을 기념으로 붙여진 이름이었다. 우정을 회복하고, 역사적 정의를 회복하고, 축축한 건식 벽체를 회복하고... '젠장, 왜 이런 생각이 나는 거야?' 자기도 모르는 사이 신음이 입 밖으로 새어 나왔다.

전화벨 소리는 계속해서 집요하게 울렸다. 지금 니콜라이는 그 누구와도 말을 할 수 없었다. 그는 멜로디의 도입 부분에 나오는 종소리에 대해 생각했다. 큰 종일까, 작은 종일까? 갑자기 덜컥 겁이 났다. 만약 작은 종이라면 그것은 장례식 때 종소리였던 것 같다. 물론 아닐 수도 있다. 니콜라이는 마치 종소리 순서에 따라 자신의 미래가 결정되기라도 하듯이 귀를 쫑긋 세우고 들었다. 멜로디는 이내 그쳤다.

그는 또다시 예전에 청소년 회관으로 사용되었던 칠이 벗겨진 건물 주위를 한 바퀴 돌면서, 그가 같은 블록과 같은 교차로를 따라 빙빙 돌고 있다는 사실을 불현듯 깨달았다. CCTV가 나를 발견했으면 어쩌지? 하긴, 폭우 때문이라도 카메라가 작동이 안 될지 모른다. 니콜라이는 가장 가까운 갓길에 차를 세우고 엔진을 끄고는, 멍하게 김이 서린 전면 유리 쪽을 뚫어지듯 쳐다봤다. 그의 어머니한테는 비 알레르기가 있었다. 비가 내릴 때면 그녀의 눈은 빨갛게 충혈되었고, 목이 쉬거나 순식간에 두드러기가 났다. 어머니는 비가 무서워서 창문을 잠그고 최대한 창문에서 멀리 떨어진 방에 몸을 숨겼다. 그런데 그 남자도 자기가 무언가를 두려워한다고 했다.

니콜라이는 머릿속에 있는 필름을 반복해서 돌려 보았다. 문제의 그 남자가 자기 차에서 떨어지던 바로 그 장면 말이다. 남자는 이마를 콘크리트 난간에 부딪쳤었다. 니콜라이는 갑자기 핸들에서 손을 떼고 발작하듯 경적을 눌렀다. 그 순간 인도를 따라 뛰어가던 희미한 몇몇 실루엣들이 어디에서 나는 소리인지 보기 위해 걸음을 멈추고 두리번거리더니, 우산을 접고는 건물 안으로 모습을 감췄다. 그들이 들어간 곳은 한 카페였다.

몇 분 후에는 니콜라이 역시 카페 안에 앉아있었다. 그는 자신도 놀랄 만큼 발랄한 목소리로 웨이트리스를 불러 커피 한 잔을 부탁했다.

"우유도 잊지 말고 넣어주세요."

"우유가 떨어졌어요. 아메리카노밖에는 안 됩니다."

웨이트리스가 대답했다.

니콜라이는 긍정의 표시로 고개를 끄덕였다. 웨이트리스는 어렸고, 대략 딸 벌쯤 되어 보였다. 머리카락을 한 갈래로 땋았으며 와인색 앞치마를 두르고 있었다. 발은 안쪽으로 살짝 휘어져 있었다. 카페는 만원이었다. 젊은이들이 머리를 맞대고 즐겁게 큰 소리로 수다를 떨고 있었다. 한 무리의 남자들이 구석에서 큰 소리로 웃었다. 그들은 금니가 다 보이도록 입을 크게 벌리고 대화를 했다. 니콜라이는 그 순간 갑자기 도시에 있는 치과에서 간염에 걸렸던 아내의 여자 친구 생각이 났다. 그곳에서는 스페인산 콜게이트 치약을 썼었다. 러시아어로 번역하면 아마도 '가서 목매라.' 정도쯤 되리라...

니콜라이는 머릿속에서 빙빙 도는 쓸데없는 생각을 떨쳐내지 못한 채 머리를 양손으로 움켜쥐었다. 그는 그 순간만큼은 어둠 속에 엎어져 있던 남자의 초점 없고 축축한 시선을 떠올리고 싶지 않았다. 니콜라이는 흠뻑 젖은 바지를 만지작거렸다. 이 정도 추위에서는 까딱하면 감기에 들거나 몸이 얼어붙을 것이었다. 그러자 또다시 쓸데없는 생각이 떠올랐다. 왜 뜨거운 물이 찬물보다 더 빨리 어는가? 만약 밤 기온이 영하로 떨어지고 물웅덩이가 얼어버리면 이제는 고인이 된 그의 동승자는 어떻게 될 것인가? 그는 아마 지금쯤 모르긴 몰라도 물에 몸이 완전히 잠겨있을 것이다.

웨이트리스가 니콜라이 앞에 찻잔을 내려놓았다. 둔탁한 소리가 났다. 바닥은 검은색에 테두리는 흰색을 띤 찻잔이었다. 웃고 떠드는 한 무리의 사람들이 웨이트리스를 불렀다. 그중 가장 큰 소리로 웃고 떠들던 남자가 우스운 농담을 건네자, 그녀는 당황해서 땋은 머리를 흔들었다. 그들 머리 위 벽에 걸린 평면 TV에서는 지역 뉴스가 흘러나왔고 무음인 채로 화면만 계속 바뀌고 있었다. 손상된 전력 케이블을 검사하는 장면이었는데, 면 플란넬 가운을 입은 주름진 갈색 손의 할머니가 불이 안 들어와서 불편하다고 호소하고 있었다. 스튜디오에서는 머리카락을 단정하게 빗어 넘긴 여성 사회자가 정신없이 입을 놀리고 있었다.

커피는 너무 썼다. 니콜라이는 인상을 찌푸리며 또다시 TV를 응시했다. 화면에는 도시를 배경으로 어떤 공무원이 나왔다. 어딘가에서 본 듯했지만, 정확히 누군지 기억이 나지 않았는데, 그는 타원형의 얼굴에, 유행하는 잠바를 과감하게 풀어 젖힌 상태였다.

맙소사! 무언가가 니콜라이의 뇌를 찌르며 강렬하게 떠올랐다. 그는 출연자의 얼굴을 뚫어져라 바라보았다. 그를 어떻게 몰라볼 수 있단 말인가? 조금 전 니콜라이와 동승했던 사람이 화면 속에서 그를 응시하고 있는 상황을 그는 보고도 믿을 수 없었다. 인상을 찌푸렸다가 다시 한번 눈을 크게 떠보았다. 화면에 있는 남자는 니콜라이가 도로 위에 내버려 두고 떠난 바로 그 남자였다. 의심의 여지가 없었다. 그는 커피를 크게 한 모금 들이키려다가 혀를 데이고는 입술을 동그랗게 앞으로 쭉 내밀어 혀를 식혔다. 화면에서는 모스크바주의 경제 발전부 장관인 안드레이 이바노비치 랍진이 여전히 활기차게 턱을 흔들어가면서 이야기를 하고 있었다. 물론 그가 이제는 고인이 되었다는 사실을 아는 사람은 현재로서는 니콜라이밖에 없었다.

그는 갑자기 속이 울렁거려와 힘없이 자리에서 일어나서는 빠른 걸음으로 화장실로 향했다.

2

"잠깐만요, 정말 도난당한 건 아무것도 없단 말인가요?"

비서인 아네치카가 믿기 힘들다는 듯 질문했다.

"아직 공식적으로 밝혀진 바는 없지만, 잡지사 '사이렌' 기자인 그, 누구냐, 카투시킨이 쓴 기사에 따르면 시체에서 지갑과 전화기가 발견됐다고 해요. 단지 돈만 젖은 상태였고요."

스테판이 고개를 끄덕였다.

"당신네 카투시킨이 지어내는 말은 걸러서 들어야 해요. 제대로 된 뉴스가 나오면 좀 더 정확한 내막을 알 수 있겠죠."

벨랴이바는 그의 말을 신경질적으로 끊고는 스테이플러를 시끄럽게 눌러대기 시작했다.

니콜라이는 사무실 물품공급 부서의 한쪽 구석에 앉아 잔뜩 풀이 죽어서 연필을 깎고 있었다. 그의 직장 동료들은 아침부터 끔찍한 뉴스 얘기를 다양한 방식으로 계속 곱씹고 있었다. 회사 지도부는 정부의 상급 기관에 회의 참석차 급히 가고 없었다. 모스크바주의 경제 발전부 장관인 랼진의 갑작스러운 죽음으로 인해 커다란 건축 프로젝트 몇 개가 위태로워졌다. 뉴스 피드가 불안정했다. 인터넷은 계속 놀라운 뉴스를 쏟아내고 있었다.

"그가 샛길에 혼자 있었다는 게 이상해요."

아네치카가 또다시 말했다.

"따지고 보면 그런 데 있는 그를 발견했다는 것 자체가 이상하죠."

스테판이 기다렸다는 듯이 대답했다.

"수도사업부는 절대 그곳까지 안 가거든요. 그들은 도시의 중앙 광장 웅덩이에 있는 물도 삼 년째 손을 쓰지 못하고 있는 판국인데 갑자기 폭우 피해를 살피려고 도시 여기저기를 조사하고 다녔다는 것이 좀 석연치 않단 말이지. 니콜라이, 내 말 듣고 있어? 정신을 차린 게지. 안 그랬으면 지금까지 장관이 난간에 쓰러져 있었겠어? 개가 먹어도 벌써 먹어 치웠을 시간인데."

니콜라이는 소처럼 알아들을 수 없는 소리를 웅얼거렸다. 벨랴이바는 잔뜩 화가 나서 연신 스테이플러를 찍어대고 있었다. 부서 직원들은 다들 어디서 들었는지 그녀에게 탈모가 있다는 것을 알고 있었다. 원형 탈모였다. 벨랴이바는 붙임 머리로 탈모가 있는 부분을 아주 잘 가리고 다녔다. '붙임 머리, 가발, 머리카락 비싸게 삽니다'라는 광고가 니콜라이가 사는 아파트 엘리베이터에 붙어 있었다. 어제 딸이 아침을 먹으면서 옛날 황실에서는 아침에는 검은색 가발을 쓰고, 낮에는 갈색 가발을 쓰고, 저녁에는 흰색 가발을 썼다고 이야기해주었다. 대조적인 효과를 내기 위해서였다고 한다. 어제 아침을 먹을 때만 하더라도 이런 참사는 일어나기 전이었다… 끝이 빨간색인 연필이 휴대용 연필깎이에서 깎이면서 끝부분이 나선형으로 잘려나가고 연필심에서는 불투명한 광택이 났다.

"그런데 시체는 그곳에 얼마나 있었던 거예요?"

아네치카가 질문했다.

"제기랄! 그 내용을 같이 읽어놓고 왜 이러나. 열두 시간 미만이더라고. 현재까지는 그것밖에는 밝혀진 게 없대."

스테판은 방안을 천천히 왔다 갔다 하면서 대답했다.

"니콜라이, 자네는 어떻게 생각하나? 자살일까 아니면 누군가가 목을 벤 걸까?"

"자살일수도..."

니콜라이가 중얼거렸다.

"재미있는 얘기하나 해줄까?"

스테판은 폭소한 후 언제나처럼 대답을 듣기도 전에 하던 말을 계속했다.

"바나나랑 담배가 서로 누구의 죽음이 더 끔찍한 가를 놓고 논쟁을 벌이고 있었어. 바나나가 그러는 거야. '내 죽음은 끔찍해. 사람들은 내 껍질을 벗기고 산 채로 집어삼키거든.' 그러자 담배가 그러는 거야. "그 정도면 양반이지. 사람들은 내 머리에 불을 붙이고는 머리에 붙은 불이 꺼지지 않도록 내 엉덩이를 빤단 말이지."

스테판은 쉰 목소리로 배꼽이 빠져라 웃어댔다. 아네치카는 얼굴을 붉혔다. 벨랴이바는 입을 앙다물고 잔뜩 화가 나서 책상 서랍을 요란하게 열었다 닫았다.

"이런 것도 있어요."

스테판은 그녀에게는 신경도 쓰지 않고 사무실 이 구석 저 구석을 왔다 갔다 하면서 영감이라도 떠올랐다는 듯 말을 이어갔다.

"한 남자의 집 천장에 검은 얼룩이 생겼고, 다음날 남자는 심장마비로 사망했죠. 그리고 다른 아파트에도 똑같은 일이 생겼는데, 그 집에 사는 사람이 천장에 있는 검은 얼룩을 발견했어요. 그 역시 심장마비로 다음날 숨을 거뒀어요. 그러자 이바노프라는 사람의 집에 그 얼룩이 발생해서..."

"이제 그런 시답지 않은 얘기는 그만 좀 했으면 좋겠어요."

아네치카가 크게 한숨을 쉬면서 말했다.

"이바노프의 집에 얼룩이 생기자..."

스테판의 목소리가 커졌다.

"그 자는 주택관리국에 전화하는 거죠. '여보세요. 우리 집 천장에 검은색 얼룩이 생겼어요. 수리 가능할까요? 좋아요. 비용은 얼마나 들까요?'라고 말을 했대요. 그러자 저세상 끝에서 그에게 뭐라고 대답했어요. 이바노프가 '얼마라고요?'하고 다시 질문했죠. 그리곤 그 역시 심장마비로 숨을 거뒀다고 해요."

스테판은 또다시 큰 소리로 웃어젖혔다.

"스테판, 당신이 죽으면 저도 그렇게 웃어드리죠."

벨랴이바는 더 이상은 대꾸하기 싫다는 듯 쏘아붙이고는 자리에서 일어나 사무실을 나갔다. 갑자기 활기를 띤 목소리들이 복도에 울려 퍼졌고, 사무실 옆 남자들의 목소리가 많이 나는 곳에서 여자의 구두 굽 소리가 또각거렸다. 아네치카는 문 쪽으로 뛰어가 빠른 걸음으로 밖으로 나갔다 다시 들어와서는 고개만 안으로 빼꼼히 내밀고 등골이 서늘한 목소리로 속삭였다. "세묘노바가 왔대요!" 그리고는 다시 사라졌다.

"사장까지 회사에 올 정도면 사태가 심각하군."

스테판이 결론을 내리고는 니콜라이 옆에 앉았다. 니콜라이는 연필 돌리는 일을 관두고 앞에 있는 탁상달력을 멍하게 응시하면서 눈을 계속 깜빡였다. 달력 아래에는 날짜가 적혀있었다. 그 위로는 '러시아에 충성하는 아들들'이라는 문구가, 그 아래로는 황금 돔 지붕을 배경으로 말을 탄 보가티리* 들이 해질 녘에 어딘가로 가고 있는 그림이 있었다.

스테판이 니콜라이를 한 번 쳐다보고는 한숨을 쉬고 조용한 목소리로 질문했다.

"자네 그거 아나? 경찰에서 사장인 세묘노바를 참고인 자격으로 소환했다고 하던데?"

니콜라이는 갑자기 몸을 부르르 떨었다.

"세묘노바는 왜?"

"왜라니? 럅진과 세묘노바가 내연관계였잖아. 몰랐단 말이야?"

니콜라이도 늘 어떤 불분명한 암시라든지 소문 같은 것을 못 들

---

* 러시아 전래동화에 등장하는 용맹스러운 기사들로 주로 애국적이거나 종교적인 업적을 달성한다.

은 건 아니지만, 지난 밤에 잠을 한 숨도 못 잔 탓인지 그런 말들이 하나도 떠오르지 않았다.

"그래서?"

그는 스테판을 뚫어지게 쳐다봤다.

"어젠가 그 여자 집에 가기로 돼 있었다나 봐. 랼진은 운전기사를 먼저 퇴근시키고 자기는 택시를 타고 그 여자 집으로 갔다지. 도착하긴 했는데 그 여자 집까지 올라가지는 않았대. 세묘노바는 결국 그를 못 만났지. 그렇다나 봐. 어쩌면 지어내는 것일 수도 있고. 지금 회사에 온 이유는 아마도 서류를 소각할 목적일 지도 모르지."

"서류라니?"

"니콜라이, 정신 좀 차려."

스테판은 속사포처럼 쉬지 않고 떠들어대기 시작했다.

"자넨 왜 우리가 가장 큰 입찰을 따냈다고 생각하나? 랼진은 다른 업체 입찰 서류는 온갖 종류의 이유를 대며 부결시켰어. 기한이 맞지 않는다거나 서류 작성이 제대로 돼 있지 않다는 것을 트집잡으면서 말이지. 우리가 체스의 말이라고 치면, 보드의 끝에 있는 셈이지. 스케이트장도 우리가 따내고, 병원 짓는 건도, 심지어 우리가 삼 년 동안 골머리를 앓았던 기차역 재건축 건도 그렇고 말이야. 그리고 거 왜 대교 공사 말이야..."

"당연히 기억하지. 그때 갑자기 국유지인 줄 알았던 땅이 사유지로 밝혀졌잖아. 그래서 불법 회사를 통해 매입했었고."

"맞아. 그 회사가 누구 건 줄 알아?"

스테판이 음흉하게 흘겨봤다.

"알 게 뭐야."

"세묘노바 소유라고! 서류상으로는 형부 이름으로 돼 있어. 그러니까 결과적으로 세묘노바는 시 예산을 두 번씩이나 꿀꺽한 거지. 한 번은 업무 수행비로 또 한 번은 땅값으로 말이지. 랼진이 뒤를 봐주었고. 물론 자기 잇속도 잊지는 않았어. 뇌물을 받아먹었으니까."

"그런데 지금까지 안 걸린 거예요?"

니콜라이는 잠시 망연자실하더니 놀란 듯 대답했다.

"결국 감사에 걸렸나 봐. 랼진은 최근 들어 무리한 일을 벌였거든. 우리 회사 사장이 나한테 오늘 말해준 건데 소문에 따르면 무기명 투서가 좀 있었는데 그것 때문에 괴로웠다나 봐. 다 알고 있으니 윗사람한테 모두 불겠다 뭐 그런 식이었던 거지. 주지사한테 보고하겠다든지. 뭐 아무튼 그런 식의 투서가 있어서 스트레스가 상당했나 봐."

"그럼 밀고자가 그를 죽였다는 뜻인가?"

니콜라이가 갑자기 말했다.

스테판이 혀를 차며 그를 향해 손을 내저었다.

"그건 소문에 불과해, 그러니까 누설하지 말라고."

복도 끝 어딘가에서 사람들이 웅성대는 말들이 들려왔고, 발자국 소리와 함께 누군가 감탄하는 소리도 들렸지만 정확히 어떤 말인지는 구별할 수 없었다. 스테판은 일어나서 문을 살짝 열고 얼굴만 빼꼼히 내밀더니 어깨를 으쓱하곤 쏜살같이 자기 자리로 가서 새로운 뉴스를 검색하려고 마우스를 연신 클릭해댔다. 니콜라이도 뉴스 홈페이지를 찾아서 시선을 고정했다. 이미 많은 사람이 장관 살해 사건에 대해 이야기를 하고 있었다. 하지만 그의 시선에는 초점이 없었고, 도통 집중을 할 수가 없었다. 측면에서 수시로 깜빡이는 광고들이 그의 눈에 들어왔다. '뱃살이 아주 두려워하는 것은 평범하고 저렴한...', '64세인 당신이 45세로 보이려면 잠자리에 들기 10분 전에 ... 하는 습관을 지니세요.' 두 번째 광고에는 중간 부분이 없었다. 어딜 접속하든지 출렁거리는 옆구리 살과 분홍빛 사마귀며 가슴이 반쯤까진 여자들 사진이 눈앞에서 일렁거렸다.

"스테판, 우리 지금 점심시간인 것 같은데. 나 오늘 딸이랑 점심 약속이 있어요."

니콜라이는 드디어 컴퓨터 모니터에서 눈을 떼고 한마디 했다.

"한 시간 후에 돌아올게요."

"그래."

스테판은 여전히 모니터에 눈을 둔 채 대답했다.

니콜라이는 서둘러 겉옷을 걸치고 밖으로 나갔다. 바람이 꽤 불고, 쌀쌀하고, 습한 날씨였다. 간혹 갈길 잃은 빗방울이 그의 얼굴을 때리기도 했다. 하늘은 마치 솜기가 뜯어진 회색 누더기 조각들 같았다. 니콜라이는 랍진의 망연자실한 얼굴을 계속 떠올렸다. 그러니까 그는 정말로 쫓기고 있었던 것이다. 이것은 망상장애가 아니라 정확히 정반대의 경우였다. 반대의 경우에는 어떤 병명을 붙일 수 있을까? 이때 니콜라이는 문득 한 건의 비행기 추락, 한 건의 열차 전복 사고, 세 건의 차 사고를 겪은 크로아티아 출신의 음악 교사 생각이 났다. 두 번은 몸에 불이 붙었고, 한 번은 얼음물에 빠졌다. 추락했는데 나무에 걸려서 살았다. 운이 정말 좋았다.

다리 하나를 잃은 군복 차림의 한 젊은이가 낡은 나무 목발을 짚고서 니콜라이의 앞을 막아섰다. 고무로 된 오돌토돌한 목발의 끝부분을 축축한 진흙 바닥에 지탱한 채, 잠바의 가슴 쪽에 있는 주머니에는 성-게오르기에스 리본이 달려있었으며, 햇볕에 그을린 이마에는 아코디언처럼 주름이 져 있었다.

"돈바스 전쟁 참전 군인에게 담배 한 대만 주실 수 있을까요?"

다리 하나를 잃은 그 청년이 정중하게 부탁했다.

"저는 담배 안 피웁니다."

니콜라이는 참전 용사를 빙 돌아서 자기 차 있는 쪽으로 걸어갔다.

"정말 뻔뻔하군."

참전군인은 니콜라이의 뒤를 따라가면서 목발로 바닥을 내리치며 외쳤다.

"당신이 후방에서 엉덩이를 덥힐 동안 나는 우리 모두의 조국을 지켰다 이거야, 알아들어?"

"이해했습니다."

니콜라이는 열쇠를 찾기 위해 주머니를 뒤지면서 순순히 그의 말에 수긍했다.

"내가 너 같은 러시아 사람들을 지킨다고 내 다리 하나를 잃었다고!"

"저는 선생님께 부탁한 적이 없는데요."

"이봐, 의족 달 돈 좀 주게나. 약값이라도 좀 달라고! 우리 참전 군인들을 이렇게 대우하는 법이 있나? 좋다고 끌어안을 때는 언제고 이제는 뒤도 안 돌아보고 버립디다! 천 루블짜리 두 장만 좀 주쇼."

니콜라이는 대꾸도 하지 않고 차에 올랐다. 참전 군인은 자기 흥분해서 거친 욕설을 내뱉었다.

"약이나 빠는 변기 주제에! 네가 독일군보다 나은 줄 아나 본데, 네 차 번호 다 외웠어. 우리 전우들이랑 네 보닛을 열심히 긁어주지..."

군인의 목소리는 시동 거는 소리에 묻혀서 들리지 않았다. 니콜라이는 천천히 유턴했다. 또다시 참전 군인은 '독일군! 독일군!'이라고 소리 질렀고, 차는 어제 온 폭우로 인해 군데군데 물이 많이 고인 주차장으로부터 조심스럽게 빠져나갔다. 룸미러에 한쪽 다리를 잃은 군인의 모습이 일렁였다.

니콜라이는 갑자기 '10년 후면 사람들의 신경 끝에서 인공 다리나 팔을 자라게 만들 수 있을지도 모른다. 돈만 있으면.' 이란 생각이 갑자기 떠올랐다. 죽은 자의 다리만 있으면 될 것이다. 일종의 뼈대인 것이다. 그다음에는 새 주인의 근육 세포를 붙이고 인큐베이터에 넣고 산소를 공급한다... 랴진도 만약 인공호흡을 했다면 살릴 수 있었을까? 니콜라이는 시도조차 하지 않았었다. 어쩌면 그는 살아있었을지도 모른다. 하지만 그걸 대체 어떻게 알 수 있겠는가? 러시아 연방법 제 66조 사망 신고...

지난밤 잠을 설친 후로는 머리가 몽롱했다. 아내는 그가 어디에서 그렇게 흠뻑 젖었는지 꼬치꼬치 캐물었다. 그는 차에 시동이 안 걸리는 바람에 뒤에서 미느라 그랬다고 거짓말했다. 뒤에서 일종의 충격을 준 것이었다. 이 충격이 몇 배로 불어서 속력이 된다? 그런 것 같다. 정액 분출 속도는 시속 50km이다... 니콜라이는 흔들리는 속도계의 바늘을 응시했고, 그다음은 차의 전면 유리 쪽을 보다가 갑자기 차의 와이퍼 밑에 접힌 쪽지 하나가 끼어있는 것을 발견했다. 그는 차를 세우고 잽싸게 내려서는 손가락으로 쪽지를 파냈다. 빳빳한 프린트용 용지에 검은색 분말 잉크로 글씨가 적혀있었다. '살인자!' 딱 한 단어였다. 니콜라이는 순간 몸이 굳었다. 누구란 말인가? 도대체 누가 이 쪽지를 여기에 끼워놨을까? 그는 죄지은 사람처럼 뒤를 돌아봤다. 출구 쪽에는 아무도 없었다. 지친 기색이 역력한 엄마가 가방 맨 아들을 끌고 갔고, 봉지를 든 남자가 우울하게 몸을 긁적이던 것밖에는 기억나지 않았다. 설마 그 참전 군인이?

차로 돌아온 니콜라이는 불안해하면서 차의 속력을 높였다. 핸들을 잡고 있는 손이 떨려왔고, 몇 분 동안 검은 글씨로 머릿속은 어지러웠다. 그는 생각의 퍼즐 조각을 맞춰보기 시작했다. 만약 다리 하나밖에 없는 참전 군인이 한 짓이라면 누가 그를 고용했을까? 그가 한 짓일까? 아니면 누가 시킨 것일까? 그리고 니콜라이는 왜 그에게 돈을 주지 않았을까? 돈이 없는 것도 아니었는데. 그런데 만약 녀석이 아니라면 누구지? 그는 미행당하고 있는지도 모른다.

던져진 메모는 조수석에서 이리저리 날아다녔다. '살인자!' 니콜라이는 쪽지 쓴 사람을 가려내는 방법을 알고 있었다. 과거에는 서체만 보고 타자기를 알 수 있었다고 한다. 요즘은 잉크만 보고 프린터 번호를 과연 알 수 있을까? 만약 그렇다 하더라도 니콜라이가 범죄학자의 도움 없이 혼자 해낼 수 있을지는 미지수이다. 범죄학자에 대해 생각하자 니콜라이는 기분이 급격히 우울해졌다. 컬러 잉크로 쓰인 글씨였더라면 좋았을 텐데. 컬러 프린트기는 종이 한 장 한 장에 프린터기 식별 표시를 한다고 들었다. 보일 듯 말 듯 한 작고 노란 점선으로 표시한다는 것이었다.

그의 앞에서 무궤도 전차가 멈춰 섰다. 뿌연 뒷좌석 창문에 승객들의 얼굴이 흐릿하게 일렁였다. 오렌지색 조끼를 입은 운전기사가 전선을 접합하려고 뒷문으로 내렸다. 전차란... 무르만스크에는 세계에서 가장 북단에 위치한 전차 노선이 있다는데, 세계에서 가장 긴 지하철은 어디에 있을까? 크림반도? 운전기사는 전기 배선을 손본 후에 활기차게 차에 올랐다. 운전기사라는 단어는 '지도자', 즉, 상사라는 단어에서 유래하지 않았던가? 운전기사는 프랑스어로는 '코체가르'* 라고 딸이 말해준 적이 있다. 왜 '코체가르'인가? 아마도 최초의 교통수단은 석탄을 연료로 했기 때문인 것 같다. 기차가 자동차보다 먼저 발명되기도 했고... 전차가 천천히 움직였고 니콜라이는 웬일인지 앞지르지 않고 그 뒤를 따라갔다.

---

* 화부(火夫)라는 의미를 갖는다.

그는 그 저주받을 쪽지를 던져버리고 싶었다. 하지만 어떻게? 창밖으로 던질 수는 없지 않은가? 그는 오른손을 조수석까지 뻗어서 쪽지를 펼쳐서는 곁눈질로 훑어봤다. '살인자!' 끝에는 느낌표까지 있었다. 어쩌면 그의 직장 동료 중 한 명이 아닐까? 벨랴에바가 잔뜩 화가 나서 어딘가로 사라졌다. 니콜라이는 그녀가 몸을 숙이고 쪽지를 끼워놓는 모습을 상상했다. 하지만 그녀가 했다손 치더라도 그녀는 그 사실을 어떻게 알았느냐 말이다.

아니, 이 모든 것은 말도 안 되는 일이다. 이건 꿈이다. 그는 지금 꿈을 꾸고 있다. 니콜라이는 손에 힘을 꽉 주어서 쪽지를 구긴 후에 열린 차창 밖으로 힘껏 던졌다. 쪽지는 축축한 바퀴 아래로 떨어졌다. 그 순간 그의 배가 먹을 것을 요구하면서 큰소리로 꼬르륵 하는 소리를 냈다. 하지만 그의 손가락은 여전히 떨렸고 멈춰서 숨을 고르고 카페에 잠깐 들러 요기를 할 수 있는 상태는 아니었다. '대체 누구란 말인가?' 니콜라이는 이젠 공장의 컨베이어 벨트나 기관총처럼 기계적으로 멍청하게 중얼거리고 있었다.

어느 순간 그는 사건이 나던 날 가던 길을 따라 가고 있다는 것을 깨달았다. 그는 럄진이 그의 차를 향해 뛰어들던 교차로를 지나왔는데 그 옆에 있는 고급 신축 건물에는 정말로 그와 내연 관계일 수도 있는 세묘노바라는 여자가 살고 있었다. 어제의 바로 그 갈색빛 물웅덩이를 따라 우회해서 가고 있을 때, 배에서 다시 한번 꼬르륵 소리가 났다. 갑자기 그는 뜨거운 시*가 먹고 싶어 견딜 수

* 러시아식 수프

없었다. 니콜라이는 자기가 그 불행한 난간에서 구체적으로 무엇을 보고 싶어 하는지 이해하지도 못한 채 생각했다. '그냥 저기 뭐가 있는지 보기만 하자...' 하지만 랍진과 함께 떠오른 건 김이 모락모락 나는 포흘료프카* 였다. 시는 우리의 일용할 양식이다. 시가 있는 곳에 우리도 있다. 아내도 수프를 썩 잘 끓였지만, 그의 솜씨가 더 좋았다. 시를 끓일 때 중요한 건 시에 들어가는 양배추가 시큼해야 한다는 점이다. 고기를 많이 넣어야 하고, 돼지갈비도 넣으면 좋다. 네안데르탈인들 역시 수프를 끓여 먹었다고 한다. 가죽 주머니에다가 고깃국물을 끓였다고 하는데, 환자와 이가 없는 이들을 위한 것이었다고 한다.

니콜라이는 도톰한 자신의 입술을 깨물었다. 저기 바로 문제의 다이아몬드형 조각이 튀어나온 담장이 보였다. 찢어진 포스터들이 보였다. 지역 여성의원의 사진이 박힌 플래카드에는 '여자에게는 따뜻한 가슴 외에도 머리가 있습니다.'라고 적혀있었고, '돼지를 팝니다'라는 대형 광고가 붙어 있었는데, 정작 그림은 이상하게도 곰돌이 푸우였다. 그는 또다시 돼지갈비 생각과 함께 이 말을 떠올렸다. '선한 사람에게는 선하게 대하고 악한 사람의 갈비뼈는 부러뜨려주어라.' 드디어 그가 어제 자신의 승객을 내려준 문제의 그 장소에 도착했다. 사복을 입은 사람 몇몇이 모여 있었는데 한 남자는 줄자 비슷한 것을 갖고 있었다. 이들은 누구인가? 수사관들인가? 어제의 그 배수로 옆에는 경고등 없는 차가 몇 대 주차되

---

* 야채수프

어 있었다. 걸음을 늦추면 안 된다...

그 순간 니콜라이는 그곳에 서 있는 남자들 중 하나가 그를 정면으로 쳐다보고 있는 것 같은 기분이 들었다. 그는 서둘러 시선을 돌려 앞쪽 도로를 응시했다. 그는 스트레스를 줄이려면 복식 호흡과 흉식 호흡을 번갈아 가면서 해야 한다는 사실이 떠올랐다. 하지만 복부만 말을 들었다. 배가 들어갔다가, 튀어나왔다. 니콜라이의 몸무게는 89kg이었다. 그의 내면의 목소리가 키득키득 웃으면서 말했다. '감옥에 가면 살이 빠질 거야.' 또다시 엉뚱한 생각의 고리가 돌아가기 시작했다. 엘비스 프레슬리는 먹지 않기 위해서 며칠 연속으로 잠을 잤다. 자지 않기 위해 안 먹는 것이 아니라 단식을 위해 잠을 자야 한다. 랴진 역시 몸이 비대했다. 하지만 지금은 영원한 잠에 빠졌다.

니콜라이는 눈이 촉촉해지고 있는 것을 느꼈다. 설마 눈물인가? 결혼한 여자의 눈물을 장미 물과 섞으면 상처 치료제 발삼이 된다. 한 번은 스테판이 한쪽 눈을 날카로운 종이에 베어서 각막이 떨어져나가는 것을 방지하기 위해 한동안 렌즈를 끼고 다녀야만 했다. 스테판에게 모두 말해버릴까? 아니, 그러면 그가 사람들에게 다 퍼뜨릴 것이다.

그는 허기라든지 자기가 회사로 돌아가야 한다는 것은 망각한 채 계속해서 차를 몰았다. 만약 공포가 정말로 특유의 냄새를 갖고 있다면, 그가 무언가를 두려워한다는 것을 사람들이 알아차릴까? 그러면 차라리 그가 먼저 자수하면 어떨까? 사실대로 모두 다 말한다면? 사실 그는 랴진이 원하는 대로 잠깐 차를 태워준 것밖에 없지 않은가?

핸드폰이 진동했다. 니콜라이는 전화를 받았다. 아내가 조잘거렸다.

“여보, 이건 정말 말도 안 돼요! 아침에 조명이 들어오게 해준다더니 도대체 그 불이라는 게 어디에 있냔 말이에요! 어디? 물도 안 나오고! 이게 말이 된다고 생각해요? 여보, 내 말 들려요?”

“들려.”

니콜라이는 허스키한 목소리로 대답했다.

“자기가 어떻게 좀 할 수 없을까? 내가 주택관리국에도 전화했는데, 너무 뻔뻔한 거 있지. 비가 와서 도시의 절반 정도가 정전이라는 거야. 아니 그럼 애초에 거짓말하지 말았어야지. 자기네들이 낮까지 전기가 들어오게 해주겠다고 약속을 해놓고선. 낮이라고! 그런데 지금 시계를 봐, 몇 시인가!”

“해가 떴네. 그런데 진짜로 도시의 절반이 빛이 없어서 캄캄한 건 사실이야.”

니콜라이는 아내를 진정시키려고 노력해봤지만, 목소리에 진심이 전혀 묻어나지 않았다.

“당신은 지금 어디예요?”

아내가 갑자기 활기를 띠며 물었다.

“지금 점심 먹으러 가는 중이야. 요기 좀 하려고. 당신 어떤 장관의 시체가 발견된 거 들었나?”

“랴진이요? 당연하죠! 당신 회사에서는 다들 뭐래요? 대표는 무슨 일이 일어났는지 알고 있지 않아요? 멋만 부릴 줄 아는 당신 회사 대표, 세묘노바 말이에요."

"세묘노바가 왜?"

"둘이 내연관계였나 보던데. 당신한테 들은 얘긴데요."

"내가? 기억도 안 나네…"

니콜라이는 혼잣말처럼 중얼거렸다.

"어쩌면 랴진의 부인이 죽였는지도 모르죠. 복수인 셈이죠. 남편의 외도가 짜증나서 그랬을 수도 있잖아요. 목을 졸라서 죽인 후에 목덜미를 잡고는 담장 근처에 던져버렸는지도 모르죠."

아내는 농담인지 진담인지 알 수 없는 투로 추측했다.

"저녁에 집에 올 때 식재료 사오는 거 잊지 마요? 목록 당신한테 줬으니까."

"고기는 뼈 있는 거로 사?"

"당연하죠. 보리쌀도 세 봉지 사 와요. 지금 행사 중이라. 20% 할인된대요. 여보, 잊지 말고 꼭 사 올거죠?"

니콜라이는 마치 아내가 앞에 있기라도 한 것처럼 고개를 끄덕였다. 아까와는 달리 그는 확신에 찬 목소리로 아내와 헤어졌다. 그는 불현듯 자기가 꼭 자수하리라는 것을 깨달았다. 지금 이 결심을 포기하지 않도록 점심도 먹지 않고 가고 있는 것이다. 그는 자기가 혹시라도 마음을 고쳐먹을까 봐 속도를 더 높였다. 축축한 거리가 행인들과 함께 빠른 속도로 스쳐 갔다. 우울한 표정을 하고 주황색 안전모를 쓴 채 서로에게 고함을 치는 전기기사들과 폭우로 인해 끊어진 배선, 아르메니아인인지 아시리아인인지 알 수 없는 신발 닦이들의 노점들이 빠르게 지나갔다. 니콜라이는 곰팡이 잔뜩 낀 발코니가 있는 스탈린 시대에 지어진 아파트를 지나, 작동하지 않는 대형 옥외 전광판을 달고 포스터가 덕지덕지 붙은 영화관 '자랴'를 지나, 한때 그가 코를 다친 적 있는 잘 보존된 90년대 체육관마저 지났다. 그 사고로 인해 그는 외비전만증을 앓아야만 했다. 죄수는 눈금자를 배경으로 강렬한 머그샷을 찍게 될 것이다. 콧등의 혹 덕분에 로마인 특유의 옆모습을 보여주게 될 것이다.

그는 이제 어떻게 되든 상관없었다. 세상이 더 떠들썩해지기 전에 지금 밝히는 편이 나을 것이다. 변호사를 구해야 한다. 구멍 속에 있는 족제비처럼 먹고살려고 몸부림쳐왔는데, 아무래도 딸이 걱정이었다. 그녀는 괴로워하고, 아버지를 부끄러워할 것이다. 동급생들은 또 뭐라고 말할까... 어쩌면 먼저 가족과 상의하는 편이 낫지 않을까? 아니, 그렇게 되면 아내가 벨루가처럼 비명을 지르며 울 것이다. 보리쌀을 사 오라고 했는데...

니콜라이는 쇠고기 국물에 보리쌀이 들어간 라솔리닉* 의 맛이 생생하게 기억났다. 만약 그 위에 사우어크림만 더 뿌리면...

이때 차의 앞부분이 위로 들리더니 강하게 흔들렸고 큰 소음을 내며 차의 앞 축이 망가졌다. 바퀴 하나가 구멍에 빠진 것이었다.

"이런, 썩을..."

니콜라이는 허스키한 목소리로 소리지르면서 계속 엑셀레이터를 밟았다. 하지만 덫에 걸린 듯 자동차는 포효하면서 연기만 뿜어

* 절인 오이가 들어가는 러시아식 수프

낼 뿐이었다. 멀리서 호기심 많은 행인이 그를 도와주러 뛰어오고 있었는데, 갑자기 무시무시하게 큰 경적과 함께 왼쪽에서 무언가 거대한 물체가 날카로운 소리를 내며 그를 덮쳤다. 시간은 길게 늘어져서 아주 조금씩 천천히 그러나 가차 없이 흘렀다.

니콜라이는 순간 '캄아즈!* 그럴 리가 없어!'라고 생각했다. 하지만 그 순간 갑자기 양쪽 귀에서 무엇인가 폭발했고, 쇠가 긁히는 소리가 나더니 니콜라이의 몸이 납작해졌다.

---

* 러시아제 트럭을 생산하는 회사

3

카푸스틴은 뜨거운 숨을 몰아쉬며 그녀의 치마를 들치고 허벅지에 있는 스타킹의 레이스 부분을 손가락으로 민망하게 만지기 시작했다. 이제 그의 손은 조금 더 위쪽으로 올라올 것이고 그녀는 그의 어깨를 밀쳐낼 것이며 그럴수록 상대는 더 밀착하고 화를 내다가 결국은 서로 말다툼을 하게 될 것을 생각하자 세묘노바는 우울해졌다. 어떻게 해서든 주 검찰 총장과 말다툼하는 것만은 피하고 싶었다.

"너무 긴장한 것 아닌가?"

카푸스틴은 빨개진 세묘노바의 귀에 대고 허스키한 목소리로 속삭였고 그녀의 숱 많은 머리채를 낚아채고는 살이 통통한 자신의 혀를 겁에 질려 꼭 다문 그녀의 입술에 넣었다.

'하긴 안 될 것도 없지 않은가?'라는 생각이 잠시 스쳐 지나갔지만, 검사의 혀가 닿는 느낌이 불쾌하고 차갑고 두꺼운 데다 그가 머리카락을 너무 세게 잡아당겨서 신음이 절로 났다. 결국 화가 머리끝까지 난 그녀는 겁탈자를 갑자기 밀쳐버렸다.

"이런 이런."

카푸스틴은 마치 물에 들어갔다 나온 코끼리처럼 깊은 한숨을 쉬면서 사냥감을 풀어주고는 기분이 언짢은 듯 중얼거렸다.

"안드레이 이바노비치 씨한테는 줄 수 있고, 나한테는 못 주시겠다?"

"그분은 사랑했어요."

마리나 세묘노바는 자신에게 일이 불리하게 돌아갈 수도 있다는 것을 뒤늦게 깨달은 채 대답했다.

카푸스틴은 신이 나서 교활하게 웃기 시작했다.

"그분을 사랑할 수밖에 없는 이유가 있었겠죠, 마리나 아나톨리예브나 여사님. 고인은 당신이 하는 사업의 일감을 황금 쟁반에 쓸어 담아 줬으니까. 당신은 버터 안에 있는 치즈처럼 부족한 걸 모르고 살고 있죠… 이런 비유가 거슬리지 않는다면 말이죠."

그는 커다란 황금색 쌍두독수리 문장 바로 아래 책상 끝에 걸터앉아서는 마리나의 눈을 뚫어져라 쳐다보았다. 그의 시선은 어느새 그녀의 분홍빛 쇄골을 훤히 드러내고 있는 반쯤 끌러진 실크 블라우스로 미끄러졌다. 그녀는 대답할 말이 바로 생각나지 않아 증인들의 증언을 받아 적던, 책상 위에 놓인 묵직한 볼펜을 잡고는 땀이 흥건한 손바닥으로 잠시 만지작거리다가 다시 책상 위에 내려놓은 후에야 생각난 듯 말했다.

"검사님도 아시다시피 저는 안드레이 이바노비치씨의 죽음과

연관이 없습니다. 아파트 입구에 설치된 CCTV만 봐도 알 수 있습니다. 그는 우리 집까지 올라오지도 않았다고요."

"당신에게 혐의가 있다고 하는 사람은 아무도 없습니다!"

카푸스틴은 활짝 웃으면서 그녀를 안심시키려 했다.

"오히려 그 반대죠. 나는 당신이 안쓰러워요. 이제 누가 당신을, 당신의 뒤를 봐주죠? 그러니까 이제부터는 누가 당신의 건축회사에 프로젝트를 대주죠?"

"저희가 알아서 하겠습니다."

마리나가 볼멘소리로 말했다.

"그러시겠죠."

카푸스틴은 흔쾌히 동의했다.

"하긴 당신한테는 피부미용 클리닉 '바실리스크'가 있죠. 괜찮은 돈을 받고 사무실 세 개를 임대하는 부동산 소득은 제쳐 두고라도 말이죠. 이래 봬도 당신이 뭘 해서 돈을 버는지 다 알고 있다고요."

세묘노바는 순간 주먹으로 책상을 내리쳤다.

"아니, 제 돈을 세서 뭐 하시게요?"

화가 나자 그녀의 콧구멍이 넓어졌고, 히알루론산 주사를 맞아 부드러우면서도 탄력 있는 볼은 터져 나오려는 울음을 간신히 참느라 떨리기 시작했다. 그녀는 카푸스틴과 실컷 키스하지 않은 것이 큰 실수라는 것과 그가 그녀의 행동을 용서하지 않으리라는 것을 깨달았다. 하지만 그는 다시 한번 기회를 주려는 듯 그녀에게로 다가왔고, 호흡 장애를 앓고 있는 그의 커다란 얼굴을 그녀의 뺨에 비비며, 짜리 몽땅한 그의 손가락은 조심스럽게 그녀의 아래쪽 뒷부분을 탐했는데, 랍진은 그녀의 이 부분을 특별히 좋아해서 마리나를 '아름다운 둔부의 비너스'라고 불렀다.

"작은데?"

카푸스틴은 침을 흘리면서 그녀의 목덜미에 대고 속삭였다.

"나랑 50대 50으로 나누자고. 수입의 50%만 주면 이 사건을 덮어주지."

"덮는다뇨?"

세묘노바가 믿기 힘들다는 듯 질문했다.

"대수롭지 않은 증인 정도로 지나가는 거지. 그 다음은 아주 쉬워. 우리 안드레이 이바노비치씨는 대동맥이 파열된 거야."

세묘노바는 검사와 나눴던 대화를 자기가 유일하게 신뢰하는 표트르 일류센코에게 이야기하면서 기다란 의자에서 뛰어내리고 화려한 거실을 신경질적으로 왔다 갔다 하면서 또다시 긴 의자에 뛰어오르곤 했다. 반면에 일류센코는 검은색 실크 재질의 캐속 차림으로 긴장을 완전히 풀고 가죽으로 된 안락의자에 다리를 쭉 뻗어 반쯤 누워있다시피 했다. 성당의 신부님들은 일류센코를 멍청한 '자칭 사제'로 부르며 그의 이 캐속을 혐오했다. 그들은 그가 하는 실없는 말들을 경멸했으며 그는 신학교를 졸업하지 못했기 때문에 캐속을 입을 자격이 없다고 중얼거렸다. 일류센코는 스스로를 세계교회주의자라고 자주 소개하며, 위스키 한잔을 하면서 필리오케 문제에 대해 아무렇지도 않게 논쟁을 벌이곤 했다. 그는 이 교리가 공허하고 무의미한 것이며 이젠 이것을 파괴하고 분열

된 교회를 화해시켜야 한다고 말했다. 마리나는 그에게 돈을 빌려 주며 이미 대학교 재학 시절부터 잃어버린 자신의 여자 친구 대용으로 그를 잡아두고 있었다.

"대동맥 파열?"

그는 견과류가 들어간 동그란 초콜릿을 입안에 넣으면서 생각에 잠긴 듯 질문했다.

"나는 관자놀이 쪽을 다쳤다고 어딘가에서 읽었는데."

"그래서?"

"전날 당신 둘은 서로 다퉜다고 하지 않았나?"

"페쨔, 당신 지금 내가 안드레이를 물이 홍건한 곳에 데려가 밀쳐서 난간에 머리를 부딪치게 만들었다는 말을 하고 싶은 거야? 지금 제정신이야?"

세묘노바는 초조한 나머지 곱디고운 두 손바닥을 문지르면서 또다시 자리에서 일어났다. 그녀는 갑자기 랻진의 털 하나 없는 하얀 등과 허리에 있는 커피 색 반점이 떠올랐다. 그는 가까이에서 보면 동공이 흔들렸고 얼굴이 살짝 기울어져 있었다. 값비싼 선물을 보낼 때는 항상 쪽지도 함께 보냈다. 선물은 항상 레나라는 비서 편으로 보냈는데 그녀는 긴 머리카락을 가진 지극히 평범한 여자로 속눈썹은 마치 각막이 벗겨진 동공처럼 투명하고 흘러내리는 것 같았다.

세묘노바가 랻진을 처음 만난 건 그가 온갖 부류의 고위급 위원회와 정부 기관들의 수주를 받아 자기 사업을 크게 하고 있던 10년 전으로 거슬러 올라간다. 마리나는 뻔뻔하게 흰 민소매를 입고 잔뜩 들떠있는 젊은 여성 홍보요원들에 둘러싸여서 중앙거리를 따라 뛰어가고 있었다. 그들이 입은 민소매는 땀으로 젖었고 양손에는 한 지역 공장에서 따라준 달콤한 탄산수가 든 병의 주둥이가 반짝이고 있었다. 플래카드는 여기저기에서 '우리 탄산수에 월급을 쓰세요!'라며 소리 지르고 있었다. 홍보요원들의 젖꼭지는 그들이 발걸음을 옮길 때마다 미세하게 흔들렸다. 초록색 탄산수는 그들의 목에 기포를 남겼고 옷깃 너머로 뿌려졌으며, 그곳에 모인 사람들의 웃음소리와 비명 사이 사이로 쉬익 쉬익하는 소리를 냈다. 이것은 국내 식료품 회사가 주최한 행사였다. 나라의 안녕을 축하하는 환희였다.

랻진은 이 공장을 소유하고 있었다. 당시에 그는 아직 장관이 아니라 콧대가 낮았는데, 그가 사람들 앞에서 거리낌 없이 웃을 때면 눈썹은 아래에서 위로 넓게 퍼지면서 올라갔다. 그는 마치 잘 길들여진 예쁜 한 마리 짐승을 보듯이 마리나를 향해 끈적끈적하면서도 감동한 듯한 시선을 보냈다. 그는 짬을 내서 그녀에게 명함을 내밀었고, 그녀는 스스럼없이 그다지 예쁘지 않은 자신의 손가락으로 그 명함을 잡았다. 이틀 후에 그들은 한 레스토랑에서 만났다. 그는 양의 목으로 만든 요리를 주문했고, 그녀는 연어 알을 곁들인 숙성된 연어 요리를 시켰다.

그들은 정통 토스카나식 와인을 나누며 저녁을 보내고 함께 신축 호텔 방에서 아침을 맞이했다. 랻진은 침대 시트를 두르고 잔뜩 땀을 흘리면서 누워서는 숨을 헐떡이고 있었다. '마레치카, 마레치카' 그의 창백한 입술이 속삭였다. 그는 갑자기 밀려든 행복

앞에서 고분고분했다. 한편 마리나는 실오라기 하나 걸치지 않고 창밖을 바라보면서 뛰어다녔고 삼면 거울에 폴짝 뛰어서 다가가는 등 기뻐서 어쩔 줄 몰라 했다. 그녀는 마치 이 돈 많은 사업가가 이제부터는 그녀의 옷 끝자락에 단단히 고정돼있는 것 같은 기분이 들었다.

"나는 당신이 그를 내리쳤다고 말하는 게 아니야."

일류센코는 견과류를 먹느라 와그작와그작하면서 설명했다.

"어쩌면 당신 둘이 서로 다퉜고 그가 크게 상심해서 이렇게 끔찍한 일이 일어났는지도 모른다 이거지."

"우리가 다툰 건 그가 죽기 하루 전이었어. 그리고 나는 그의 심기를 건드리지 않았다고. 그를 미치게 만든 건 그 무기명 투서였어."

그들은 아이 때문에 다툰 것이었다. 마리나는 아이를 낳는 게 소원이었고, 랴진은 선을 넘는 것이 두려웠다. 그의 아내는 그에게 오래전부터 애인이 있다는 것뿐만 아니라 그 애인이 풍요로운 삶을 누리고 있다는 것을 알았지만, 아이를 갖는 것은 블랙카드이자 일상생활의 끝을 의미했다.

게다가 마리나는 결혼을 원했다. 하지만 랴진은 마리나에게 자신의 무능력을 탓하며, 해외 대학에서 유학중인 아들 핑계를 대며 그녀에게 값비싼 장신구를 사주는 것으로 그 일을 무마하려고 했다. 그와 함께한 10년이란 세월 동안 마리나는 시장을 포함한 도시의 주요 인사들과 안면을 익히고, 여러 명의 배우와 가수들을 후원했으며, 고급 잡지사들과 패션에 대한 비밀 얘기도 나누고, 피부미용샵을 소유하는가 하면, 발리에 수영복 화보 촬영차 다녀오기도 했다. 시간이 지날수록 랼진을 보면 짜증이 났지만, 밤만 되면 그가 너무 보고 싶어서 베갯잇을 뒤집어쓰고 통곡을 했고, 그런 후에는 불면증의 흔적을 지우기 위해 콜라겐 주사를 맞으러 샵으로 달려갔다.

세묘노바는 청동 테를 두른 계란형 거울 앞에 다가가서 초콜릿 조각을 던진 일류센코를 나무라듯 보다가 거울 속에 비친 자신의 모습으로 시선을 돌렸고, 무척 만족스러워했다. 그녀의 얼굴은 복숭아처럼 팽팽했다. 눈썹은 길고 밍크 털처럼 윤이 났다. 눈꺼풀은 아몬드처럼 휘어져 있었다. 상대를 제압하는 시선이었다.

"아니 왜 싸웠어?"

일류센코는 쩝쩝 소리를 내면서 질문했다.

"애를 못 낳게 하기라도 했단 말인가?"

"그는 알레르기 때문에 고양이 한 마리 못 키우게 했어."

세묘노바는 한숨을 쉬며 말했다.

"하긴 성경에 고양이는 한 번도 안 나오긴 해. 개는 열네 번 언급되지. 사자는 열다섯 번 언급돼. 그런데 고양이는 한 번도 안 나온단 말이야."

일류센코는 뜬금없는 이야기를 했다.

"한 번도?"

세묘노바는 놀랐다. 그녀는 또다시 긴 의자에 올라가서 랼진이 중국에서 사다 준 독특한 자수가 새겨진 가운의 끝을 만지작거렸다. 붉은색은 귀족들의 색이다. 예전에는 평민이 붉은색 가운을 입고 있으면 머리를 벴다고 한다.

일류센코는 뭉게구름 사이에서 헤엄치는, 날개 여섯 개 달린 최고위 천사가 그려진 천장에 시선을 고정한 채 초콜릿을 마저 먹었다. 그리고는 갑자기 질문했다.

"마리나, 그런데 너는 왜 그렇게 배춧잎에 집착하는 거지?"

"뭐라고?"

세묘노바는 그의 말 뜻을 이해하지 못했다.

"밥, 초콜릿 포장지, 귀중품, 이런 건 돈도 아니지 않나? 모든 부정한 입찰들 말이야. 랴진은 당신한테 목조 주택이니 교외에 단독주택이니 이런 것들을 지어줬잖아. 그런데 건축회사나 부동산은 왜 또 필요한 거지? 탐욕인가?"

"누가 사제 아니랄까 봐 또 설교군! 내가 내 돈을 들여서 당신을 바다로 여행 보내줄 때 당신은 거절하지 않았어. 그리곤 일광욕도 하고 푹 쉬다 왔지. 양심은 있는 거야?"

"첫째, 나는 거기에 쉬러 간 게 아니라고."

일류센코는 다리를 오므리면서 다급히 반박했다.

"나는 신학 관련 학회에 갔다 온 거야. 교회, 사회 그리고 국가 문제를 논의하는..."

"어련하시겠어!"

그녀는 서둘러 그의 말을 끊었다.

"둘째, 나는 여기에 즉흥적인 설교나 하려고 있는 게 아니라고. 위선자는 아니니까. 난 당신의 사제랑은 거리가 좀 있어."

"그분은 엄밀히 말하면 안드레이 이바노비치씨의 사제야."

“뭐가 됐든. 나는 지금 당신을 가르치려고 한다기보다는 그냥 순수하게 당신의 그 심리가 궁금해. 그러는 이유가 뭐지?”

“이유라니?”

세묘노바는 어깨를 한 번 으쓱하더니 또다시 자리에서 일어났다.

“당신도 아시다시피 내 나이는 스물 다섯이 아니라고. 내 세포는 노화되기 시작했어. 피부도 푸석푸석해지고...”

“그러니까 보톡스 맞는 데 돈이 필요하다 뭐 그런 건가?”

일류센코가 그녀의 말을 가로챘다.

“하지만 그것 때문에 그렇게 많은 돈이 필요하다는 건 좀 말이 안 되지 않아! 우리 논리적으로 한번 따져보자고.”

“나 지금 충분히 논리적인데!”

세묘노바는 슬슬 화가 치밀었고, 코웃음을 쳤다.

“요즘 레이저 제모 시술비가 얼만지 알아? 코스당 10만원인데다가 털은 나면 안 될 데서 계속 나오거든.”

“알았어, 진정하라고.”

일류센코는 인상을 찌푸렸다.

"마사지는 또 어떻고!"

세묘노바는 여전히 흥분해서 말했다.

“엘피지 리프팅은? 레이저 정맥 폐쇄술은? 크리오테라피는? 플라즈마는? 필러는? 이건 시작에 불과하다고. 좋은 가죽 부츠 한 켤레가 얼마나 하는지 알기나 해? 버버리 백은 어떻고? 디오르 원피스는?”

세묘노바는 양손으로 머리를 움켜잡고 이리저리 왔다 갔다 했다. 가운 끝자락을 활짝 젖히면서 걸으니 눈이 부시도록 하얀 그녀의 다리가 무릎 위까지 보였다.

"진정하라고, 마리나."

일류센코는 두 손을 최면을 걸 때처럼 움직이면서 엉거주춤 일어나서는 여자 친구를 자리에 다시 앉혔다.

"당신 지금 너무 흥분했어. 나는 당신을 절대로 질책하는 게 아니야. 물론 예쁜 여자가 아름다움을 유지하려면 돈이 많이 들지. 하지만 나는 지금 수백만 달러에 대해 이야기를 하는 거라고. 카푸스틴이 푼돈 갖고 침을 질질 흘릴 인간이냐고? 그자가 엄청나게 입맛을 다시고 있는 건 사실이잖아."

"그래서 알고 싶은 게 뭔데, 페쨔?"

그녀는 이젠 더 이상 짜증 내지 않고 긴 의자의 푹신푹신한 등받이에 편안하게 고개를 뒤로 젖힌 채 체념한 듯 질문했다. 얼마 전 랴진이 바로 여기에서 그녀를 덮쳤던 일이 떠올랐다. 그는 주지사 사무실에서 하는 회의에 참석하고 오는 길이었는데, 탱탱볼처럼 한껏 들떠있었고 얼굴에서는 빛이 났다. 그는 국유 재산 관리를 잘 해내어 사람들 앞에서 칭찬을 받았고 다른 사람들의 모범이 되었던 것이다. 연삭기 생산을 재개한 지역 공업회사 '지평선'이 그 덕분에 성장했다.

그는 현관 문지방에서부터 신발도 안 벗고 허리띠를 끄르고는 세묘노바를 거실로 끌고 가서(그들은 모직 카펫에 발이 걸려서 도자기로 된 꽃병을 엎었다) 그녀를 긴 의자에 바짝 붙인 후에 뒤로 돌게 했다(그는 이것을 뒷걸음질이라 불렀다). 그리고 원피스를 들어 올리고는, 엉덩이에 얇고 빨간 줄이 가도록 채찍질을 했고, 그녀의 부풀어 오른 엉덩이에 대고 거칠게 허리를 움직였다. 엉덩이는 굉장히 뜨거웠다. 가죽 의자에는 작은 초록색 꽃봉오리와 휘어진 꽃 가지가 그려져 있었는데, 그것들이 그녀 눈앞에서 일렁였다. 이때가 언제였던가? 한 달, 고작 한 달 전의 일이다.

일류센코는 세묘노바 옆에 앉아서 상황을 정리하기 시작했다.

"내가 얘기하고 싶은 건 이거라고. 당신은 그와 공모한 대로 행동한 거야. 내연남은 당신한테 입찰을 물어다 줬고, 당신은 그가 주는 족족 따먹은 거야. 실수 없이 말이지. 의무론적 측면에서 본다면 이건 옳지 않은 행위이고, 범법적 행위라고 할 수 있어. 하지만 공리주의적 측면에서 본다면 당신 말이 전적으로 옳아. 따라서 안드레이 이바노비치 역시 옳은 거지. 뇌물을 받는 공무원도 모두 도덕적으로 흠잡을 데가 없는 거야. 그리고 뇌물을 주는 쪽 역시 아무 잘못이 없게 되지. 결과적으로는..."

"당신 때문에 머리만 더 복잡해졌잖아, 페쨔."

세묘노바가 그의 말을 중간에 끊었다.

"마리나, 내 말 좀 들어봐. 나는 지금 당신한테 설명을 하는 거라고. 그러니까 당신은 지금 삼 층짜리 단독 주택을 갖고 있으면서, 어느 철학과 교수가 흐루쇼프 시대에 지어진 건물에 방 두 칸짜리 아파트를 갖고 있고, 그의 집 냉장고 안에는 당근 하나밖에 없다고 해도 아무런 죄책감을 못 느낀다는 거잖아. 대학 졸업도 못 했는데 사치스러운 생활을 하고 있으면서."

"나 학위 있거든."

"그건 우리 대학에서 나중에 선물처럼 수여한 거고. 당신 건설 회사 측에서 총장에게 실내 수영장을 지어준 것에 대한 답례라는 거지. 실제 대학은 삼년 반밖에 안 다녔잖아."

"페쨔, 이제 그만해."

세묘노바의 목소리는 많이 누그러져 있었다.

"시작했으니 끝까지 얘기 좀 하게 해줘. 당신은 죄책감을 못 느껴. 오히려 기뻐하지. 돌아가신 안드레이 이바노비치 씨도 기뻤겠지. 총장도 마찬가지였을 거고, 당신네 회사 직원들, 여동생과 남편, 당신 엄마까지 포함해서 모두 다 행복해할 거야. 공리주의자들은 당신이 좋다면, 당신이 옳은 것이라고 말하겠지. 목적이 수단을 정당화하니까."

"그래서?"

"그런데 수단이라는 것이 사방 모두 도둑질에 부정하단 말이야. 하지만 결과적으로는 서로 만족하고 유익하지. 당신은 부동산도 있고, 부하 직원들이 일하는 동안 최고급 마사지를 받고, 안 써서 버려지는 건축 자재들을 무상으로 갖다 쓰지, 안드레이 이바노비치는 생전에 당신을 소유했지, 게다가 미인이지. 그는 당신한테 투자를 많이 하면 할수록 당신의 가치를 높이 평가했겠지. 투자금이 이윤을 창출했을 테니까..."

"페쨔, 바로 본론으로 들어갈 순 없는 건가..."

세묘노바가 사색에 잠긴 채 밤색 머리카락을 살짝 씹으면서 말했다.

"나는 그냥 당신의 행동이 논리적이라는 것을 설명하려는 것뿐이라고. 그게 다야. 이건 마치 죄수의 딜레마와 같아. 만약 당신이 뭐에 씌어서 뇌물 수수를 하지 않기로 한 거야. 그렇다고 가정해보자고."

"그렇다고 달라지는 건 없어."

세묘노바가 확신에 차서 대답했다.

"바로 그거야! 다른 여자가 걸려들었을 거야. 그리고 그 여자는 자기 기회를 놓치지 않았을 거고. 그러면 어떻게 되는 거지? 그러니까 규칙을 지키는 것은 아무에게도 도움이 안 되는 거지. 만약 수백만 명이 한꺼번에 뇌물을 주지도 받지도 않고, 공금 횡령도 안 하고, 친지와 친구들을 자기 일에 끌어들이지도 말자고 합의를 본다면 법이 효력을 발생하겠지. 하지만 누군가 한 명이라도 공금 횡령을 하는 상황에서는 그걸 안 하는 사람이 바보다 그거야, 이해해?"

"지나치게 도취한 것 같은데, 페쨔."

세묘노바가 말을 하면서 양팔을 내저었다.

"당신이 얼마나 따분하고 저속한 얘기를 하고 있는지 알아?"

그녀는 자리에서 일어나 그녀의 서른 살 생일에 랴진으로부터 선물 받은 그랜드 피아노 앞으로 가서 머릿속에서 떠나지 않는 슬픈 선율을 연주하려고 해봤다. '인형의 장례식'이었던 것 같다. 하지만 건반이 말을 듣지 않았고, 몇 가지 변형된 악보를 연주하고는 피아노를 덮어버렸다.

"그거 차이콥스키 곡이지?"

일류센코는 또다시 초콜릿을 먹으면서 말했다.

"차이콥스키 말이야, 끓이지 않은 물을 마시고 죽은 거 알아? 어쩌면 당신 애인인 안드레이 이바노비치도 물을 끓이지 않고 마셔서 죽은 것 아닌가?"

세묘노바는 대꾸하지 않았다. 그녀는 랍진이 죽던 밤에 창문에 드리워져 있던 커튼을 응시하며 애인이 집에 오기를 손꼽아 기다리고 있었다. 그녀는 창밖을 내려다보았고, 밖엔 비가 억수같이 오고 있었다. 최근 들어 랍진은 주말에 일이 많다는 핑계로 부인과 함께 보내는 날이 많았었다. 세묘노바는 그래서 화가 많이 나 있었다. 살은 축 늘어지고, 뚱뚱하고 덩치도 크고 여성스러운 데라고는 눈을 씻고 찾아봐도 없는 그 엘라 세르게예브나라는 여자가 뭐가 좋은 걸까? 학교 교장이 뭐 대수라고? 그래 봐야 청소년을 바른 길로 인도하는 목자가 아닌가 말이다. 하지만 여기 날개 여섯 개 달린 최고위 천사 밑에서는 마리나 세묘노바가 부티크에서 새로 산 기퓌르 레이스로 만들어진 코르셋에 가터가 달린 스타킹을 신고 안드레이 이바노비치를 기다리고 있었다. 게다가 목과 가슴, 그리고 손목에 향수를 뿌리는 것도 잊지 않았다. 잔뜩 힘을 준 머리카락은 어깨까지 내려와 있었다. 이런 그녀를 그는 기다리게 했던 것이다.

"내가 듣기론, 클래식 음악을 좋아하는 사람은 로큰롤 팬과는 달리 바람을 못 피운다고 하던데."

세묘노바가 드디어 입을 열었다.

"그러니깐 '고해를 한다' 생각하고 말해봐, 당신은 바람 핀 적

없어? 안드레이 이바노비치씨 모르게 말이야."

"방탕한 사람 같으니. 그런 걸 물어보는 당신은 방탕한 사람이 틀림없어. 나 커피포트 좀 올려놓고 올게."

세묘노바가 미소를 띠며 말했다.

그녀는 자신이 지시했던 대로 난로를 만들 때 쓰이는 컬러풀한 무늬의 채유타일이 장식된 부엌으로 나갔다. 커피포트에 물을 붓고 스위치를 누르자 파란색 LED 불이 들어왔다.

그녀는 바람을 피웠던가? 회사에서 부하 직원인 스테판과 술에 취해 한 번 하긴 했는데 그걸 그렇게 볼 수 있을까? 그날 그들은 새해 축하 파티를 하고 있었다. 그날 그녀는 그 어느 때보다 외로웠다. 랼진은 아내와 함께 아들을 보러 해외로 떠났고 그녀는 남자도, 온기도 없이 덩그러니 혼자 도시에 남았다. 그녀는 스테판의 어떤 부분에 끌렸었는지 기억나지 않았다. 그의 명랑하고 조금은 저속한 건배, 그리고 넓은 어깨와 농부를 연상시키는 그의 이름에 끌렸던 것 같다.

세묘노바가 그를 자기 집무실에 데려갔다. 둘 다 술에 취해서 계단에서 발에 걸려 넘어졌고 그는 큰 소리로 웃으면서 그녀의 뒷덜미를 감쌌다. 그들은 사장실에 들어가서 문을 요란하게 닫고 불도 켜지 않은 채 까슬까슬한 천이 깔린 참나무로 만든 책상 위에 누웠다. 기분이 좋아진 그는 바지를 내리고 풀어헤친 그녀의 커다란 젖가슴에 코를 박았다. 그녀는 어서 속히 스테판이 그녀 안에 들어오길 바랐지만, 그가 몸을 밀어 넣자마자 그의 헝클어진 앞머리가 그녀의 몸을 끊임없이 간지럽혔고, 수놈 특유의 기쁨 때문인지 그의 혀가 공중에서 헛발질해대는 바람에 갑자기 하고 싶은 마음이 사라졌다. 기분 나쁘게 누군가가 자신을 무겁게 누르고 안에서는 그곳을 찔러대는 동안, 그녀는 뜯겨서 어딘가로 날아가 버린 단추라든지 창밖의 경적 소리 말고는 아무것도 느끼지 못한다는 것을 스테판에게 보여주기 위해서라도 신음하듯 눈을 감지 않는 건 어떨지 생각했다.

2주 쯤 지나서, 그녀가 회사에 견적서를 잠깐 볼 겸 들렀을 때 스테판은 그녀의 시선을 끌려고 복도에서 부산을 떨었다. 그녀는 '안드레이 귀에 들어가면 안 될 텐데'라는 생각을 하고는 그를 자기 방으로 불렀다.

"마리나"

스테판은 언젠가 그녀와 뜨거운 밤을 보냈던 바로 그 책상 위에 깔린 까슬까슬한 천을 쓰다듬으며 음흉한 미소를 띤 채 말을 꺼냈다.

"마리나 아나톨리예브나라고 해야죠."

세묘노바는 사무적인 투로 그의 말을 짧게 정정했고, 그에게 봉투 하나를 내밀었다.

"스테판, 이건 당신 겁니다. 자그마한 포상이라고 생각하시면 될 것 같습니다. 아내와 아이들을 데리고 휴가라도 다녀오세요. 직원으로서 그럴만한 자격 있으세요. 부서가..."

"물품 공급 부서죠."

그는 귀띔하고는 잠시 진지한 얼굴이 되더니 이내 어두운 표정을 지었다. 하지만 봉투를 챙겨서 보통 직위가 높은 상사의 직무실에서 부하 직원이 나갈 때처럼 예의를 갖추면서 나갔다.

공급 부서라... 그곳에서는 얼마 전 차 사고를 당한 친구가 일하고 있었다. 부상의 정도가 너무 심해서 생과 사를 넘나들었다. 커피포트의 물이 끓었고, LED 전등이 춤을 추기 시작했다. 일류센코가 부엌에 들어와서 세묘노바가 진열장에서 도자기 찻잔을 꺼내는 것을 도와주었다. 메탈 십자가가 흔들리더니 그가 입고 있는 캐속에 부딪혔다.

"그래서 마리나, 카푸스틴과의 일은 어떻게 마무리된 거죠? 검찰 총장님 일 말이야."

"수입의 30%를 떼주기로 합의 봤지."

"그게 다야?"

"게다가 탄산수 공장의 주식도 양보했고. 체크 시트인 셈이지. 안드레이는 그가 장관으로 임명됐을 때 자신이 갖고 있던 주식을 나한테 양도했거든. 과묵하고 재미없는 여편네한테 재산을 다 줄 수는 없으니까."

그녀는 카푸스틴의 떨리던 턱을 떠올렸다. 그의 턱에는 군데군데 짧은 털이 남아있었다. 맹수 특유의 눈빛과 위에서 아래로 내려다보며 마치 양보할 준비가 되어 있다는 듯 간곡한 그의 시선을 그녀는 잊지 못했다. 그가 마리나의 손길이 닿고 있는 아래쪽 그곳을 응시했을 때 관자놀이 아래의 혈관은 마치 산속에 있는 작은 시내처럼 뛰었다. 마리나의 손안에 있는 카푸스틴의 그것은 등색껄껄이 그물버섯마냥 작고 뚱뚱했으며 잠시 후 그녀의 입으로 쓴 액체가 뿜어져 나오자, 검찰 총장은 몸을 부르르 떨고는 후들거리는 다리로 뒷걸음질했다. 그녀는 버버리 가방에서 휴대용 화장지를 꺼내어 카푸스틴의 씨가 딱딱하게 굳기 전에 입가를 닦아냈다.

4

엘라 세르게예브나는 자신의 부츠를 잃어버리는 꿈을 꿨다. 스웨이드 소재의 기다란 블랙 부츠였는데 굽은 낮았다.

"여보! 빨리 좀 나와, 우리 이러다 늦겠어!"

안드레이 이바노비치가 문밖에서 그녀를 불렀다. 하지만 엘라 세르게예브나는 쪽 모이 세공을 한 마룻바닥 위를 나일론 스타킹을 신고 발을 구르며 다니다 등나무로 만든 신발장을 세게 닫았다. 아무리 찾아도 부츠는 나오지 않았다.

잠시 후 엘라 세르게예브나는 안드레이 이바노비치가 가죽 잠바를 활짝 열어젖히고 서서 그녀에게 짧고 귀여운 손을 흔들고 있는 자기 집 마당에 나와 있었다.

"여보, 서둘러!"

그가 그녀를 다시 한번 재촉했고 그녀는 차가운 타일 위를 맨발로 건너 남편에게 달려갔다. 그녀가 결국 남편이 있는 데까지 뛰어갔는지 혹은 생각을 바꾸고 집으로 돌아갔는지는 알 수 없었다. 왜냐하면 그 순간 그녀는 온몸을 부르르 떨며 현관문에서 들리는 날카로운 벨 소리에 잠이 깼기 때문이었다. 그녀는 하지 정맥류가 있는 자신의 무거운 다리를 실크 이불 밖으로 끄집어내고는 안드레이 이바노비치를 한 번 쳐다봤다. 은색 틀 안에 들어있는 그림 속에서 조금 미안한 듯한 미소를 띠면서 그녀를 바라보는 고인의 얼굴에서는 빛이 났다. 그 옆에 좁은 탁자 위에는 양단으로 된 책갈피가 꽂힌 시커먼 기도서가 도드라져 보였다. 고해 신부는 아침과 저녁마다 조금씩 읽으라고 명했고, 고인이 사망하고 40일간은 특별히 더 열심히 기도하라고 했다. '당신은 우는 자의 위로요, 병든 자와 과부의 피난처시니…'

무섭지만 불가피한 확인 절차 이후에 영안실에서 안드레이 이바노비치의 시신을 집으로 보내왔다. 엘라 세르게예브나는 수사가 지체되어서 사흘 째 되는 날 장례식을 치르지 못하게 될까 봐 염려했지만 일은 순조롭게 진행되었다. 한밤중 꿈에 나왔던 해부학자들과 뼈 절단용 가위의 탁탁 거리는 소리는 말 그대로 꿈에 불과했다. 수사관들은 기한 안에 사인을 심장마비로 결론 내렸다. 물론 장관의 시체가 변두리에서 그것도 폭우 속에서 발견된 것을 포함해 몇 가지 이해되지 않는 상황들로 인해 사람들이 수군거리긴 했다. 수사관은 엘라 세르게예브나를 불러서 집안 사정에 대해 몇 가지 심문을 했다. 그녀는 그 자리에서 감정을 주체하지 못하고 통곡을 했고 마리나 세묘노바를 저주했다. 그 악마는 거의 10년에 걸쳐서 고인의 피를 빨아먹었다는 것이다. 그는 괴로워했고, 양심의 가책에 시달렸다고 했다. 그리고 누군가 그를 감시하면서 알 수 없는 편지를 보내와서 그가 무척 힘들어했다는 얘기도 했다. 심장에 문제가 있어서 심장 전문의를 찾았다는 말도 했다. 의사들은 튀긴 음식과 훈제 음식, 비계와 소금에 절인 생선을 먹지 말라고 했지만, 안드레이는 고집이 세서 의사의 말을 듣지 않았다고도 했다. 엘라 세르게예브나가 자주 만난 점성술사는 입버릇처럼 말하곤 했다. '양자리 사람들은 한 번 뿔을 이용해서 땅을 파고 들어갔다 하면 끌어내는 것이 불가능하다'고 말이다. 그런데 그녀는 그의 죽음은 예측하지 못했다. '타살은 8 하우스에서 볼 수 있고, 자연사는 11 하우스에서 볼 수 있다. 금성이 수성과 대치할 때는…'

엘라 세르게예브나는 한쪽 손으로 더듬어 욕실 스위치를 찾았다. 얼굴은 부어있었고, 아이라이너도 안 바르고, 벽돌색 볼 터치도 없이, 살짝 늘어진 목에 알이 큰 진주 목걸이도 하지 않은 무방비 상태의 민낯이었다. 그녀는 화려한 로즈우드 뚜껑이 위아래로 따로 열리는 관 속에 누워있던, 분칠을 잔득한 안드레이 이바노비치의 모습이 떠올랐다. 관을 갖고 나갈 때 문틀에 관이 걸렸다. 고인의 업무 후임자인 나탈리아 페트로브나는 부정을 탈까봐 우려되어서 꺼이 꺼이 울면서 성호를 그었다. 주지사는 출장 중이어서 장례식에 참석하지 않았다. 곡하는 사람들이 서로 귓속말을 주고받았다. 누군가는 조용히 '뇌물'이란 단어를 입 밖으로 내뱉었고, 그 말을 받아서 '협박'이라고 하는 사람이 있었는가 하면 '우울증'이라는 단어가 들리기도 했다. 엘라 세르게예브나는 그들의 말을 흘려들었다. 그녀는 해외에서 아버지 장례식에 참석하려고 온

아들의 가느다란 등 쪽으로 시선을 돌렸다. 그는 이틀도 지나기 전에 눈물 한 방울 흘리지 않고 공부하러 다시 떠났다. 해외에는 안드레이 이바노비치가 빼돌린 돈이 신탁 자금으로 묶여있었다. 캐낼 수도 문제 삼을 수도 없는 돈이었다.

엘라 세르게예브나는 숨을 죽이고 귀를 기울여보았다. 벨 소리는 더 들리지 않았다. 어쩌면 아직 잠이 덜 깨서 헛소리를 들었는지도 모른다. 보통 현관문은 타냐라는 가정부가 열어줬지만, 오늘은 휴가였다. 장례식 후에 타냐가 부엌에서 식기를 치우면서 그녀가 결혼할 때 어머니한테 선물로 받은 웨딩 찻잔 세트 중 하나가 떨어져 산산이 조각났다. 돈이 있어도 구하기 힘든 소련 시대 때 찻잔이었다. 깨진 조각을 본 엘라 세르게예브나는 화가 머리끝까지 나서 가정부에게 바보 멍청이라고 소리를 질렀다. 고개 숙인 타냐를 향하는 깡마른 그녀의 손가락 마디가 갈 길을 잃고 하얗게 질렸다. 엘라 세르게예브나는 젖은 수건을 말아 턱이 처지지 않도록 하기 위해 아래에서 위로 손바닥으로 가볍게 마사지하면서 생각했다. '아무래도 그 여자를 해고해야겠어.'

가정부 타냐는 얼마 전부터 심하게 거슬렸고, 안드레이 이바노비치가 죽고 나서부터는 갈등의 골이 더 깊어지더니 병에 갇힌 나방처럼 더 요란한 소리를 내기 시작했다. 일의 발단은 거실에 놓인 참나무로 만든 테이블 위에 걸려 있는 커다란 고인의 초상화였다. 화가 어니스트 포고딘은 어떤 연유에서인지 고인을 황금색 견장이 달린 장군복을 착용하게 하고, 앞으로 받을지도 모르는 국가가 수여하는 상을 암시라도 하듯이 가슴에는 어떤 십자가를 달게 했다. 한 번은 엘라 세르게예브나가 그림에 쌓인 먼지를 없앨 목적으로 기술자를 부른 적이 있었다. 기술자가 그림의 무게에 눌려 '악' 소리를 내며 벽에서 그림을 떼어내자, 그림 액자 틀 안쪽 어딘가에서 도미노 타일이 하나 떨어져 마룻바닥에 굴렀는데, 사각형마다 하얀 점이 있는 무늬였다. 엘라 세르게예브나는 바로 느낌이 왔다. 그것은 필시 누군가가 나쁜 마음을 품고 주술을 부린 것이 틀림없었다. 하지만 누가 이런 타일을 그림에 끼워 넣었단 말인가? 집을 찾은 손님들? 아니, 그들은 서로가 하는 행동을 다 볼 수 있었다. 그렇다면 그 과묵한 가정부의 짓일 것이다. 그 이상으로 의심이 가는 사람은 없었다. 안드레이 이바노비치의 시체가 발견되었을 때 엘라 세르게예브나는 바로 사악한 타냐와 그녀의 그 타일 조각을 떠올렸다. 점술이 효력을 발휘한 것일까?

또다시 벨 소리가 들렸고, 벨은 집요하게 계속 울렸다. 엘라 세르게예브나는 젖은 수건을 세면대에 던지고는 남편이 중국에서 사 온 알록달록한 가운을 종아리까지 오는 슬립 위에 걸칠 요량으로 서둘러 찾아봤다. 잠에서 깼을 때 부산스럽고 괴롭던 어제의 일이 주마등처럼 지나갔다. 장례를 치르고 나서 엘라 세르게예브나는 처음으로 출근했다. 도착하자 많은 사람들이 그녀에게 애도를 표했다. 처음에는 도저히 이해하기 힘든 상실이라느니, 끔찍한 뉴스를 듣고 깜짝 놀랐다느니, 과부의 고통을 나눌 준비가 돼 있다는 이야기를 들을 때 달콤하고도 지루해 눈물이 날 것만 같았다. 교사들이 비좁은 틈을 파고들었고, 학생 어머니들의 얼굴이 보였다. 점심 식사 후에는 교장실에 들어가는 것 자체가 불가능할 정도였다.

교육부에서 온 여직원들은 조심스럽게 들어왔다. 안드레이 이바노비치의 비서인 레노치카는 고인이 직장에 두고 간 시계를 주고 돌아갔다. 무슨 영문에서인지 교사들은 카네이션을 든 1학년 학생들을 데리고 왔다. 카네이션은 또 어디에다 둔다? 꽃병에 꽂을 수도 없는 노릇이다.

공기 중에는 심연의 악취가 났고 엘라 세르게예브나의 가슴에는 시커먼 구정물 같은 것이 일었다. 그녀는 공포의 실체를 알 수 없어 괴롭고 온몸이 떨렸다. 안드레이 이바노비치의 보호가 없는 지금 그녀는 작고 보잘것없는 인간으로 변해갔다. 그녀 주위에 부하 직원들이 약탈자처럼 밀려들어 그녀의 불행을 기뻐했다. 교감은 무슨 목적에서인지 카투시킨이라는 기자가 쓴 쓰레기 같은 기사를 건네면서 이렇게 모욕적인 기사는 소송감이라고 말했다. 교활한 카투시킨은 략진의 창고에 쌓인 금을 언급하면서 장관의 매력적인 동조자인 마리나 세묘노바에 대한 언급도 잊지 않았으며, 주지사가 장례식에 불참한 것과 관련해서는 특별히 더 비꼬면서 강조했다. 그의 말을 빌자면 고인의 모자에서는 살아생전에 이미 연기가 나기 시작했으니, 이제 불에 탈 일만 남았다는 것이었다. 략진을 괴롭힌 무기명 투서의 경우는 략진의 내연관계를 밝히고 권력 남용까지 언급하고 있는 듯했다. 검사 카푸스틴의 활약이 기대된다는 언급도 빼놓지 않았다. 마지막으로 쓰레기 같은 카투시킨은 엘라 세르게예브나의 학교도 그녀의 주도하에 비리를 저질렀을 가능성을 모호하게 언급했다.

그녀는 화를 내거나 경멸하는 말을 뱉고 쓰레기 같은 기사를 구멍 숭숭 뚫린 쓰레기통에 던져 넣는 대신 갑자기 목에 무언가 걸린 것처럼 순간적으로 몸이 굳었다. 만약 세무 조사 결과 불법 행위가 드러난다면 어쩐다? 만약 엘라 세르게예브나가 졸업 앨범에 사회 이론 과목 점수를 꼼꼼하게 적어 넣은 것이 발각된다면? 실제 존재하지 않은 점수나 수업 주제를 그녀는 적어왔다. 혹은 오렌부르크산 털이 복슬복슬한 숄을 두른 뚱뚱한 경리과장이랑 짜고 그녀는 수년째 존재하지도 않는 교사들의 월급을 청구해온 일도 있었다. 이 유령 교사들은 매달 급여를 받는 것도 모자라 굉장히 중요한 업적을 달성한 데 대하여 포상금까지 받아 챙겼다. 한 번은 클락 룸 직원으로 학교에 한 번 정도 온 적 있는 불쌍한 자신의 친척 이름을 올렸다. 물론 급여도 나갔다. 차가운 침을 한 번 꿀꺽 삼킨 후 엘라 세르게예브나는 트집을 잡아서 이 유령들을 모두 해고하기로 결심했다.

겁에 질린 여자 행정 직원들은 부산하게 움직였고, 그들의 고무 집게 아래로 염색한 머리가 풀어 헤쳐져 있었다. 엘라 세르게예브나는 그들 역시 언제 닥칠지 모를 알 수 없는 두려움에 사로잡혀서 언제든 엘라 세르게예브나를 떠날 준비가 돼 있다는 것을 감지하고 있었다. 하지만 그들은 그렇게 할 수 없었다. 모두가 공범이었기 때문이다. 하나도 빠짐없이 모두가 제자들의 주머니를 털고 있었다. 졸업장은 금고에 보관하고 있었고, 일종의 벌금을 물어야만 받을 수 있었다. 모교에 돈을 내기 싫으면 졸업장을 못 받는다는 식이었다. 돈은 조금씩 기부한 사람들의 이름과 기부 금액이 적힌 목록과 함께 그녀의 호주머니로 고스란히 들어갔다. 교실 문은 낡아서 연신 흔들렸지만 엘라 세르게예브나의 집무실 벽에는 얇은 LCD 모니터가 설치되었다. 모니터는 자신의 사각형 얼굴을 반짝이면서 마치 살아있는 생명체처럼 여러 방향으로 회전이 가능했다.

어떤 선생이든지 갑자기 몰래 무언가를 훔치려고 하면 인정사정없이 응징하곤 했다. 하지만 엘라 세르게예브나는 이미 수년째 교사들에게 추가 수당을 주지 않았다. 주에서 개최하는 축제들, 공개 행사들, 선거, 시에서 개최하는 올림피아드, 컨퍼런스 등에서 그들은 좋은 성과를 냈지만, 상장이나 감사패, 그리고 상까지 엘라 세르게예브나 혼자 독차지했다. 어문학을 전공한 어느 직원이 이 일을 상부에 보고하려고 했으나 고인이 된 랍진 덕분에 그의 아내 엘라 세르게예브나는 털끝 하나 다치지 않게 되었다. 하지만 상부에 보고하려고 했던 여자는 지옥으로 사라졌다. 그리고 덕분에 그 후로는 누구도 교장인 엘라 세르게예브나를 건드리지 않게 되었다...

그녀는 가운의 미끄러운 소매 안쪽에 양손을 끼웠다. 옷장 안에 있는 거울 속에서 그녀의 모습은 한 번 부르르 떨더니 세 개, 그리고 여섯 개로 쪼개졌다. 안드레이 이바노비치의 넥타이들은 툭 튀어나온 갈빗대를 연상시키는 트리처럼 철제 옷걸이에 매달린 채 흔들리기 시작했다. 두개골 대신 옷걸이 고리가 물음표 모양을 하고 그녀를 바라보고 있었다. 아들은 언젠가 미국인들의 넥타이에는 선이 오른쪽 위에서 왼쪽 아래로 향해있고, 영국인들의 넥타이는 정반대라고 말한 적이 있었다. 만약 십자가형이라면? 창살 모양이 만들어진다… 넥타이는 안드레이 이바노비치의 운전 기사들에게 나눠줘야 했다. 그녀는 백 번도 더 떠올렸다. 그는 그날 밤에 운전기사를 먼저 퇴근시켰다. '왜, 도대체 왜…' 갑자기 남편을 지금부터 영원히 볼 수 없다는 비극을 불현듯 명료하게 깨달은 그녀는 요란한 벨 소리도 무시한 채 헝클어진 침대 시트 끝에 털썩 주저앉아 밤을 지새웠다.

저주받아 마땅한 세묘노바 같으니. 엘라 세르게예브나는 랴진이 자기와 헤어지기가 무섭게 사랑의 간헐천처럼 그녀에게 달려갈 때부터 그녀와 남편의 관계를 의심했다. 언제부터인가 그는 잠시나마 따뜻하게 아내를 안아주지 않았다. 일이 많다는 것을 핑계 삼아 그는 아내 쪽으로는 단단한 뒷덜미를 보여주며 코를 골기 일쑤였다. 그녀를 향한 애정이 예전만 못하다는 것을 안 엘라 세르게예브나는 불안한 마음에 효과가 좋다는 모든 비밀스러운 액체를 동원했는데 물집청가리 즙이라든지, 말 흥분제, 남극 크릴새우 추출물, 물고기 간 추출물, 인삼 추출물과 야생 고추 등 안 써 본 것이 없을 정도였다. 이것들을 그녀는 그가 저녁에 마시는 차에 몇 방울씩 떨어뜨리곤 했다. 하지만 발정 난 말코손바닥사슴처럼 정욕에 불타서 그녀에게 달려드는 대신, 안드레이 이바노비치는 얼굴이 새파랗게 질려서는 화장실에 들어가 문을 잠그고 한동안 나오지 않았다. 그는 고통스럽게 구토를 했던 것이다.

공식적인 파티나 리본 커팅식 같은 자리에 그는 이제 아내를 동반하지 않았다. 그리고 엘라 세르게예브나는 그곳 행사장에 한껏 멋을 내고 온 손님 중에 랴진의 재산을 노리는 저속한 그녀도 참석한다는 것을 알고 있었다. 그로 인한 미움이 그녀를 산 채로 집어 삼키고 있었는데 그녀는 세묘노바와 자신의 남편 중 누구를 더 증오하는지 알 수 없었다. 엘라 세르게예브나는 이러다가는 노년에 혼자서 남편도 없이 업신여김을 당하겠다는 생각을 했었다. 하지만 세월은 계속 흘렀고, 처음에는 뻔뻔하게도 행복한 미소를 숨기지 않았던 안드레이 이바노비치는 아무튼 계속 집으로, 가족의 품으로 돌아왔다.

레노치카라는 역겨운 비서가 한 번은 엘라 세르게예브나의 귀에 대고 탄산수 공장 건립 기념일에 안드레이 이바노비치가 너무 딱했노라고 속삭인 적이 있었다. 그가 마리나 세묘노바에게 아들이 커서 해외에 있는 학교에 입학만 하면 아내와 이혼하겠다고 약속을 했는데, 이제 아들이 커서 해외에 있는 명문 대학에 입학했지만 아무것도 바뀐 것은 없었다고 말하면서 말이다. 이제는 세묘노바가 녹슨 톱으로 랍진을 톱질해서 그의 뇌를 파먹고 있다고도 했다. 멍청한 레노치카는 엘라 세르게예브나가 동조하고 실컷 웃어줄 것이라고 생각했다. 하지만 그녀는 버럭 화를 내고 눈에서 불을 내뿜을 뿐이었다. 겁도 없이 감히 전 주의회 위원이자 학교 교장이자 장관의 아내인 그녀에게 귓속말하다니. 머리에 피도 안 마른 뻔뻔한 년 같으니. 쓰레기 같은 낙하산들은 이제 질려버렸어! 노린재목, 바퀴벌레, 고깃덩어리 같으니! 감히 안드레이 이바노비치를 건드리면 국물도 없다고!

그건 그렇고 안드레이 이바노비치가 사람은 좋았다. 그가 얼마나 많은 회사를 욕심 많은 내연녀에게 넘겼는지는 수를 세기도 힘들 정도였다. 그것도 모자라 그는 수백만 달러를 내연녀 선물에 쏟아부었다. 한 번은 랼진이 그녀에게 말한 적이 있다. '어차피 내 돈도 아니고 나랏돈인데 뭘'

그들은 처음으로 마리나 세묘노바에 대해 허심탄회하게 대화를 나눴다. 서랍장 위에 있는 시계는 도금된 분침과 시침을 살짝 흔들어대면서 똑딱거렸다. 새벽 두 시가 넘은 시간이었고, 랼진은 잠이 오지 않았다. 그의 부드러운 양 볼에는 식은땀이 맺혔다. 그는 아내에게 무기명 투서에 대해 털어놓았다. 누군가 처음 본 주소로 자기에게 협박하는 내용을 담은 이메일을 보내고 있다고 했다. 그는 검사 카푸스틴에게도 협박을 받고 있다고 말했고, 카푸스틴은 농담하듯이 부인을 의심했다. 이건 아마도 엘라 세르게예브나가 그가 가족에게 돌아오게 하려고 꾸민 일인 것 같다고 하면서 말이다. "하지만 나는 당신을 떠난 적이 없고, 앞으로도 그런 일은 없을 것이오."라고 말하며 랼진은 그녀의 커다란 손가락을 응시하면서 아내에게 울먹이는 목소리로 자신을 믿어줄 것을 호소한 바 있다. 그의 신경은 쇠약해질 대로 쇠약해져 있었다. '당연히 나를 떠날 수는 없겠지, 멍청한 인간 같으니라고! 그게 다 주지사가 가족이라는 가치의 소중함이란 프로그램을 발표했기 때문이라는 걸 내가 모를 줄 알아? 이혼만 했다 하면 정치 생명도 끝이라는 걸 알기 때문이지. 그럼 돈줄도 끊기는 거고.' 라며 엘라 세르게예브나는 생각했다. 이렇게 해서 그들의 가정은 깨지지 않았다.

대문에서 나는 벨 소리는 힘센 치과용 드릴처럼 고집스럽고 길게 쨍그랑거리기 시작했다. 엘라 세르게예브나는 멀리서 들리는 짐승의 포효도 구별할 수 있었다. '설마 누가 앵글 그라인더를 쓰나?'라고 생각하며 미망인은 덜컥 겁이 나 침대에서 서둘러 내려오다가 휘청거려서 붉은 나무로 만든 가구의 모서리에 부딪혔지만, 아랑곳하지 않고 아래 마당으로 다급히 걸음을 재촉했다. 쪽지! 그녀는 어제 쪽지 하나를 받았다. 인쇄체로 '할망구, 손님 맞을 준비나 하라고!'라고 적힌 쪽지는 불길한 일을 예견했고, 두꺼운 종이는 두 번 접혀 있었다. 그녀는 교장실이 텅 빈 저녁 시간에 책상 위에 있는 서류 더미 속에서 쪽지를 발견했다. 그때만 해도 여기에 아무런 의미를 부여하지 않았다. 심지어 쪽지를 받았던 사실조차 완전히 잊고 있었다! 하지만 바로 이 쪽지가 그녀의 뇌 속에 선명한 검은색 잉크 자국처럼 자리 잡고는 꿈에도 나타나 그녀를 괴롭혔다. 엘라 세르게예브나가 생각하고 싶지 않은 그 쪽지에는 '손님 맞을 준비나...'라고 적혀있었다. 그리고 지금 정말로 불청객이 나타난 것이다. 인터폰 화면은 고장 나서 휘어진 선들만 보여줄 뿐이었다.

참나무로 만든 계단은 곰 같은 그녀의 발아래에서 흔들리기 시작했다. 나선형의 계단을 두 바퀴 돌아 내려오면서 손바닥은 인조보석으로 박힌 대나무로 벽지를 내리쳤다. 우울한 기운이 감도는 거실에는 커튼이 드리워져 있었다. 어니스트 포고딘의 그림 속에서 안드레이 이바노비치는 뭔가 불만이 있는 듯 눈을 가늘게 떴고, 장군의 견장도 완전히 그 빛을 상실했다.

'젠장할!'

엘라 세르게예브나는 문화부 장관으로부터 선물 받은 르네상스

풍의 등받이 없는 의자에 발을 세게 부딪히고는 욕을 했다.

쪽지에 대한 생각이 머릿속을 장악했다. 이때 그녀의 머릿속을 빠르게 스치고 지나간 것이 있었다. '제길, 아이들, 그래, 걔네들이야!' 아이들은 정말로 말을 듣지 않았다. 얼마 전에 그녀는 고학년 학생들에게 한 명씩 자기 방에 오라고 했었다. 그녀는 그들을 불러서 혼을 내고 괴롭혔다. 어떤 바보 같은 아이들은 거리에서 하는 시위에 어울려 다니며 권력에 대해 비난을 서슴지 않았다. 그들을 선동하는 대학생들은 인터넷에서 온갖 더러운 것을 다 모아 그들을 부추기고 오염시켰다. 인격이 형성되지 않은 아이들이 동요되었다. 그리고 동요된 아이들의 부모들은 웅얼거리며 염소처럼 떨리는 목소리로 아이들을 단속하겠다고 약속했지만 엘라 세르게예브나는 우레 같은 목소리로 거만하게 말했다.

"여러분은 이번 사안이 얼마나 심각한지 알고 계시는 건가요? 댁의 아이가 범죄에 악용되고 있다고요! 저는 경찰서에 전화해야 할 의무가 있고, 그렇게 되면 아드님은 조사를 받게 되고, 그는 대학에 입학할 자격을 상실하게 됩니다. 평생 낙인이 찍힌다고요!"

가출한 아이들은 그들을 조종하는 사람들의 말을 듣고 더 과감하고 거칠게 행동했으며, 어른들의 말을 들으려 하지도 않았다. 게다가 그들은 교장이 9월 무렵에 열어주겠다고 한 컴퓨터 클래스를 개설해주지 않았고 컴퓨터 교실 문이 지금까지 잠겨있다며 교장에게 문제 해결을 촉구했다. 그녀가 학생들에게 역겨운 거리 시위에 나가지 말라고 할 때마다 학생들은 항의하고 헌법 내용을 언급했다. 굉장히 자유분방한 10학년 여학생 한 명은 아무도 그녀를 속이는 사람은 없으며 교사들과 교장이 시장을 찬양하는 글과 정부 고위층 관료들의 명언들을 학교 복도 곳곳에 붙여놓았다고 말했다. 그녀는 수치스러운 구제 불능 쓰레기였다. 아마 그 애가 쪽지를 놓고 간 것이 틀림없을 듯했다.

"여러분은 모두 꼭두각시 인형들이라고요!"

엘라 세르게예브나는 당시 잔뜩 흥분한 장군 부인들과 교사와 교무주임에 둘러싸인 채로 교실에 난입해서 소리를 지르기 시작했다.

"여러분은 혁명을 원해요? 피를 원하나요? 우크라이나 꼴 나고 싶어요? 아무짝에도 쓸모없는 무식한 멍청이들 같으니! 당신들의 세계관은 좁아터진 거 알아요? 90년대 우리가 살았던 것처럼 거지같이 진흙이나 퍼먹어봐야 실크처럼 고분고분해질 텐데 말이죠!"

하지만 해로운 선전에 세뇌되고 쓰레기 같은 인터넷에 점령당한 고학년 학생들은 여전히 도둑질이니 부모님들의 푼돈이니 하는 말들을 쏟아냈다.

"왜 우리는 푼돈을 받고 살고 있는지 말할 수 있는 사람 있나요?"

교실에 있는 사람들이 소리 질렀다.

"어서, 말들 해보라니까요! 자기 생각을 좀 말해보세요! 다들 경제 봉쇄, 봉쇄 하는데! 우리의 목을 조르는 건 유럽이고 미국은 우리를 송곳니로 긁어대죠. 왜 그런지 대답 좀 해보시죠! 어서 말해보라니까요!"

"왜냐하면 우리가 제재를 위반했으니까..."

몇 명이 동의하지 못하겠다는 듯 말했다.

"왜냐하면 우리는 강하기 때문이죠! 왜냐하면 다들 우리를 두려워하기 때문이죠!"

교무주임이 포효했다.

그녀의 머리카락은 헤어핀에서 삐져나와 있었고, 목소리는 핸드그라인더에 무언가 걸린 것처럼 쉬어 있었다. 엘라 세르게예브나는 외로운 교무주임이 청소부와 내연 관계라는 것을 알고 있었다. 젊고 갈색 눈을 가진 남자였는데 중앙아시아에 아내와 세 아이를 두고 온 사내였다. 그녀는 쥐꼬리만 한 교사 월급으로 먹을 것이나 던져 주면서 키우는 호랑이처럼 그를 침대 파트너로 옆에 두고 있었다. 하지만 엘라 세르게예브나도 그 여자만큼이나 사랑을 원했다. 그녀의 허벅지는 여전히 통통했으며 아직 쓸 만했다. 하지만 람진은 이불 속에 몸을 파묻고는 아주 가끔 애걸복걸하면 그제야 겨우 억지로 아내의 요구에 응하곤 했다. 한 번은 새벽에 그녀의 억센 손이 이제 막 잠에서 깨어 고개를 살짝 든 그의 짐승을 강하게 쥔 적이 있었다. 그러자 장관은 마지못해 반수면 상태에서 거의 아무것도 느끼지 못하면서 활짝 열린 아내의 몸에 올라탔다. 그런데 이제 그렇게라도 아쉬움을 달래주던 그가 이제는 없었다. 그의 서재는 텅 비었다. 그의 권총 수집품들은 차가워진 지 오래다. 한편 밖에서는 악을 쓰면서 혐오스럽게 누군가 벨을 누르고 있었다...

엘라 세르게예브나는 걸쇠를 열기 시작했다. 이제 분홍색 타일이 깔린 마당을 건너가서 현관을 여는 일만 남았다. 밖에서 사람들의 목소리가 들려왔다. 어제 본 얼굴들이 그녀의 머릿속에 아른거렸다. 도대체 누구, 누구란 말인가... 이런, 내가 왜 그 생각을 못했지! 마리나 세묘노바가 준 꽃다발이 있었지! 독사 같은 년이 택배로 40송이의 붉은 장미와 백합 몇 송이와 장례식용 풀을 좀 섞어서 꽃바구니를 만들어 화해를 청해왔다. 사실 그녀야말로 사람을 시켜서 그 문제의 쪽지를 던져두고 갔을 수 있었다. 얼마나 교활하고 얼마나 저급한 생각이란 말인가. 다행히 엘라 세르게예브나는 청소부를 시켜서 그 바구니를 버리라고 명령을 내렸다. 그녀는 그 꽃들에서 장미 향이 아니라 살충제 농약, 독약, 썩은 내가 나는 것 같았다. 청소부는 물론 그걸 길에서 누군가에게 팔았을 것이다. 그나저나 탐욕스러운 교무주임은 그 청소부를 왜 좋아하는 걸까? 가무잡잡한 목에 얼굴은 작고. 그것도 얼굴이라고.

어쩌면 지금도 누군가 화환이나 꽃이 든 바구니 혹은 애도의 그림을 보낸 것일 수도 있다. 그녀는 갑자기 자신이 상복도 입지 않았고 가슴에는 요란한 중국 꽃이 그려져 있다는 것을 깨달았다. '사람들이 내가 슬퍼하지 않는다고 생각할 수도 있겠어...' 스키타이인들은 누군가 죽으면 애도를 표하기 위해 자기 양쪽 귀를 잘랐고 화살로 왼손에 구멍을 냈다고 한다. 고대 그리스인 여자들은 자신의 손톱으로 얼굴을 할퀴고 머리카락을 잘랐다고 한다. 오스트레일리아 원주민들은 과부가 되면 자기 가슴을 숯으로 지졌다. 유럽의 귀족들은 남편이 죽고 나면 6주 동안 침상에 있으면서 모든 공연을 끊고 지내야 했고, 그때 그들에게 허용된 것은 검은색 줄이 있는 종이에 편지를 쓰는 것이었다. 러시아 과부들은 영원히 검은색 옷을 두르고 수도원에서 여생을 보냈다. 힌두교 신자인 과부들은 스스로 불길에 뛰어들었으며, 인도네시아 과부들은 자기 손가락을 잘랐다…

엘라 세르게예브나의 손가락은 멀쩡했다. 대신 그 손가락들로 자물쇠의 잠금을 풀었다. 그녀는 현관문을 열자마자 놀라서 뒤로 자빠질 뻔했다. 사복 차림의 남자 대여섯 명이 마당으로 거침없이 들어온 것이다. 그중 키가 가장 작고 콧수염을 길게 기른 사내가 자신들을 수사관이라고 소개하고는 그녀의 코에다가 법원 결정서와 수색영장을 들이밀었다. 엘라 세르게예브나는 큰 소리로 한숨을 쉬고 무슨 연유에서인지 축 늘어진 자신의 귓불을 잡아당겼다. 그러자 귓불에 커다란 구멍이 생겼다. 그녀는 숨을 내쉬면서 말했다. “대체 무엇 때문에..” 하지만 그들 중 책임자의 목소리가 그녀의 말을 끊었다. 수사관은 콧수염에 미소를 가린 채 대답했다. “그것 때문이죠” 그리고는 마치 자기 집인 것처럼 집 안으로 들어가기 시작했다.

5

그중 세 명은 벌써 몇 시간째 1층 마룻바닥 위를 터벅터벅 왔다갔다 했고, 둘은 그 뒤를 졸졸 따라다니면서 럄진식 멋진 인테리어를 넋을 놓고 바라봤다. “그런데 이 새는 무슨 새죠?” 수사관은 포동포동 살이 잔뜩 붙은 커다란 세브르산 도자기로 만든 공작새를 손가락으로 가리키면서 질문했다. 그녀는 옷걸이에 걸려있던 검은색 울로 된 숄을 덮은 채 몸을 거실에 있는 가죽으로 만든 안락의자에 완전히 파묻고서 대답했다. “불새죠. 구멍이 전혀 없는 작품이죠.”

“새를 어찌하겠다는 게 아니니, 걱정하지 마세요.”

셋 중 한 명이 큰 소리로 웃었고 등이 구부정한 수사관들이 그의 뒤를 따라갔다. 뒤따르던 수사관들은 입구에서 신발 벗는 것을 꺼렸고 그제야 엘라 세르게예브나는 그들의 낡고 늘어진 양말을 경멸 섞인 시선으로 주시했다. 그녀는 몸을 더 움츠리며 생각했다.

'이 놈팡이들은 옆에 있는 구역에서 데려왔을 거야. 저기 어떤 년이 옆집에 이사를 왔는데 가서 감시하라고 했겠지.'

그녀는 도무지 수사관들이 그녀에게서 원하는 게 뭔지 도통 이해할 수 없었다. 그녀는 학교에서 추가로 돈을 청구한 것이 밝혀질까 봐, 유령교사들의 존재를 부정할 수밖에 없을까 봐 숨이 막힐 정도의 공포감을 느꼈고, 이젠 머릿속이 하얗게 변해서 몸이 덜덜 떨리고 어서 속히 이 모든 일이 지나가길 바랄 뿐이었다. 다리가 짧은 책장으로부터 아무도 읽지 않은 책들이 바닥으로 쏟아졌고, 그 책들은 마치 호두와 같은 견과류가 나무에서 떨어지듯 둔탁한 소리를 내며 바닥에 떨어졌다. 페이지가 넘어가는 소리가 들리기 시작했다.

"얘기나 좀 해주세요. 소파힌이 유죄로 밝혀졌는데, 저를 왜 조사하죠?"

엘라 세르게예브나는 수사관에게 다시 한번 질문했다.

소파힌은 그녀가 일하는 학교에서 교사로 일했다. 그는 15년간 근무했다. 그는 부정을 저지르지도 않았고, 수당을 더 받으려고 애쓰지도 않았고, 아이들을 숲과 호수에 데리고 다녔고, 도시 내에서 주최하는 다양한 콩쿠르에 입상할 수 있게 준비도 시켰다. 그런데 그런 소파힌이 역사를 왜곡한 범법자로 밝혀졌다. 그들이 어떤 선생 하나 때문에 고 안드레이 이바노비치 랴진의 불쌍한 과부의 잠을 깨웠다고 생각하니 그녀의 혈관 속 피가 끓어오르는 것 같았다. 수염 난 수사관은 예의가 바른 사람이었고, 그는 안주인에게 몸을 숙여서는 교활한 표정으로 애도한다는 듯 또박또박 대꾸했다.

"엘라 세르게예브나 선생님, 저희가 선생님이 이렇게 큰 슬픔을 당한 지 얼마 안 됐는데 선생님 댁을 방문한 것에 대해서는 상당히 유감스럽게 생각합니다. 하지만 워낙 사안이 급해서요. 선생님 밑에서 일하던 교사가 구속됐습니다. 하지만 시나리오는, 다시 한 번 말씀드리지만, 두 분이서 함께 쓰셨어요. 그리고, 여기 선생님의 서명이 있어요!"

그는 뻔뻔하면서도 공손하게 그녀의 무릎에 한 뭉치의 종이를 던졌다. 그녀와 소파힌이 공동 저자로 10회에 걸쳐 나눠 쓴 러시아 역사 교재였다. 그녀가 서명한 'L'자는 페이지마다 자유롭고 술 취한 아코디언 연주자가 쓴 것같이 심하게 갈겨져 있었고, 과장된 물결무늬 고리의 형태를 하고 있었다.

"소파힌 혼자 다 쓴 거예요."

엘라 세르게예브나는 정직하게 손사래를 치면서 말했다.

"그런데 잔금은 두 분이 다 받으셨던 데요?"

수사관은 미소를 띠면서 말했다.

역사가인 그가 어떻게 그녀에게 이런 끔찍한 짓을 할 수 있단 말인가. 하긴 그녀의 잘못도 있었다. 그녀는 읽지 않아 이 부분을 놓쳤다. 그녀는 문제의 역사 교재에 대한 기억을 떠올리려 애쓰면서 땀 맺힌 콧잔등을 쓰다듬었다. 모든 것은 정상적이었다. 한 달 동안 있을 애국심 고취 교육 과정에는 '우리 지역의 고난 받은 성자들', '스탈린 전투'와 같은 퀴즈와, 애국심을 강조한 콩쿠르 노래인 '어머니 조국이 부른다'가 주목을 받았고, '포수들이여, 스탈린이 명령했소, 포수들이여, 조국이 우리를 부른다네!'라는 노래를 6

학년, 7학년 학생들이 불렀다. '이 땅에 평화가 온다면, 사령관 보바 아저씨, 우리는 당신과 함께 할 테요!'라고 8학년, 9학년 학생들이 따라 불렀다. 포스터는 외쳐대고 있었다. '잊힌 건 아무것도 없어요!' 슬로건은 촉구했다. '어서 일어나라, 거대한 나라여!' 교육부서에 있는 여직원들은 엘라 세르게예브나를 입에 침이 마르도록 칭찬했다. 그녀가 놓친 것이 무엇이란 말인가?

수사관은 여전히 미소를 띤 채 고인이 된 랴진의 초상화 바로 밑 원형 식탁 앞에 편하게 앉아서는 마치 다리가 갑자기 길어지기라도 한 것처럼 앞으로 우아하게 뻗은 채 편하게 앉았다.

"엘라 세르게예브나 선생님, 다시 한번 설명 드리죠. 우리 손에 지금 열흘 동안 역사를 강의하신 녹화 영상이 있다는 겁니다. 영상은 우리 측 요구로 학부모 중 한 분이 제공하신 거고요."

엘라 세르게예브나는 다양한 학부모들로 넘쳐나던 강당을 떠올리려 애쓰면서 실눈을 떴다. 사람들은 해바라기처럼 스마트폰을 높이 치켜들고 빨간 별을 달고 공군 모자를 쓴 코흘리개 아이들이 있는 무대 쪽으로 향해있었다. 풍년을 기원하는 이삭의 춤, 벽보 전시회, 승리에 대한 웅변 경연대회가 생각났다. 작고 어두운 방에서 축제의 노래를 부를 때 언제 반역이 언급됐단 말인가?

"10학년 학생들이 역사적인 사건을 갖고 각색한 공연을 예로 들어봅시다. 독일군이 소련을 침공하는 부분이죠."

수사관은 음절 하나하나를 정확하게 또박또박 발음했다.

"당신의 소파힌은 무대 뒤에서 뭐라고 말하죠?"

"뭐라고 하는데요?"

엘라 세르게예브나는 겁이 난 나머지 앞으로 한 번 휘청했다.

"'독일-소련의 범법적인 불가침 조약과 유럽 분배에 대한 비밀 의정서 이후에…' '범법적인'이라고 했단 말입니다, 이해하세요?"

엘라 세르게예브나는 멍청하게 눈을 깜빡이기 시작했고 그녀가 붙인 속눈썹이 떨려오며 작은 먼지 같은 것이 내려앉았다.

"그러니까 그가 하고 싶었던 말은… 그 조약이 옳지 않았다는 걸 말하고 싶었던 것이죠."

드디어 그녀가 한 마디 꺼냈다.

"어떤 점에서 옳지 않았다는 거죠?"

수사관이 정색하고 물었다.

"당신 역시 역사를 전공했다면서요! 소파힌과 같이 말입니다."

"그와 함께 공부하지는 않았어요."

엘라 세르게예브나가 부정했다.

"이 조약 덕분에 우리는 발트해 연안과 베사라비아를 돌려받았죠. 폴란드가 점령했었던 영토지요. 비밀 의정서와 관련해서는 유럽을 분배하겠다는 내용은 전혀 없습니다. 우리는 폴란드를 보호하고 싶었고, 폴란드는 거부했죠. 이게 핵심입니다."

수사관이 빠르게 말했다.

그와 함께 온 조수 두 명은 이 시간에 나무를 깎아서 만든 홈 바의 문을 열었다 닫았다 했다. 홈 바에는 은으로 만든 사슴 머리가 달린 40년산 달모어 한 병이 숨겨져 있었다. 못생긴 수사관들은 비싼 술을 보자 호기심 어린 얼굴을 하며 인상을 심하게 썼다.

"제 말뜻 알아들으시겠어요?"

"네, 그럼요"

엘라 세르게예브나가 고개를 끄덕이면서 말했다.

"그래도 전 변호사를 좀 불렀으면 하는데요."

"이 부분은 우리가 바로 없앤 것 같습니다. 가택 수사 도중에는 전화를 거실 수도 받을 수도 없습니다. 변호사는 필수 사항은 아닙니다. 물론 변호사를 선임하실 수 있지만 그 경우는 법원에 진정서를 낼 때 한해서 입니다. 진정서는 아직 없었고요."

"제가 듣기론..."

엘라 세르게예브나는 교장 특유의 톤을 회복하면서 말을 시작했다.

"선생님은 많은 이야기를 들으셨지만, 그 안에 중요한 내용은 없는 것 같군요."

수사관은 그녀의 말을 끊고 손톱으로 식탁을 두드렸다.

"선생님의 학교에서 범법행위가 일어나고 있어요. 선생님은 그 행위를 눈치채지 못하셨거나 혹은 그보다 더 나쁜 쪽 일수도... 지금 선생님께서 상을 당하셔서 아직은 경고 정도만 하는 겁니다. 경고 수준이란 말입니다. 그리고 랍진 부인, 저희에게 협조를 해주시는 편이 좋을 겁니다."

그는 반짝이는 구두의 앞 코 부분을 문질렀다. 햇볕이 강한 아침이라 태양 광선들이 구두에 닿아서 신선한 계란 노른자처럼 흘러내리기 시작했다. 소파힌과 관련한 서류 일체는 그의 거친 주먹 안에서 꾸깃꾸깃 구겨졌다. 창 밖에 펼쳐진 날은 무르익은 햇볕으로 가득 찼으며 고 안드레이 이바노비치의 미망인은 갑자기 구운 햄이 너무 먹고 싶었다. 기름진 햄에, 버터를 약간 바르고, 치즈 가루를 잔뜩 묻혀 겨자를 뿌린 뜨거운 빵에 토마토와 마늘이 들어간 죽이 먹고 싶었다. 말 안 듣는 그녀의 부드러운 옆구리 살이 부풀어 오르는 것은 아무래도 상관없었다. 해로운 음식을 많이 먹으면 먹을수록 그녀의 스테아르산으로 이뤄진 엉덩이에는 셀룰라이트가 더 깊게 생길 것이다. 만약 설탕이 혈액 내에 많아지게 되면 혈관 내에 콜레스테롤이 달라붙을 것이다.

"저는 공훈 교사입니다. 저는 지역 의회 의원이기도 했습니다. 제가 소파힌을 벌하겠습니다."

엘라 세르게예브나가 발표하듯 말했다.

"소파힌은 저희가 처벌할 테니 염려 마십시오. 하지만 우리는 해당 형법상 범죄 행위에 있어서 선생님의 책임을 밝혀내야 합니다."

수사관은 조소하듯 미소를 지었다.

"형법상이라니요?"

랴진의 아내는 마치 그가 쓰는 단어와 그녀가 아는 그 단어의 뜻 사이에 두꺼운 벽이라도 생긴 것처럼 재차 질문했다.

"형법 제 354조 1항 2번에 제2차 세계대전 시 소련의 활동에 대한 공개적인 명백한 허위 사실 유포에 대하여 직권 남용과 함께 거액의 벌금을 물린다. 최대 3년에 걸쳐 피고인의 수입을 차압한다."

수사관 중 한 명이 가느다란 다리를 컴퍼스처럼 사용해서 거실의 면적을 잰 후에 설명했다.
"혹은 금고를 하거나 최대 5년 동안 강제 노동에 처한다."
수사관은 미소를 띠면서 또다시 얼굴을 붉히기 시작했다.
"그리고 특정 업종에서 최대 삼 년 동안 일을 할 수 없는데, 선생님의 경우는 교육 관련 직종을 뜻합니다. 그러니까 선생님은 이번 일에 공범이란 말입니다."
"제가 어떻게!"
엘라 세르게예브나가 외마디 비명을 질렀다.
"저는 절대... 저는 항상..."
그녀가 자리에서 일어나려고 했으나 안락의자가 마치 그녀를 삼켜버린 것처럼 꼼짝달싹할 수 없었다. 작은 먹파리 한 마리가 그녀의 한쪽 귀에 들어가 희미한 사이렌 소리를 내면서 괴롭혔다. 공기가 방을 수포로 덮으면서 방안은 욕실 수증기로 자욱해졌고 먼 곳에 있는 사물의 경계와 선이 마치 근시안인 것처럼 흐려졌다. 세 명 중 한 명이 그녀 옆에 와서 그녀의 코 앞에 물 한 잔을 갖다 주었다. 그가 가져온 것은 샴페인용 은잔이었고, 장식장에서 꺼내온 것이었다. 그들은 왜 그릇을 뒤지며, 무엇을 그토록 찾으려는 것일까? 엘라 세르게예브나는 귀가 울리도록 물을 몇 모금 들이켰고 무엇 때문인지 감각이 없는, 이제는 남의 것이 된 것 같은 모욕적인 입술을 혀로 핥았다.
"그럼 이 모든 것은 그 조약 때문이라는 건가요?"
그녀는 한숨을 내쉬며 말했다.
조사관의 구두는 마치 막 태어난 짐승 새끼가 숲속에 있는 굴에

숨듯 의자 아래에 몸을 숨겼다.

"고작 조약 때문이라뇨? 당신 학생들은 무대의 절반 정도를 추위에 떨고 있는 독일인들을 묘사하는 데에 할애했다고요. 게다가 당신 주장에 따르면 전시에 두 명의 독일인을 죽이는데 우리 군 열 명이 투입됐다고 했죠. 또 계속해서 강추위, 눈보라, 강한 눈보라를 언급했죠! 스티로폼이 아니면 그것 말고 뭘 썼죠? 하얀 색종이 조각?"

수사관이 언짢은 투로 말했다.

엘라 세르게예브나는 또다시 무슨 말을 하는지 이해할 수 없었다. 그녀는 말없이 그녀의 식탁 앞에 아주 편하게 앉아있는 남자가 그녀에게 모든 것을 설명해주기를 기다렸다.

"아무것도 모른다는 식으로 눈만 깜빡이지 마세요, 존경하는 교장 선생님!"

조사관은 끓고 있는 찻주전자처럼 말을 빨리하면서 흥분했다.

"그러니까 선생님 생각에 독일인들을 이긴 건 눈보라와 추위였다 이겁니까? 예?"

"아닙니다."

엘라 세르게예브나는 괴로운 듯 자신의 턱을 순모로 만든 숄의 끝으로 가리면서 그의 말을 일단 부정했다.

"이거야말로 역사 왜곡 아닙니까, 이래도 이해가 안 돼요?"

화가 머리끝까지 난 조사관은 계속해서 말했다. 그는 한쪽 손으로 식탁 위에서 춤을 추며 손을 오므리고는 주먹을 쥐어 내리치다가 또다시 손가락을 세웠는데, 그 모습은 마치 카자흐인이 전통춤을 출 때 한쪽 다리로 앉아있는 것을 연상시켰다.

"당신은 도대체 당신의 부하 직원인 소파힌과 아무것도 모르는 순진한 아이들에게 무엇을 가르치고 있단 말입니까? 그러니까 독일군을 이긴 것은 위대한 소련 인민, 소련군이 아니라 육해공군 원수들이 아니라... 고작 우연한 재난, 그러니까 겨울과 혹한이라는 말입니까?"

"우리는 절대 그런 뜻으로 말한 것이 아니라고요!"

엘라 세르게예브나는 숨을 들이쉬면서 소리를 지르기 시작했다.

"그런 생각이 아니었든, 원치 않았든 간에... 조사 결과는 정반대군요."

"조사라니요?"

럄진의 아내는 한숨을 쉬었지만 아무 소득도 없는 수색에 가담한 수사관 중 한 명이 벌써 끈으로 단단히 묶은 종이 뭉치를 건넸고, 넘겨 받은 이는 끈을 풀려고 잠시 실랑이를 벌이다가 풀자마자 바로 그곳에서 여러 줄로 무언가가 빼곡하게 적힌 중요한 종이 한 장을 꺼내어 어안이 벙벙한 엘라 세르게예브나 앞에 흔들었다.

"이렇다니까!"

그의 작은 수염 난 입이 거창하게 발표하듯이 말했다.

"그건 그렇고 서명한 사람 중에는 대학교 교수도 있다고요. 당신의 소파힌과는 비교도 안되죠. 그가 내린 결론은 이렇습니다. '1941년의 한파는 사실 10월부터 시작되었지만 이것은 비포장도로에서도 빠른 속력을 내면서 이동이 가능했던 독일군의 탱크 이동 속도를 오히려 높이는 결과를 낳았다. 여름에 이미 주코프 장군은 천재적인 지휘로 옐냐를 역습하는 데 성공했고, 덕분에 동부전선에서 독일군은 한파가 올 때까지 묶여 있었다...' 어쩌고, 저쩌고… 그래서. "독일 국방군의 패배는 러시아의 겨울이 아니라 소련군의 용맹함, 지휘 군의 현명함과 겨울옷 및 군수물자를 미리 구매해서 확보하지 않은 독일 장군들의 어리석음에 기인한다. 하지만 교사들은 학생들에게 정반대되는 내용을 강요하면서 역사적 진실과 거칠게 맞섰고, 그렇게 함으로써 수백만 명의 자국민의 희생을 모욕하며..."

이 말을 한 후에 수사관은 서류를 다시 파일에 잘 넣었고 승리라도 한 것처럼 좌중을 둘러봤다. 그의 동료 둘은 만족스러운 듯 얼굴에서 빛이 났다. 셋 중 한 명은 그녀의 전화기를 꼭 쥐고 있었다. 서로 닮아서 엘라 세르게예브나가 구별하지 못한 수사관들은 지겨운지 몸을 긁으며 다리를 이쪽저쪽으로 바꿔 꼬았다. 우울한 듯 고개 숙인 회색 노트북 역시 잘 보이는 소파 위에 놓아두고는 쥐도 새도 모르게 훔쳐 가려고 곁눈질했다. 산 지 얼마 안 되는 노트북이어서 수많은 기가바이트 자료로 오염되지도 않았고 그 노트북으로 랍진의 미망인은 일주일에 네 번 멀리 떨어져 사는 아들과 화상통화를 했다.

"소파힌이 멍청한 짓을 많이 했다 칩시다. 충분히 가능하다고 생각합니다. 저는 그를 처음 본 순간부터 싫어했어요. 하지만 저는요! 저로 말할 것 같으면요! 저는 이 지역에서 평판이 제일 좋아요. 저는 모든 선거에서 투표율과 지지율이 거의 일치한다고요. 다른 학교 교장들이 선거 이후에 쫓겨나는 이유는 부모들 사이에서 선동을 잘 못 하기 때문입니다. 저는 저로 말씀드릴 것 같으면, 저는 15년째 한 학교에서 교장직을 맡고 있다고요! 저는 표창장도 받았어요…"

엘라 세르게예브나는 말했고, 그녀가 앉아있는 안락의자는 잔뜩 구겨지면서 삐거덕거렸다.

"압니다, 알고 말고요."

수사관은 손사래를 치며 말했다.

"이 모든 것은 선생님께 유리하게 작용할 겁니다. 그와는 별도로 우리에게 그 선생님 얘기를 좀 해주셔야겠습니다. 어쩌다가 아이들에게 백로같이 호기심 많은 사람을 붙여줄 수가 있단 말입니까? 선생님도 아시다시피 초중고등학교 학생들은 안 그래도 쉽게 흥분하고 늘 인터넷을 하면서 모스크바에 목숨이 간신히 붙어사는 반역자들 이야기만 골라서 듣는 아이들이란 말이에요. 그런데 믿을만한 방패막이 되어서 그런 아이들을 바른길로 인도하고 늪에서 끌어내 줘야 할 선생이란 자가 오히려 배반자 집단을 돕기 시작한다니! 그것도 사기업에 고용된 사람이 아니라 국가에서 주는 급여를 받는 공무원이라는 사람이 나서서 말입니다…"

"조국의 얼굴에 똥칠이나 하고 말입니다."

셋 중 한 명이 거들었다.

"그 말이 정답이군. 아주 정확한 표현이야."

콧수염을 기른 남자가 눈썹을 움직이며 말했다.

엘라 세르게예브나는 그 남자의 숱 많은 눈썹과 회색빛 헝클어진 머리카락을 보면서 문득 자신이 아주 어리석었다는 것을 깨달았다. 어째서 그녀는 이런 강도 같은 작자들에게 현관문을 열어줬으며, 그들을 자기 집에 들였을까? 침실에 있는 금고에는 그녀의 다이아몬드가 반짝이고 있고, 안드레이 이바노비치의 서재에 걸려있는 핀 파이어 총알이 장전된 오래된 회전식 연발 권총은 도시에 있는 웬만한 아파트 한 채 값이다.

수사관이 갖고 있던 서류의 표지에 뭐라고 적혀있었던가? 그녀는 행동이 굼뜬 데다 잠이 덜 깨어 자세히 들여다보지도 않았다. 그런데 만약 이 모든 것이 연극이고, 강도 질을 숨기려고 위장하는 것이라면 어쩐단 말인가? 그녀는 혼자고, 저들은 다섯이다. 그들은 그녀의 핸드폰도 가져가 버렸다. 경비원은 집 근처에 있는 초소에 근무했지만, 안드레이 이바노비치의 장례식 이후에 휴가를 냈고, 대체 인력도 제안하지 않은 터라 그녀를 지켜줄 사람은 아무도 없었다. 엘라 세르게예브나는 카드 게임에서 졌고, 골든 타임을 놓친 셈이었다. 게다가 하필 가정부 타냐 마저 휴가를 낸 터였다.

그녀는 다시 한번 죽은 남편의 초상화 뒤에 숨겨져 있던 타일을 떠올렸다. 그리고 쪽지도 함께. 정말 가정부가 그 섬뜩한 협박이 적힌 쪽지를 교장실 책상 위에 던져놨단 말인가? 쪽지에는 '손님들을 기다려.'라고 적혀 있었고, 쪽지를 쓴 사람은 가택 수사를 미리 알았던 것이 분명하다. 게다가 랍진의 미망인이 무방비 상태로 있다는 사실까지 알고 쾌재를 부르고 있을 것이었다. 타냐는 전에 자기 사촌 조카가 소령이라고 말한 적이 있다. 그럼 그것과 연관이 있는 걸까...

수사관은 또다시 자기가 갖고 있는 서류들에 몰입했고, 그의 친구들은 골칫거리 딱정벌레들 마냥 집안 곳곳에 흩어져있었다. 홈바 위에 걸려있던 시계에 있는 시침과 분침은 어제부터 멈춰 시간은 3시 30분을 가리키고 있었다. 엘라 세르게예브나는 시간 개념도 상실하고 얼마나 더 오랫동안 이상한 사람들이 그녀의 집 안에 있는 이 방 저 방을 돌아다닐지, 그들이 찾는 것은 무엇인지를 알지 못해 답답했다. 그들 중 셋은 자기들도 어떤 증거물을 찾는지 알지 못하는 것 같았고, 그들은 지나가는 길에 걸리는 모든 것을 느릿느릿하게 만지작거렸다.

콧수염이 있는 남자가 종이 꾸러미를 흔들자 종이가 마치 층과 층 사이가 고정되지 않은, 얇게 겹겹이 쌓인 케이크처럼 여기저기 흩어졌다. 엘라 세르게예브나는 자기도 모르게 입맛을 다셨다. 그녀는 어서 속히 이들이 가고 혼자서 제대로 된 식사를 하고 싶었다. 그녀의 허기는 이를 드러내면서 불만이 있는 떠돌이 개들에 으르렁대고 있었다. 하지만 수염이 난 수사관은 여전히 빌어먹을 역사 강의 얘기를 꺼냈다.

"그런데 당신이 연출한 연극에서 열 명의 소련군이 한 명의 독일군과 대치하는 상황은 절대로 해서는 안 되는 거였소. 동의하십니까?"

"뭐라고요?"

엘라 세르게예브나는 다시 한번 질문했다.

"대답하시죠, 대답하시라니까요."

"변호사가 있어야 대답할 겁니다."

미망인은 마치 치통이라도 있는 것 같은 표정을 지으며 그의 말을 잘랐다.

수사관은 동료들과 눈짓으로 사인을 주고받더니 조소 섞인 말로 거만하게 대답했다.

"그러시구나! 변호사를 꼭 대동하셔야겠다. 우리에게 이런 끔찍한 일에 관해 설명하시려면 변호사와 아주 많이 노력하셔야 할 겁니다."

"소련군의 힘. 우리는 많아요. 우리 뒤에는 진실이 있어요. 우리가 말하고 싶은 것은 그것입니다. 우리가 더 우월하다는 것 말입니다."

엘라 세르게예브나가 참지 못하고 하고 싶은 말을 했다.

"아, 우월함에 대한 이야기였군요!"

수사관은 조소를 섞어 말을 길게 늘였다.

"하지만 유감스럽게도 상황은 정반대로 흘러갑니다. 마치 우리 러시아 군인이 재미 삼아 적을 죽인 게 됐죠. 인정사정 할 것 없이 말입니다. 네, 바로 적이 유포하는 바로 그 뻔뻔한 거짓말 말입니다. 그런데 당신은 교사라는 사람이 이 거짓 선동에 힘을 실어준 셈입니다. 저는 이제, 엘라 세르게예브나 선생님, 진심으로 선생님의 학생들이 걱정됩니다. 이런 표현은 죄송합니다만, 그들이 어떻게 이렇게 적대적인 강의를 듣고 조국의 역사를 제대로 이해하겠습니까? 그들은 어디에서 조상과 조국의 자부심을 발견한단 말입니까? 이래서 영원의 불꽃* 앞에서 온갖 종류의 트워킹이나 춰대

* 2차 세계대전 승전을 기리기 위해 꺼지지 않는 불꽃을 나라 곳곳에 피워둔다.

는 거 아닙니까?"

"뭐라는 거에요? 당신은 왜 저를 귀찮게 하는 거죠? 저한테서 뭘 원하시는 거죠? 고문을 할거면 멍청한 소파힌에게 가세요. 저는 공훈 교사니... 누가 나를 이렇게 괴롭히라고 시키던가요?"

엘라 세르게예브나는 마치 자기 내면에서 어린아이 특유의 장난기가 발동한 것처럼 그의 말을 들으면서 나지막하게 말했다.

"무슨 말씀을, 절대 아닙니다. 선생님을 괴롭히라고 시킨 사람은 없습니다."

콧수염 난 이가 몸을 살짝 일으키며 그녀에게 양손을 뻗으려는 행동을 취하면서 큰 소리로 호소하듯이 말했다. 그의 행동은 르네상스 시대의 프레스코 속에 있는 반신반인 같았다.

"저는 단지 선생님의 무지를 일깨워 드리려는 것뿐입니다. 열 명이 한 명을 덮쳤다는 건 신화이고, 중상모략입니다. 2차 세계대전에서 우리 군 몇 명이 목숨을 잃었는지 아시나요?"

"전 지쳤어요. 저 지금 시험장에 있는 학생이 된 기분이에요."

엘라 세르게예브나가 대답했다.

"그래도 말씀해주시죠?"

콧수염 난 이가 실눈을 뜨고는 동료들을 향해 고개를 끄덕였다.

"그럼 여러분이 대답해 보시죠. 여러분 생각에 2차 세계대전에서 소련군은 몇 명의 사상자를 낸 것 같습니까?"

그들은 수줍은 듯한 표정을 지었다.

"2천만이요?"

그들 중 한 명이 마룻바닥을 뒤꿈치로 걸으면서 질문했다.

"바로 그겁니다!"

콧수염을 기른 이가 신이 난 듯 검지 손가락을 흔들었다.

"들으셨죠? 선생님 제자들 같으면요! 20명, 30명, 40명이라고 대답했을 겁니다. 이게 다 그들이 반소련 프로파간다를 믿기 때문이죠. 하지만 이건 말도 안 되는 겁니다. 사실과 완전히 다르단 말입니다!"

그는 자리에서 벌떡 일어나 방안을 서성이기 시작했다. 초상화에 있는 안드레이 이바노비치의 궤적을 유심히 관찰했다. 공작새는 그들 위에서 놀란 부리를 활짝 연 채로 바라보고 있었다. 그 옆에는 도자기로 만든 형형색색의 올빼미가 숨죽이고 있었다.

"우리 좀 유식해집시다. 이렇게 어마어마한 수의 사상자를 입밖에 내는 것은 무식한 정도에서 그치지 않습니다. 여러분, 이건 범죄입니다."

수사관은 목에 잔뜩 힘주어 말했다. 한편 수치를 잘못 말한 수사관은 죄책감에 눈을 깜빡였고, 속눈썹도 덩달아 뜀박질을 해댔다.

"실제 수치는 다릅니다, 무식한 여러분, 다르다고요! 8백만이 조금 넘는다고요! 이건 부상당한 사람들과 병에 걸린 사람들, 사망자와 행방 불명자들과 군법 재판에서 총살당한 사람들을 모두 합한 수치라고요! 이게 끝입니다, 최종 수치라고요."

그는 힘이 완전히 빠져서 걷다가 긴 소파에 주저앉았다. 그러자 그 옆에 있는 국유화된 노트북이 겁에 질린 개처럼 가볍게 튕겨 올랐다. 엘라 세르게예브나는 요란하게 타 들어가는 침을 한 번 삼켰다. 그리고는 무슨 연유에서인지 숄의 끝부분을 손에 감고는 아픈

듯, 사색에 잠긴 듯한 목소리로 질문했다.

"솔직하게 말씀 좀 해주세요, 누가 저를 밀고했나요?"

"밀고가 아니라, 귀띔해준 거지요."

세 명 중 한 명이 대답했다.

"오래전부터 우리는 누군가로부터 투서를 받았습니다. 무기명 투서였죠."

"물론, 러시아 연방법 59조 '시민을 대하는 것에 관하여'에 따라 우리는 무기명 투서는 고려하지 않습니다. 하지만 이번은 예외입니다. 투서 내용에 따르면 선생님이 학교 내에서 역사 왜곡에 동조하실 뿐만 아니라..."

수사관은 잠시 말을 멈추고는 다시 이어갔다.

"게다가 누군가를 살해하려 한다는"

이 말이 있고 나서 거실에는 침묵이 감돌았고, 불안한 햇볕만이 집 안으로 들어갈 길을 찾느라 창문 하나하나를 비추고 있었다.

6

레노치카는 토선장*에 버금가는 매력을 뿜어낸다. 그래서 모두가 레노치카와 함께 있는 것을 좋아했다. 시속 828,000킬로미터의 속력으로 레노치카는 은하계 주위를 달린다. 창조의 에테르는 그녀 안에서 탄생한다. 와선과 회오리바람들은 그녀의 눈동자에 있는 자물쇠 구멍에서 만개한다. 의사들은 이를 두고 '맥락막결손증'이라는 진단을 내렸으며 '고양이 눈'이라는 시적 표현을 덧붙였다. 햇볕은 레노치카의 눈을 부시게 만들었고 세상은 그녀의 눈 속에서 흐릿하게 보인다. 그녀는 어두운색 렌즈와 회색 선글라스를 끼고 다니며, 그녀의 연갈색 머리카락은 어깨 아래까지 내려온다. 레노치카는 한때 주황색으로 염색하는 것이 꿈이었지만, 고인이 된 그녀의 보스 안드레이 이바노비치가 술에 취한 상태에서 이

* 자연계에 존재하는 네 가지 힘인 중력, 전자기력, 약력, 강력 외에 제 5의 힘으로 알려져 있다.

렇게 말한 적이 있다. "머리카락이 주황색인 여자들은 죄다 창녀야." 그녀는 그 말을 믿었고 염색을 하지 않았다.

여름이면 레노치카는 속옷을 입지 않고 밖으로 나와서는 땅의 기운을 빨아들인다. 지구 속에 있는 여성의 힘이 그녀의 아래쪽에 있는 차크라를 통해서 서서히 들어온다. 스와디스타나 차크라는 자궁에서 열리고 그곳에는 불타는 정욕이 있다. 아나하타 차크라는 심장 바로 옆에서 뛰며 사랑을 숭배한다. 비슈닥 차크라는 레노치카의 목 안에서 충만한 기쁨을 노래한다.

어느 날 그녀는 명상을 통해 잠깐 남자가 되었고, 금방 다시 여자로 돌아갔다. 그녀에게는 내공이 필요했다. 레노치카는 매일 그녀가 있는 곳을 방문하는 트레이너들의 지시를 이행한다. 그들은 이렇게 가르친다. '당신의 요청을 우주에 보내세요. 그러면 우주가 당신에게 답을 줄 겁니다.' 그녀는 한 단어도 빼놓지 않으려고 애쓰면서 태블릿 PC에 메모한다. 블라우스는 반쯤 풀어헤치고, 입술에는 꿀을 잔뜩 바르고 인생을 즐기기 위해 트레이닝 홀에 들어오는 외로운 여성들이 얼마나 많은가! 그들은 농담 잘하는 트레이너들이 남자 낚는 법에 대해 조언을 하면 탐욕스럽게 그 조언을 집어삼킨다. 그들의 조언을 듣는 여자들의 치마는 짧고 과감하며 그들의 스타킹 부츠는 무릎 위까지 올라간다.

레노치카는 메모한다.

'골반 근육을 강화하는 운동을 아침과 저녁에 다섯 번씩 하세요. 자기 안에 있는 여신에게 매일 편지를 쓰세요. 상대가 당신을 사랑하면서 아픔을 느끼도록 하세요. 남자 앞에서 목덜미를 보여주면서 머리카락을 매만지세요. 처음 만난 5분 이내에 두 번 칭찬하세요. 그가 시각에 예민한 사람인지, 촉각에 예민한 사람인지, 청각에 예민한 사람인지를 파악하세요. 선물을 받을 때마다 수입을 기록하세요.'

그녀의 재빠른 손가락은 필기한다. 비밀스러운 조언은 끝이 없고, 통과 점수는 높기만 하고, 숙제의 양은 무시무시하다. 레노치카는 길에서 처음 보는 남자들에게 '저는 바보예요'라고 말한다. 이 순간 트레이너의 과제에 따르면 그녀는 자신의 젖꼭지에 대해 생각해야 한다. 그녀는 더 이상 노예가 아니며, 자유롭다. 그녀는 생화학적으로 변화한다. 남자들은 그녀를 미친 여자 보듯 바라보면서도 눈가는 촉촉하고 어깨에는 긴장이 풀려있다. 거칠어 보이는 구두 끝이 그녀 쪽을 향하고 엄지손가락은 허리띠에 꽂혀있는데, 이 모든 것이 비언어적 관심의 표현이다. 레노치카는 과제를 잘 수행하고 있고, 따라서 태블릿에 플러스를 기입한다. 그녀의 자아가 성장한다.

밤늦은 퇴근 시간 후에 레노치카는 거의 폐허나 다름없는 어떤 연구소의 7층에 있는 스튜디오로 뛰어가서 체육복을 입고 끝에 술이 달린 숄을 두른 채 밸리 댄스를 연습한다. 그녀의 무릎은 공기를 가르며 가녀린 엉덩이는 터는 듯한 동작으로 인해 감각이 없고, 어깨를 파도처럼 흔들며 허벅지는 8자 모양으로 돌린다.

"발을 바닥에 완전히 붙이세요!"

춤으로 단련된 매력적인 배를 가진 밸리 댄스 교사가 소리 지른다.

"무릎은 부드럽게! 무릎은 부드러워야 한다니까요! 허벅지만 움직여요. 하나, 비틀고, 둘, 앞으로. 뒤로, 앞으로, 뒤로, 앞으로! 계속 서 있으세요!"

레노치카의 허벅지는 시키는 대로 앞으로 갔다 뒤로 갔다 자유롭게 움직인다. 작은 가슴은 스포츠 브라 안에서 보일 듯 말 듯 출렁인다.

하지만 안드레이 이바노비치가 죽고 나서 모든 것이 달라졌다. 그녀는 더는 직장에서 마주치는 남자들에게 이를 보이며 미소 짓지 않는다. 아랫니는 절대 안 되고, 윗니만 보여줘야 한다. 윗니는 젊음을 의미하며, 아랫니는 늙음을 상징하기 때문이다. 그녀는 울었다. 그것도 모자라서 그녀는 람진의 응접실에 있는 자기 자리에서 이따금 큰 소리로 엉엉 울었다. 처음에는 레노치카도 버텨보려고 했지만, 곳곳에 보스의 흔적들이 가득했다. '14시야! 안드레이 이바노비치 씨가 주지사 회의에 참석해야 해' 그걸 보면 또 엉엉 울게 되는 것이었다. 회의는 없을 것이다. 보스가 돌아가셨으니까.

그의 직장 동료인 톨랴는 메뚜기처럼 마르고 다리가 긴 남자였는데 그녀가 있는 곳에 잠깐 들러서는 조소하듯 말했다.

"주인을 잃었구나. 레노치카, 이제 좀 그만해!"

하지만 레노치카는 슬픔을 주체할 수가 없었다. 그녀는 마치 목에 날카로운 날이 걸린 것처럼 쉰 소리를 냈다. 그녀의 메신저, 모바일 어플리케이션, 전자 달력에는 고인이 된 장관의 한달 일정이 빼곡히 적혀있었다. 업무 팀 회의, 생산성 향상 문제, 농업 협동조합, 정부에서 관리하는 농장 방문, 인플레이션 상승에 관한 보고서 준비... 다른 종류의 일정도 있었다. 이를테면 새로 생긴 비즈니스 건물에 있는 레스토랑 예약하기 같은 것 말이다. 물론 그는 마리나 세묘노바와 점심 식사를 같이하려고 했었다. 꽃다발은 피부미용 클리닉 '바실리스크'로 보내기로 되어 있었다. 물론 그녀에게 바치는 것으로 늘 하던 의식이었다. 뜨거운 사랑의 표시로 국화는 반드시 빨간색이어야 했다. 이제 이 모든 것은 산산이 조각났고, 이제 레노치카는 먼지나 다름없어 더 이상 이곳에 있을 이유가 없었다.

부처에는 짧은 시간에 많은 일이 일어났다. 안드레이 이바노비치의 자리는 차관인 나탈리아 페트로브나가 맡았다. 그녀는 그 즉시 장관 같은 위엄을 갖추었고 지휘관으로서의 위엄을 자랑하듯 가슴을 앞으로 내밀고 다녔다. 책상 위에 안드레이가 두고 간 손목시계부터 소나무로 만든 액자 속 아들 사진까지 장관의 집무실에 있던 고인의 물건은 모두 치워진 상태였고, 집무실은 새 주인에게 험상궂은 허벅지를 벌리고는, 마치 수술대에 옷을 벗고 누워있는 환자처럼 평온해 보였다. 이제 마취제를 맞고 곧 잠이 들 것이고, 여기저기 칼질이 있고 난 뒤에 불필요한 것은 꺼내고 내부에 새로운 장기들이 다시금 자리 잡을 수 있도록 바이크릴 봉합사로 수술 부위의 생살을 봉합할 것이다.

복도에는 소문이 전염병처럼 퍼지고 있었다. 분홍색 입술 포진처럼 소문은 몸에서 몸으로 입술에서 귀로 퍼졌다. 나탈리아 페트로브나가 얼마나 기뻐하던지! 그녀는 전 주인의 성이 박힌 광택 나는 문패를 너무나도 빨리 집무실 문에서 교체하라고 명령했다. 거울 같은 새 문패가 도착했고, 나탈리아 페트로브나의 이름이 반짝였다. 행인들이 그 옆을 지날 때면 그들의 얼굴이 문패에 비치곤 했다. "이게 다 여자가 장관의 뒤를 캐다가 이렇게 된 거라고."

톨랴는 레노치카에게 속삭였고, 레노치카는 미심쩍은 눈으로 멀리 복도에서 유영하고 있는 차관의 어마어마하게 큰 가슴을 뚫어지게 바라봤다.

바로 그날 아침, 모두 사제를 기다리고 있었다. 그는 집무실을 성스럽게 하는 의식을 할 것이다. 집무실에는 집을 지켜주는 수호천사가 살게 될 것이다. 그러면 안드레이 이바노비치를 죽인 운명은 나탈리아 페트로브나를 비껴갈 것이다. 아무도 그녀를 조롱하는 편지 따위는 보내지 못할 것이며, 심장마비가 올 정도로 괴롭히지도 못할 것이다. 아무도 그녀를 진흙탕 속에서 질식하도록 웅덩이에 버리지도 않을 것이다. 로즈우드로 만든 그녀의 관은 문틀에 부딪히지도 않을 것이며 아들이 상복을 입는 일도 없을 것이다.

레노치카는 눈물을 닦았다. 짙은 회색의 아이라이너가 눈꺼풀 위로 번졌다. 그녀는 거울을 꺼내 번진 부분을 약손가락으로 닦아내고는 손님들을 맞이하기 위해 일어났다. 복도를 따라 행렬이 줄을 이었다. 멀찍이 맨 앞쪽에서 나탈리아 페트로브나가 가고 있었다. 오존에 강렬하게 노출된 아침처럼 그녀의 하늘색 재킷은 이글거렸고, 재킷 위쪽은 어마어마하게 큰 산호 브로치에 의해 굳게 닫혀있었으며, 양 무릎은 치마의 소심한 앞트임 사이로 춤을 췄다. 검은 캐속 위에 금빛으로 반짝이는 영대를 두른 턱수염 난 사제가 기다란 법모를 쓰고 그 뒤에서 걸어갔다. 정교회 신자들이 뒤따랐다. 모두 비밀스런 의식을 보고 싶어 안달이었다.

“부정한 기운을 몰아내고 어떻게 성스럽게 만든다는 거죠?”

레노치카는 톨랴에게 물었다. 그녀는 이제 응접실에 밀려든 동료들과 함께 서 있었다. 나탈리아 페트로브나와 사제는 집무실 안으로 들어갔고, 나머지 사람들은 다리를 이쪽저쪽으로 바꿔 가며 서 있었다.

“어떻게라니? 이제 드릴을 가져올 거야. 그리고는 여기저기에 구멍을 뚫을 거야. 그리고 구멍마다 십자가를 파묻겠지.”

“거짓말.”

레노치카가 그의 말을 잘랐다. 사제는 그냥 기도문을 읽고 성수를 뿌리고 도유를 벽에 바를 것이다. 그러면 벽의 회반죽은 기름으로 반짝일 것이고, 향기로운 교회 냄새가 날 것이며, 가구에서는 향로 연기가 날 것이다. 그런 후에는 양초에 불을 붙이고 구석마다 성호를 그을 것이며, 거울과 사진에는 특히 세 번씩 성호를 그을 것이다. 그러면 어둠과 악마는 물러설 것이다. 책상 위에 있는 군주의 초상화는 그들에게 자애로운 윙크를 건넬 것이다.

초상화는 마치 ‘생육하고 번성하시오. 러시아는 앞으로 전진하고 있소. 우리의 목표는 명료하고 과제도 정해졌소. 갑옷은 튼튼하고, 우리 로켓은 빠르다오. 평화, 노동, 천국’이라고 말을 하는 듯했다. 그리고 모호한 미소를 지을 것이다.

레노치카는 초상화 속에 있는 사람의 전 부인, 첫 번째 영부인에 대해 생각해봤다. 알려진 바에 따르면 무소불위의 권력자였던 그녀의 전남편인 군주는 이혼 후에 그녀를 그녀 나이의 반만큼이나 어린 젊은 중령에게 시집을 보냈다고 한다. 둘은 사랑했던 것 같다. 하지만 공식적인 혼인 관계는 아니었고, 덫과 영원한 감시만 있을 뿐이었다. 그녀가 가는 곳에 중령도 갔다. 소문에 따르면 그에겐 진짜 아내와 아이들도 있었고, 전 영부인과는 단지 비밀 임무를 수행하기 위해서 함께 했었다고 한다. 그것이 그의 임무였다.

집무실에서 기도 소리가 울린다. 사제는 조용히 말하듯이 노래하는 방식으로 낭독을 한다. 그 목소리는 벨벳 같다. 털이 복슬복슬한 실크, 왕의 옷을 만들 때 쓰는 천, 나비의 날개에 닿을 때처럼 가벼우면서도 부드럽다. 기도는 그곳에 모인 사람들의 마음을 편안하게 한다. 그들 중 절반은 향로 쇠줄이 부딪히는 소리가 들리는 집무실로 홀리듯 들어갔다. '성부와 성자와 성령의 이름으로 모든 악령은 물러갈지어다.'

레노치카는 어머니 생각을 했다. 어머니는 어린이집에서 일하는데 그곳에서도 매일 아침 큰 그릇에 물을 떠놓고 그 앞에서 기도문을 읽는다. 어떤 대장균도 포도상 구균도 그 어떤 콜레라균도 신성한 말 앞에서는 맥을 못 출 것이다. 박테리아도 폭죽처럼 분해되어 그 수가 십 만에서 천 단위로 줄어든다. 어머니는 기도로 인해 성스러워진 물로 아이들의 음식을 만든다. 아이들이 식탁 앞에 앉아 있으면 레노치카의 어머니가 식탁을 돌아다닌다. 식탁 위에는 호흘로마*식 그림이 그려져 있었는데, 커다란 딸기 덩굴에 꽃이

* 러시아 전통 채색 기법

펴 있었고 구석에는 군데군데 붉은 새들이 숨어있는 그림이었다. 아이들은 죽이 들어있는 파양스 도자기 접시의 바닥을 두드린다. '죽을 끝까지 다 먹을 때까지는 아무도 못 일어난다!' 어머니가 명령을 내린다.

어머니의 손바닥은 세파에 찌들어서 건조하고 노랬다. 레노치카는 어린 그녀의 목덜미를 내리치던 어머니의 돌덩이같이 억센 주먹을 기억하고 있다. 수프가 탔다는 이유로, 그녀가 낙제를 했기 때문에, 스타킹을 더럽게 신었다는 이유로 어머니는 레노치카의 가느다란 머리카락을 세게 잡아당겨서는 미친 사람처럼 슬픔과 광기로 잔뜩 일그러진 얼굴을 하고는 레노치카의 이마를 벽에 찧어댔다. 이마는 벽에 툭툭툭 부딪히면서 마치 모스 부호의 E-E-E와 같은 소리를 냈는데, 그 소리가 들리면 옆 방에 있던, 보드카에 잔뜩 취한 아버지가 몸도 가누지 못한 채로 욕을 해댔다. 아버지의 짧은 삶에서 잠시나마 화려하게 타올랐던 그의 회사는 부도로 영원히 문을 닫았다. 일도 돈도 없어진 그는 술 좋아하는 사람들과 차고를 전전했다. 그의 셔츠는 엔진 오일과 식초에 절인 마늘 냄새에 늘 절어 있었다. 집에 올 때면 그는 코가 비뚤어지게 술을 마시고는 잔뜩 화가 난 상태로 어머니한테 달려들었고, 그러면 어머니의 볼과 눈두덩이에는 빨간 줄이 부어오르곤 했다.

그런 날이면 레노치카는 잔뜩 겁을 먹고 부모님의 싸움을 피해서 부엌 식탁 밑으로 몸을 숨겼고, 라디에이터 옆에는 바퀴벌레가 사각 사각거리는 소리를 내며 돌아다녔다. 하지만 잔뜩 열을 냈던 아버지는 어머니와 침대에서 화해했고, 다음 날 아침에 크고 무시

무시한 한쪽 손을 소파 베드에 축 늘어뜨린 채로 코를 골며 자고 있었다. 한편 어머니는 풍성한 앞머리로 멍든 자국을 가리고 마치 아무 일도 없었다는 듯이 출근을 했고, 저녁 무렵에는 피로에 찌들어 무거운 장바구니를 들고 힘겹게 귀가했다. 장바구니 속에는 감자의 알뿌리나 흑빵이 불쌍하게 튀어나와 있었다. 그리고 레노치카는 어제와는 또 다른 이유로 혼이 났다.

한 번은 바보같이 다리미로 어머니가 아끼는 원피스를 다리다가 태웠다. 그러자 합성섬유로 된 원피스는 주름이 지더니 아코디언처럼 되어버렸고 가슴 부분에는 보기 흉한 삼각형 모양의 구멍이 생겼다. 어머니는 집에 돌아와서는 다리미의 전선으로 그녀의 종아리를 때렸다. '울어, 울라니까, 개 같은 년!'이라고 어머니는 아무리 때려도 눈물 한 방울 안 흘리는 레노치카에게 진저리를 내며 소리를 질러댔다. 그리곤 지쳤다는 듯 체벌을 관두고는 슬리퍼 신은 한쪽 다리로 딸의 배를 걷어찼다. 레노치카는 외마디 비명을 지르고 넘어지면서 꼬리뼈를 심하게 부딪쳤고, 어머니는 옆집 여자한테 가버렸다. 닳아빠진 구두 밑창에는 구두 굽이 덜렁거렸고, 복사뼈에서는 가난의 냄새가 났다. 어머니가 나가고 방수 모조 피혁으로 된 문이 쾅 하고 닫히자 그제야 레노치카의 볼에 눈물이 흘러내렸다.

"인류를 창조하시고, 인류에게 은총을 내려주시며, 영원한 생명을 주시는 분께..."

사제가 기도문을 읽자 종이 먼지와 공무의 지루함과 잉크의 독약에 무뎌진 부처 공무원들의 콧구멍이 비밀스러운 향기를 흡입

하면서 다시 감각을 되찾았다. 레노치카를 괴롭히던 지렁이 같은 것이, 똬리를 틀기 시작하더니 레노치카를 풀어주었다. 기분이 좋고 편안해졌고, 뭔가 알 수 없는 기쁨에 심장이 빨리 뛰기 시작했다. 그러던 그때, 마치 레노치카의 기대에 부응이라도 하려는 듯이 기도는 요란한 여자의 한숨 소리로 인해 중단되었다. 한숨 소리는 커졌고, 여자는 가느다랗게 숨이 막히는 듯한 쉰 소리를 내며 바로 경련을 일으켰다.

"어디 안 좋으세요?"

사제가 물었고, 잠시 침묵이 감돌더니 곧이어 거기 모인 사람들의 걱정 어린 목소리가 들려왔다. 나탈리아 페트로브나는 열대 과일이 그려진 응접실로 나갔고, 사람들이 웅성대는 곳으로 향했다. 마치 풀숲에 계란 한 알이 떨어진 듯 소란스러웠다. 그녀의 눈은 허공을 응시했다.

"오 맙소사!"

그녀는 자신의 아이폰을 흔들면서 속삭였다.

"오 맙소사! 부처에 일하는 모든 직원에게 전송됐어."

"무슨 일이에요, 나탈리아 페트로브나?"

부하 직원들이 질문했지만, 그녀는 반짝이는 애플 아이패드를 누르고는 사람들로부터 서서히 멀어지더니 이내 시야에서 완전히 사라졌다. 하급 공무원이던 여성 두 명이 그녀의 뒤를 따라 뛰어갔고, 나머지는 사제에게 달려갔다. 하지만 누군가는 벌써 탄식하며 큰 소리로 웃기 시작했다. 사람들이 웃고 있는 톨랴 주위로 모였다. 누군가의 손가락이 핸드폰 화면을 터치하자 사람들의 입이 쩍 벌어졌다.

"그게 뭐죠?"

레노치카가 관심을 보였다.

"봐!"

톨랴는 신이 나서 그녀를 부르고는 사진을 보여줬다.

보고도 믿을 수 없는 사진이 그 눈앞에 있었다. 사진은 뻔뻔하리만치 자유분방하고, 인간의 모든 법과 예의를 과감하게 벗어던지고 있었다. 가늘고 긴 다리가 달린 등받이 없는 바 의자에 한 타락한 여자가 포즈를 취하고 있었고, 눈동자에는 악마들이 뛰어 놀고 있었다. 사진 속 여자는 다름 아닌 나탈리아 페트로브나였다. 하지만 그녀는 그들 모두가 알던 여자가 아니었고 타락한 창녀처럼 보였다. 그녀의 양 어깨에는 화려한 색의 보아 뱀이 또아리를 틀고 있었고, 빵같이 비대한 몸은 코르셋으로 단단히 조여져 있었으며, 묵 같은 가슴은 흘러넘쳐 있었다. 망태기 같은 망사 스타킹을 신은 두꺼운 다리는 서커스에서 곡예 할 때처럼 쩍 벌어져 있었고, 날카로운 구두 굽은 뒤집혀 검은 망사 팬티로 간신히 숨겨진 여성의 그곳을 가리키고 있었다. 나탈리아 페트로브나의 빨간 입에는 메탈로 된 채찍의 손잡이가 물려 있었다. '채찍으로 스무 번을 때리면 죽지만, 살짝 스치면 간지럽지.' 레노치카는 생각했다. 그녀의 시선은 동료들의 머리 위를 분주하게 움직이기 시작했다. 동료들은 잔뜩 흥분해서 응접실 안을 계속 분주하게 움직였고, 스마트폰을 계속 만지작거리면서 구글에 나탈리아 페트로브나라는 이름을 검색했다. 그리고 연관검색어에 '코르셋', '채찍', 'BDSM', '모욕' 등을 쳤다. 사제는 이미 그곳을 떠났지만, 도유 냄새는 여전히 진하게 공기 중에 퍼져 있었다. 놀란 이들이 소리를 질렀다.

"돌겠네! 이거 완전 물랭루즈잖아!"

"누가 이걸 유포했을까?"

그들 중 몇 명이 걱정하는 투로 말했다.

"편집 아니야? 포토샵 아닌가?"

그 사진을 못 믿겠다는 이들도 있었다.

"만약 포토샵이었다면 그녀가 그렇게 부랴부랴 도망치지는 않았을걸!"

톨랴가 웃으면서 말했다.

"아, 하하, 누군가 이 사진을 여러 사이트에 보낸 거야. 포털에도 유출됐고. 엄청난 뉴스감이야!"

톨랴는 나탈리아 페트로브나를 티 나게 비웃었는데, 그 이유는 그녀가 그를 아주 싫어했기 때문이다. 따라서 부처 내에서 그의 포지션은 상당히 위태로웠다. 원인이라고 한다면 그녀의 애무와 키스를 거부하고 그녀의 끈질긴 구애를 마다한 것이었다. 나탈리아 페트로브나는 외로웠고, 톨랴는 곱슬머리였다. 그는 그녀가 하라는 대로 하고 자신을 그녀의 재단에 바치기만 하면 되는 것이었는데, 그는 여자의 구애를 비웃고 상사의 외로움을 비웃었다. 그는 명랑한 소년처럼 큰 소리로 웃었다. 해고의 칼날이 준비되었고 상사의 명을 거역한 사람이 목숨을 부지할 방법은 없어 보였으나 갑자기 톨랴가 고위직에 있는 분들의 비호를 받고 있다는 것이 밝혀졌다. 그리고는 톨랴 앞으로 크레믈린으로부터 전보가 왔다. 모스크바에서 말이다. 승전 기념 청년 포럼에 참석해줘서 무한 감사하다는 전보였다. 전보는 벽에 걸렸고, 톨랴는 이제 그 누구도 건드리지 못하는 존재가 되었다.

레노치카의 짧은 평온이 어느덧 사라졌다. 그녀의 다리와 어깨는 떨렸고 광대뼈는 마치 누군가 문지른 것처럼 빨갛게 달아올랐다. 그녀는 옷장에서 오버핏 연보라 색 코트를 꺼내 밖으로 뛰쳐나갔다. 계단에는 오래 전부터 그 안에 갇혀있었던 것 같은 조개 껍데기 쓰레기가 하얗게 빛났다. 계단 난간 입구에서 어떤 청년이 그녀를 불렀다. 청년은 키도 크고 잘생긴 데다 길게 기른 오렌지색 머리를 두 갈래로 묶고 있었다. 그는 그녀에게 미소를 지었는데, 그 미소는 4월의 무언가처럼 부드럽고 따뜻했다.

"이런! 당신이 어떻게 여길!"

레노치카가 겁에 질린 목소리로 말했다.

그는 보스가 죽은 다음 날 아침에 그녀를 보러 온 수사관이었다. 랴진의 아내는 그에게 남편이 전날 나가서 돌아오지 않았다고 말했었다. 시체는 담장 옆 빗물이 고여 있는 웅덩이 안에서 퉁퉁 불어서 발견되었다. 부처 내에 소문은 그렇게 났지만, 사실 여부를 확인할 길은 없었다.

젊은이의 이름은 빅토르였고, 그는 레노치카에게 안드레이 이바노비치에 대해 심문했다. 언제나 그렇듯 그는 은색 펜으로 그녀가 말해주는 대로 조사서를 작성해갔다.

'최근 안드레이 이바노비치 씨는 일을 많이 했고, 나라와 주를 걱정했습니다. 그는 주지사의 기대를 저버릴까 봐 염려했습니다.

물론 그의 사적인 문제가 걸림돌이 되긴 했습니다. 그에게는 사랑하는 여자가 두 명 있었고, 그로 인해 괴로워했습니다. 누군가 그에게 불쾌한 편지를 보냈고, 그는 발신자를 알지 못했습니다… 아니요, 그는 낙천주의자였고 자살했다고는 생각하지 않습니다. 심장이요? 네, 문제가 있긴 했죠…' 빅토르는 왜 또 나타난 것일까? 설마 나탈리아 페트로브나와 관련된 낯뜨거운 일이 도시 내에 퍼진 걸까?

하지만 사실 빅토르가 온 이유는 다른 데 있었다. 그는 털이 복슬복슬한 토끼 눈으로 레노치카를 바라보았고 그녀에게 커피를 함께 마시지 않겠냐고 물었다. 그녀의 가슴이 순간 따뜻해졌고, 아나하타 차크라가 내면의 눈을 조금 열었다. 레노치카는 대답했다. "네". 그들은 화강암 주춧돌 위에 세워진 튼튼한 정육면체 부처 건물로 함께 걸어갔는데, 이곳의 정면은 발러스터로 장식되어 있었다. 이 건물은 막사가 있던 장소에 지어졌는데 막사 중 일부는 건물 주위에 여전히 남아서 못 먹는 버섯 같은 흉물이 되어버렸다. 판자로 만든 볼썽사나운 집들의 지붕에는 군데군데 구멍이 나서 비가 샜고 뜨거운 물도 나오지 않았다. 하지만 창가에 자줏빛 닭의장풀 화분이 있는 낡고 흉물스러운 건물 뒤로는 혁명 전까지 상인의 아내가 소유하던 2층짜리 건물에 멋진 카페 하나가 숨어있었다. 바 테이블 뒤에서는 턱수염에 포마드를 바른 과묵한 바리스타가 커피잔 안에 그림을 그렸고, 아라비카 커피 향이 마법처럼 가득 퍼졌다.

빅토르와 레노치카는 창가에 앉아서 어색한 침묵 속에 찻잔을 부여잡고, 서로의 시선을 피하고 있었다.

"우리 말 놓아도 될까?"

빅토르가 질문했다.

"되지."

레노치카가 허락했다.

"내 생각인데, 너는 람진의 죽음을 진심으로 애도하는 유일한 사람인 것 같아. 그 사람 부인도 그렇게 슬퍼하는 것 같지는 않더라고."

"그걸 어떻게 알았지?"

레노치카는 살짝 당황하면서도 싫지 않은 투로 말했다.

"촉이랄까…"

빅토르는 짧게 대답한 후 갑자기 질문했다.

"혹시 아드로니티스가 뭔지 알아?"

"뭐라고?"

"아드로니티스. 이건 한 사람을 알기 위해 소요되는 시간을 아쉬워하는 거야."

"그런 일이 자주 있어?"

레노치카의 관심에는 약간의 집요함이 묻어났다.

"오니즘을 겪을 때가 훨씬 더 많아."

"오나니즘이 아니고?"

레노치카가 웃었다.

"오니즘이야."

빅토르는 조소어린 그녀의 말을 정정했다.

"이건 네가 항상 하나의 몸 안에 있는 것에 대한 불만을 의미하지. 하나의 몸 안에만 말이야. 컴퓨터 게임 할 때와는 달리 선택의 여지가 전혀 없는 상태지. 그러니까 너는 특정 시간에 한 장소에만 있어야 한다는 거지. 그런데 그건 불공평하잖아. 게다가 무척 속상하고. 나는 심지어 소립자가 조금 부럽기까지 해."

"넌 어디에서 그런 어려운 단어를 들은 거야, 나 미쳐버리겠어! 오니즘... 한 번도 들어본 적 없어."

레노치카가 조소하듯 말했다.

"나는 시간을 되돌릴 수 없다는 게 아쉬워. 그때로 돌아갈 수만 있다면 안드레이 이바노비치씨를 구할 수 있지 않았을까 하고."

"누구로부터 구한다는 거지?"

빅토르가 그녀 쪽으로 몸을 기울이자 그의 오렌지색 앞머리가 넓은 이마에서 떨어져서 펜듈럼처럼 흔들리기 시작했다.

"모두로부터. 그들이 그를 괴롭혔으니까."

레노치카가 대답했다.

빅토르의 얼굴이 레노치카에게 더 가까이 다가갔을 때 그의 분홍빛 양 볼에 창문을 투과한 햇빛이 반사되었다. 그녀는 그의 입술을 바라봤다. 양 입술은 휘어져 있었고, 이것은 그가 뜨거운 에너지를 갖고 있다는 증거였다. 윗입술이 아랫입술보다 좀 더 두꺼운 것은 그가 전형적인 점액질 유형이라는 뜻이다. 최소한 그가 세속적인 쪽이라는 것은 알 수 있었다.

빅토르의 눈은 풍성한 깃털 같은 속눈썹으로 둘러싸여 있어서 레노치카를 마치 자정에 떠있는 두 개의 태양처럼 열정적이면서 슬픈 눈으로 바라봤다.

"난 두려워. 안드레이 이바노비치씨는 무기명 투서로 인해 괴로워하셨어. 이젠 후임자인 나탈리아 페트로브나도. 오늘 그녀는 누군가로부터 사진을 한 장 받았어. 그 사진 속에서 그녀는 마치 스트립쇼 걸이라도 되는 것처럼 옷을 거의 벗고 있었어. 그 사진은 이제 인터넷 여기저기를 돌아다니고 있어."

"진정서를 써야지. 그래야 범인을 찾을 테니까."

빅토르가 대답했다.

"그녀는 너무 큰 충격을 받아서 자기 집무실에 부정을 쫓는 의식을 치르러 온 사제도 잊었다니까. 거의 발작 수준이었어."

레노치카는 살짝 고소하다는 투로 말했다.

마치 그녀의 말에 대답이라도 하겠다는 듯 슬프면서도 불평하는 것 같은 소리의 사이렌이 들렸다. 소리는 처음에는 가늘고 높다가 점점 커지고는 낮은음으로 변하더니 이윽고 늑대 소리 같은 낮은 베이스 음으로 사그러들었다. 도플러 효과였다. 아마 구급차가 카페 옆을 빠르게 지나간 것 같았다. 레노치카는 콧속이 따끔따끔했고, 눈가에는 또다시 뜨거운 눈물이 용솟음쳤다.

"난 너무 두려워."

그녀는 빅토르에게 고백했다.

빅토르는 그녀의 손을 잡아주었다. 그의 손은 따뜻하면서도 강인했다.

"무서워하지 마. 무슨 일 있으면 전화해. 아무 때라도 좋으니."

"좋아."

레노치카가 고개를 끄덕였다. 그녀는 고대 그리스 신화에 등장하는 동그란 양성구유자 시조들에 대해 생각했다. 트레이닝 선생님으로부터 들은 이야기인데, 양성구유자들은 다리 네 개, 귀 네 개, 등이 두 개씩 붙어있었다고 한다. 그런데 신이 그들의 몸을 양분했다고 한다.

이제 레노치카는 자신의 절반을 찾아야 했다. 레노치카의 노트에는 이상형의 헤어 스타일이라든지 키라든지 성격 등이 메모가 되어있었다. 레노치카의 사무실 컴퓨터 바탕화면에는 포토 콜라주가 일렁였다. 집 한 채와, 화살 박힌 하트 두 개 그리고 달러 한 뭉치였는데, 이 모든 것은 우주로 날려 보낸 그녀만의 꿈이었다. 빅토르는 잘생겼다. 그의 손은 여전히 레노치카의 손을 잡고 있었다. 그가 만약 그녀의 반쪽이라면?

그녀는 갑자기 그에게 달려들어서 그의 떫은 입술에 축축한 키스를 했다. 그녀의 팔꿈치가 쳐낸 티스푼이 요란한 소리를 내면서 타일이 깔린 바닥에 떨어졌다. 바리스타는 바 테이블 뒤에서 털이 수북한 손으로 자신의 향긋한 턱수염을 손질하면서 나른하게 그들을 바라보았다. 커다란 커피 머신 돌아가는 소리가 쾌적하고도 평화로운 카페의 적막을 갈랐다.

7

고리키 주립 드라마 극장에 불이 켜져 있었다. 사람들은 저마다 위에 걸치고 있던 모피 코트, 캐시미어 코트, 가죽 코트, 패딩, 멤브레인 재킷을 벗고 붉은 카펫이 깔린 로비를 따라 반짝반짝 빛을 내며 흩어졌다. 여자들의 몸에 치장한 스와로브스키 크리스털이 영롱하게 빛나고, 남자들의 손목시계와 대머리가 이따금 반짝인다.

극장을 찾은 이들은 훌륭한 공연을 볼 생각에 들떠있었다. 그들의 서 있는 자세와 걸음걸이는 말했다. '우리는 훌륭한 예술과 친하기 때문에 오늘 초연을 보러 왔습니다. 곧 우리는 진정한 예술을 만끽할 것입니다.'

여러 층으로 이루어진 샹들리에에 매달린 작은 크리스털 공들은 천장 아래에서 조용히 종소리를 냈고, 뚱뚱한 매표소 여직원들은 좁은 부스 안에서 판 초콜릿을 깨물어 먹고 있었다. 뜨거운 머그잔 옆에 둔 초콜릿은 손가락에서부터 녹았다. 매표소 직원들은 수다를 많이 떨었다. 창고에서 창고로, 분장실에서 분장실로, 의상실에서 미용실로 가는 동안 다른 사람들의 사생활에 대한 험담이 끊이지 않았다. 예술 감독의 명성에 누가 되는 포스팅을 페이스북에 올린 일로 인해 얼마 전에 쫓겨난 배우 폴루치킨이 저속한 소셜 리포터인 카푸시키나의 인터뷰에 응했다. 리포터에게 그는 대략 세 박스 분량의 불만을 쏟아놓았다. 그것들은 조각조각 나뉘어 어둡고 좁은 동네에 뿌려졌고, 비방하는 말들은 빠른 속도로 이곳저곳에 쌓여갔다.

배우 폴루치킨은 뭐가 불만인 걸까? 갑자기 그가 그렇게 행동하는 이유는 무엇일까? 누군가 건드린 벌통 안에 있던 벌들처럼 극단은 웅성거렸고, 크고 작은 추문을 캐내는 데 열을 올리고 있었다. 예술 감독의 이름은 차신이다. 사람들은 예술 감독의 이름을 마치 발음 연습할 때처럼 빨리 발음한다. 분장실들에서는 그의 이름에 있는 '시'라는 글자를 발음하느라 난리다. 차신, 차신, 브 차세, 차세... 그는 연출을 전공한 사람이 아니라 자칭 감독이며, 과거에 공산주의청년단 회원이었고 대중에게 인정받지 못한 극작가이기도 했다. 그는 우랄에 사는 사람들의 삶을 토대로 희곡을 몇 편 썼다. 그의 연극에 등장하는 주인공 소년의 이름은 '사슴 가죽으로 만든 유목민의 집'이었다. 그의 연극은 시베리아에 있는 한 도시에서 상연이 되는 것으로 그쳤다.

이제 그들의 극장에서 총책임자가 된 차신은 폴루치킨의 주장에 따르면 모든 참신한 것과 모든 기쁨을 뿌리째 잘라버렸다. 창작의 분수는 멈췄고, 포스터는 따분해졌다. 이제 관객들의 반응도 시들하다. 관객은 게을러서 카타르시스를 사냥하지 않으며 집에서 이빨로 해바라기 씨의 껍질을 발라내면서, 미친 광대들이 바보상자 속에서 서로에게 소리나 질러대는 것을 듣는 편을 선호한다. 휴일이면 관객들은 관공서나 회사로부터 나와서 버스를 타고 이동한다. 그들이 샴페인을 아래층 좌석에서 오픈하여 여기저기 나누어주면 검표원은 조용히 하라고 주의를 준다. 극장에서는 선생님들이 학생들의 머릿수를 센다. 학생들은 포장지 호일 뜯는 소리를 내며 감자 칩을 소리 나게 씹어 먹으며 핸드폰 액정 위에 기름 묻은 손가락으로 스크롤을 한다. 불 꺼진 객석 가운데 누군가의 핸드폰 불빛이 몰래 켜져 있다.

하지만 폴루치킨은 카투시킨에게 다른 말도 많이 했다. 그는 주의 문화부 장관까지 추문에 끌어들였다. 장관과 차신이 오래전부터 친한 사이인 것 같다면서 말이다. 장관 딸이 극장에서 근무한다는데 구체적으로 어떤 직책을 가졌는지 아무도 아는 바가 없다는 것이다. 그리고 장관의 생일날 차신은 마치 자신이 카라바스*라도 되는 양 배우들을 모두 오라고 해서 자신의 친구인 고위층 공무원 앞에서 공연하도록 시켰다는 것이다. 그곳에서 배우들은 무대를 상상하며 노래를 부르고 싸움을 한다. 예쁜 프리마돈나는 가슴이 심하게 파인 꽉 낀 옷을 입고 달콤한 한숨을 쉬고는 일부러 기절하는 것처럼 연기한다. 그녀의 옷자락이 말려 올라가면서 예쁜

---

* 알렉세이 니콜라예비치 톨스토이의 '부라티노의 모험'에 등장하는 인형극장 주인

다리를 드러낸다. 코믹한 괴짜역을 맡은 배우는 입을 크게 벌리면서 미국인 흉내를 내며, 곡예사는 물구나무를 서서 다니거나 공중제비를 하며, 아름답게 인상을 쓰는 악역의 주름진 이마에는 숱 많은 눈썹이 이리저리 움직이며, 여자 광대는 사랑에 빠진 노파 흉내를 내면서 젊은 사람들에게 추파를 던지고 저속하게 웃는다. 문화부 장관도 웃는다. 그의 살 많은 양 볼은 심하게 흔들리고, 턱 밑에 있는 지방은 신나서 찰랑거린다. 그리고 그는 차신을 끌어안고 감사를 표한다. 이로써 극장은 정부로부터 지원을 받는다. 리셉션에서는 춤을 선보인다.

또 폴루치킨은 예전 연출가가 천재적이었지만 힘이 없어서 중상모략으로 인해 극장에서 쫓겨났다는 말까지 했다. 이 모든 것은 그가 똑같은 실수를 반복했기 때문이라는 것이다. 첫 번째 실수는 그가 현대적인 희곡을 하나 상연한 것이었다. 그것은 보드빌이라는 희극이었다. 희곡을 토대로 상연한 연극은 매진이었고, 홀 안에 있는 사람들은 서로서로 환희와 칭찬의 말을 전달하느라 난리였다.

하지만 첫 공연 때 교육부에서 어떤 여직원들이 참석했다. 그 무대는 통속적 희가극과 침벌롬 악기 소리로 가득했고, 농담과 프리바우트카* 소리로 시끄러웠다. 그들은 입술을 깨물면서 괴로워했다. 그리고 어느 순간 무대에서 여주인공 중 한 명이 다른 주인공과 발작적으로 다투면서 소리를 지르기 시작했다.

* 구전 문학에서 속담과 격언에 가까운 장르로 유머러스한 성격을 띤다.

"야, 너! 늙은 바구니 주제에! 널 받아줄 데가 있을 줄 알아? 누가 널 필요로 한다던?"

"이래봬도 오라는 데 많아!"

두 번째 여자가 사납게 달려들었다.

"학교에라도 가서, 안전교육이라도 하지 뭐!"

교육부에서 온 여직원들은 너무 당혹스러워 한 나머지 그들의 관자놀이에 있던 무스를 발라 고정한 머리카락이 흔들리기 시작할 정도였다. 공연을 보고 화가 머리끝까지 난 그들은 진정서를 준비했다. 그리고 단어를 바꾸고 역겨운 대화를 잘라내라고 요구했다. 그들은 이것이 학교 교육을 모욕하는 것이라고 했다.

머지않아 바로 두 번째 실수가 뒤를 이었다. 땅을 정복한 사람에 대한 연극을 상연했는데, 여행가가 북쪽 지역에 사는 어느 원주민들을 만나는 내용이 있었다. 연금을 받고 사는 어떤 고독한 분이 그 연극을 보러 왔다. 그는 코가 가늘고 날카로운 사람이었고 올 때만 해도 편안한 마음이었는데, 연극을 보고 나갈 때는 기분이 상하고 화가 잔뜩 나서 팽창한 헬륨 풍선처럼 잔뜩 골이 나 있었다. 연극에는 절망에 빠진 상태로 집에 돌아온 남자가 성모 마리아상 이콘화 위에서 생선을 해체하는 장면이 있었다. 연금 수급자는 그 장면을 보고 너무 큰 충격을 받았다. 그래서 그는 주지사에게 편지를 썼다. 그 편지에 연극에서 정교회를 희화화하고 있으니, 범죄자를 벌하고 연극을 중단하게 해달라고 요구했다. 해당 연극의 연출은 극단주의로 향하는 첫걸음이라는 판결을 받았다. 폴루치킨의 표현대로 정부에서는 그 사람의 말에 귀를 기울였고, 연극은 내려졌으며 메인 연출가는 해고되었다. 그리고 폴르치킨은 주연을 빼앗겼다.

한편 배우들 중 절반은 폴루치킨의 의견에 동의했지만, 그들도 지금은 그에 대해서 말할 때면 얼굴을 찡그리고 불쌍하다는 식으로 말했다. 불쌍한 친구가 갑판 위로 올라오려고 발버둥 치지만 그들은 곧 어마어마한 초연을 앞두고 있어 정신이 없다는 것이었다. 장관의 비위를 맞추기 위해 차신은 부랴부랴 장편 서사극을 쓰고 직접 연출까지 했다. 카자크 합창단과 코르드 발레를 초대했다. 의상은 각각 세 벌씩 제작했다. 천장에서 어마어마하게 큰 빛이 비치는 무대 장식이 내려왔는데 그것은 붉은 태양이었고, 고대 러시아에 세례를 준 자의 상징이기도 했다. 연극의 제목은 '대공'이었다.

연극의 시작을 알리는 세 번째 종소리가 꿈을 꾸는 것처럼 느리게 울렸고, 조명이 꺼지자 사람들은 벨벳으로 만든 의자에 자리를 잡으면서 기침을 하고 바스락거리는 소리를 냈다. 1층 자리에 앉은 관객들은 크고 활동적인 새가 자기 둥지 안에 있는 것처럼 분주하게 움직였고, 손가락으로 열을 세거나, 의자 등받이에 있는 번호를 눌러보았다. 여자들은 프로그램 안내서를 초조하게 들고 있었다. 막이 흔들렸고 관객이 동요했지만, 아직 오지 않은 주지사를 기다리느라 올라가지는 않았다. 드디어 중앙에 있는 특별석에서 직원들이 움직이기 시작했고, 언뜻 흰색 깃이 보였다. 그리고 주지사가 특별석 그늘에 자리 잡고 앉고, 품이 넉넉한 원피스를 입은 그의 아내는 의자 팔걸이에 팔꿈치를 괴고 앉아서 몸을 앞으로 내

밀고는 호기심 많은 사람에게 기다란 숄 위에 걸친 무거운 호박 목걸이를 과시했다. 옆에 있는 특별석에서는 서열 낮은 공무원들과 그 부인들이 목을 길게 빼고 그들에게 인사를 했다. 로비에서 주지사를 만난 문화부 장관은 신이 나서 1층 1열로 다가갔고, 홀을 이리저리 왔다 갔다 하던 커다란 카메라의 스포트라이트가 그 뒤를 따라갔다. 하지만 갑자기 조명이 꺼졌고 감독이 삼각대를 집어 들고는 에이프런 스테이지(관객석 중앙 앞까지 나온 무대 부분) 구석 쪽으로 몸을 숙여서 쏜살같이 달려갔다. 막은 잠시 경련을 일으키듯 흔들리더니 올라갔다.

무대 쪽에서 갑자기 굉음이 들렸다. 연속적으로 포격을 하는 것처럼 나무 숟가락들의 소리가 크게 났다. 구슬리*와 돔브라**가 노래를 하기 시작했고, 트레쇼트카***와 딸랑이가 쨍그랑 소리를 내기 시작했으며, 쿠비클리****와 스비스툴카*****가 연주되기 시작했고, 나무로 된 봉이 북을 때리기 시작하자 보이지 않는 말들이 히이잉 소리를 내기 시작했다. 무대에서는 단역들이 춤추고 노래하며 자수로 장식된 셔츠를 흩날렸고, 가죽으로 된 포르시니******를 신고 바닥을 두드렸다. 머리띠가 반짝거리고, 남자들의 가슴에서

---

* 러시아 전통 발현악기

** 카자흐스탄, 우즈베키스탄, 칼미키야 공화국에서 연주되는 두 개의 현을 가진 발현악기

*** 러시아 전통 타악기

**** 러시아와 우크라이나 전통 플룻

***** 러시아 전통 플룻으로, 그릇을 닮았다.

****** 슬라브 민족의 전통 가죽신발

는 정교한 금속 장식이 부딪히는 소리가 났다. 큰 음악 소리가 요란히 연주되는 동안 숲과 요새 그림을 배경으로 하는 무대 장식의 깊숙한 곳으로부터 쇠사슬 갑옷을 입은 젊은 블라지미르와 그의 장군들이 나왔다. 관객들은 영웅을 박수로 맞이했다.

"루시인들이여!"

대공이 큰소리로 외치자 소란이 금세 잦아들고 백파이프 소리가 멈췄다.

"나는 노브고로드를 점령했고, 이제 나의 악한 형제인 야로콜크가 숨어있는 키예프로 가겠소. 바랴그 군이여, 나와 함께 갑시다! 우리는 야로폴크를 권좌에서 물러나게 할 것입니다. 그리고 키예프로 가는 길에 폴로츠크를 점령하고 그의 신부인 로그네다를 벌하겠소. 내 청혼을 거부한 걸 단단히 후회하게 해주겠소. 키예프로!"

대공은 소리를 질렀고, 처마 밑에있는 그의 분칠한 얼굴이 노란색을 띠었다.

"키예프로, 키예프로!"

군중이 소리 질렀다.

관객들은 웃으면서 박수갈채를 보냈다. 신호용 나팔 소리가 들렸다. 무대의 측면이 갑자기 움직이더니 루시인들이 여러 방향으로 흩어졌고, 벽이 열리고 닫히더니 순식간에 무대 장치가 바뀌면서 블라디미르와 그의 부하들은 어느새 폴로츠크 통치자의 성에 와있었다. 아치형 궁륭이 보였고, 그림 속 투명한 운모 색을 띤 창문들에는 햇볕이 불투명하게 일렁이고 있었다. 블라디미르의 군대가 폴로츠크 공을 단단히 붙잡고 있었고, 그의 아내와 아들들은 가슴 바로 앞에 창을 세웠다. 블라디미르의 발 밑에는 두껍게 그린 눈썹을 일그러뜨리며 힘없이 사나운 얼굴을 한 폴로츠크의 딸, 로그네다가 겁에 질려 엎드려 있었다.

"로그네다, 내 청혼을 거절할 때 네가 한 말이 무엇이더냐?"

대공이 질문했다.

"기억이 안 납니다!"

로그네다가 쉰 목소리로 말했다.

"넌 내게 '노예의 신발을 벗겨주기 싫어요.'라고 말했지. 마치 내가 당신을 소유할 자격이 없는 것처럼 말이지. 마치 내가 사악한 어둠에서 와서 루시를 소유할 자격이 없다는 듯이 말이지! 폴로츠키공, 두 눈으로 똑똑히 봐두라고, 지금 내가 당신 딸을 힘으로 내 것으로 만드는 모습을! 로그네다, 모두가 보는 앞에서 내가 해주지! 이들이 죽기 직전에 내가 당신을 아내로 삼는 모습을 두 눈으로 보게 하겠소."

블라디미르는 재빨리 로그네다를 일으켜서 한쪽 손으로 강하게 그녀의 한쪽 소매를 찢었다. 처녀의 한쪽 팔이 드러났다. 로그네다의 가족들은 통곡하기 시작했고, 입에 재갈을 물은 상태에서 그들은 엉엉 울기 시작했다. 그리고 어느새 무대가 한 바퀴 돌더니 시간이 흘러 굴욕적이고 잔인한 학살 장면이 사라졌다. 관객들 앞에 또다시 산처럼 많은 사람이 나타났다. 그 뒤에는 이교도 사원의 커다란 성지들과 나무로 만든 우상들인 페룬, 벨레스, 호르스, 다즈보그, 스트리보그, 모코사가 서 있었다.

산이 노래했다:

블라디미르는 키예프의 왕이 되셨다,
블라디미르 대공께 영광을, 영광을!

무대 전체 화면에 강력한 장면이 계속 바뀌면서, 피가 튀었다. 한 무리의 말들이 앞으로 나아갔고, 용맹스러운 무사들은 적을 두 동강 냈으며 처녀들은 머리카락을 바람에 날리며 불타는 이즈바* 를 배경으로 달렸다. 하지만 갑자기 노래의 중간 부분에서 종소리가 들리면서 우상들이 쓰러졌고, 산이 양쪽으로 갈라지면서 길을 내어주자 그 뒤로 무릎을 꿇은 블라디미르가 나타났다. 핀 조명이 대공을 비추었으며 교회 종소리가 조용히 울렸다. 뒤에는 블라디미르의 비잔틴 아내인 안나 여왕이 황금 옷을 입고 영광스럽게 서 있었다. 대공은 양손을 들었고, 화면에서는 마치 그의 손에서 나온 것처럼 작은 십자가가 나타났다. 그 십자가는 계속 자라나서 화면을 가득 채웠다. 또다시 무대 전체에 빛이 비치자 민중은 무릎을 꿇고 합창을 하기 시작했다.

"성스러운 블라디미르 공이시여, 우리는 공을 경배하며, 공의 성스러운 업적을 높이며, 공이 우리를 위하여 그리스도께 간구하시기를 원합니다..."

배우들의 엄숙한 노래가 이어지고 있는데 갑자기 관객석이 술

* 나무로 지어진 농가

렁이더니 앉아있는 사람들이 주위를 둘러보기 시작했다. 시장이 노래를 서서 듣는 것을 본 다른 특별석의 귀빈들이 자리에서 일어났고, 잘 차려입은 남자들도 재킷의 옷매무새를 가다듬으면서 벌떡 일어나고 있었다. 1층에 있던 문화부 장관 역시 살짝 점프하듯이 자리에서 일어났다. 웅장한 노래에 맞춰 막이 내려갔다. 극장 샹들리에가 한 번 깜박거리더니 갑자기 100개의 전구가 붙어있는 샹들리에 전체에 불이 들어왔는데, 각각의 전구는 100와트씩이었다. 쉬는 시간을 알리는 안내방송이 나왔다.

긴 종소리와 함께 관객들이 움직이기 시작했다. 기술 감독은 카메라를 로비에 설치했고 여기자는 사람들에게 인터뷰하려고 뛰어나갔다. 제일 먼저 그들은 주지사 내외를 인터뷰하는 데 성공했다. 그들은 마치 그들 스스로가 1막에서 연기를 한 배우들이라도 되는 것처럼 오만하고 지나치게 격식을 갖춘 모습이었다. 시장은 빨갛게 달아오른 그의 얼굴을 닦으면서 말했다.

"솔직히 저는 감수성이 풍부한 사람이 아닙니다. 그런데 그런 제가 하마터면 울 뻔했습니다. 여러분도 아시다시피 이 연극은 우리 역사, 즉, 우리가 소중하게 지켜야 하는 것에 대한 이야기입니다. 우리 조상들이 우리를 위해 전쟁을 통해 이뤄낸 것에 대한 이야기입니다. 우리의 과제는 우리의 과거를 교육하고, 다음 세대에 전해주는 것입니다. 그들 역시 블라지미르 대공처럼 위대한 위인들로부터 본을 받도록 하기 위함입니다. 이것은 우리의 최우선 과제입니다... 유감스럽게도 오늘 저는 이 시간 이후에 급한 미팅이 생겨서 가야 하지만, 일만 아니었어도 2막까지 남아서 관람을 했을 겁니다. 우리 주에 사는 모든 주민 여러분은 반드시 오셔서 연극을 관람하시기 바랍니다. 우리 문화를 아는 것은 빛 가운데 거하는 것이며, 모르면 어둠 속에 갇히는 것이기 때문입니다."

시장이 카메라 앞에서 말했다.

"저는 남편이 한 말에 한마디만 보태겠습니다. 상당히 장엄한 분위기의 연극이고, 배우들의 연기도 아주 깊이가 있어서 저는 다시 한번 더 보러 올 생각입니다."

마이크가 주지사의 아내 쪽으로 빠르게 이동했을 때 그녀가 마이크를 잡고 말했다.

카메라에는 옷을 잘 차려입은 호기심 많은 사람들이 잡혔고, 모두들 저녁 뉴스에 얼굴이 나오기를 바랐다. 그리고 뒤쪽 주지사 옆에는 문화부 장관이 환하게 미소를 짓고 있다. 문화부 장관은 차신을 칭찬했다. 아첨하는 말들을 쏟아냈다. 그동안 예술 감독인 차신은 참석한 다른 귀빈들과 함께 벌써 극장의 대표이사인 활동적이고 열정적인 여성의 집무실에 앉아있었다. 샴페인을 따르고 크림같이 부드러운 바나나를 잘랐다. 소파에는 무대 장식을 그린 화가 어니스트 포고딘이 거만하게 앉아있었고, 그의 주먹에는 동물의 뼈로 만든 지팡이 손잡이가 숨겨져 있었고, 오드콜로뉴 향수를 뿌린 볼에는 곱슬곱슬한 구레나룻이 자라나 있었다.

"이건 기념비적인 사건입니다!"

구석구석에 있는 사람들이 소리를 질렀다.

사람들은 차신, 포고딘, 배우, 그리고 물론 연극을 축복한 장관까지 찬양했다. 그리고 장관은 비좁은 틈을 비집고 들어와 목소리를 낮추면서 업무 때문에 먼저 간 주지사가 얼마나 환호했는지를 이야기해주었다.

"이 정도일 줄은 몰랐답니다! 어찌나 감탄하시던지! 수도 모스크바와 견주어도 손색이 없는 공연이라고 하셨습니다…"

집무실 여기저기서 잔들이 자유롭게 부딪치는 소리가 들렸고, 다들 잔뜩 들떠서 술을 홀짝였다. 그리고 어느 순간 손님들은 마리나 세묘노바와 동행인 일류센코가 들어올 수 있도록 길을 내주었다. 검은 상복을 입은 세묘노바는 머리에는 페이스 베일이 달린 검은색 머리띠를 쓰고, 손에는 망사 장갑을 끼고, 입술에는 빨간 립스틱을 발랐다. 차신은 그녀에게 달려들어 무릎을 꿇고 그녀의 장갑 낀 손에 얼굴을 갖다 대었고, 어니스트 포고딘은 키스를 하려고 몸을 살짝 일으키며 무거운 지팡이를 바닥에 떨어뜨렸다. 모두 정신없는 틈을 타 일류센코는 접시에서 작은 조각 케이크 하나를 집어 들고는 한 입 베어 물었다. 검은 캐속에 비스킷 부스러기가 묻었다.

"와주셔서 감사해요, 감사해요! 와주셔서 얼마나 기쁜지 모르실 거예요."

차신이 세묘노바에게 자신의 진심을 믿어달라고 강요했다.

"안드레이 이바노비치 선생님이 지금 우리와 함께 안 계신다는 건 정말 크나큰 슬픔입니다. 그 분께서 이곳에 오셔서 연극을 보셨다면 정말 기뻐하셨을 겁니다."

문화부 장관이 유감을 표했다.

"네네네."

어니스트 포고딘은 잡은 지팡이로 장난을 하면서 양단처럼 빛나는 연미복 조끼의 매무새를 가다듬으며 앵무새처럼 반복했다.

"그분은 정말 훌륭한 분이셨죠. 제가 그린 스케치를 보시고 하나 사고 싶다는 말씀까지 하셨습니다. 러시아 들판 위에서 일어나는 후광 아시죠. 그분께서는 연극이 끝날 때 오실 겁니다. 두고 보세요."

"이거야말로 팡파르죠!"

차신이 그의 말을 바로 받아서 대답했다.

"그런데 나탈리아 페트로브나는... 소식 들으셨지요?"

갑자기 극장 대표이사가 꺼낸 이야기에 그녀 주위로 호기심 가득한 사람들이 모여들어서 그녀를 꽃잎처럼 에워쌌다. 그들은 목소리를 낮춰 중간중간 끊어가며 이야기했다. "이걸로 그분의 명성도 끝이죠.", "손자들도 있는 분인데.", "죄를 용서해달라고 기도하시겠죠.", "이제 장관 자리에서도 물러나셔야겠죠."

마리나 세묘노바는 그럴 기분이 아니어서 그들의 말을 건성으로 들었다. 연극이 시작하기 직전에 그녀가 대표로 있는 건설 회사 직원인 스테판이 연미복을 입고 어울리지 않는 나비넥타이를 매고 고릴라처럼 그녀 앞에 나타났다. 그는 죽은 동료 니콜라이에 대해, 그의 불쌍한 가족에 대해 갑자기 말을 하면서 가족에게 물질적인 도움을 주면 좋겠다고 집요하게 부탁을 했다. 그녀는 그의 눈에서 뭔가 더럽고 좋지 않은 불길한 기운과 그들이 술김에 함께 사랑을 나눈 일에 대해 떠올리고 있는 것 같은 기분이 들었다. 정말이지 평생 이런 식으로 책잡혀서 끌려다녀야 하나? 그녀는 그에게서 몸을 돌리곤 손수건에 대고 뭐라고 중얼거렸지만 그 순간 일류센코가 적절하게 끼어들어서 조용히 하라고 주의를 줬다.

"지금 엘라 세르게예브나 선생님이 상 중인 게 안 보이십니까? 자꾸 그러시면 경호원을 부르겠어요."

물론 일류센코에게 경호원이 있을 리 만무했지만, 그는 용감하게 맞섰다. 그러자 스테판이 물러났다.

첫 번째 종소리가 들리자 대표 집무실에 있던 손님들은 웅성거리기 시작했고, 남아있는 샴페인을 털어 넣으면서 들어갈 준비를 하기 시작했다. 차신은 눈에 띄게 긴장한 것처럼 보였고, 어니스트 포고딘은 관객들이 아직 자신이 그린 무대 장식을 극찬하지 않은 것이 초조해서 볼의 안쪽 살을 씹었다. 하지만 2막까지 다 보고 나면 사람들이 그의 뛰어난 작품을 알아볼 것이다.

객석에 있는 사람들도 아직 자기 자리에 앉을 생각이 없어 보였고 천천히 주위를 돌아다니면서 황금색으로 꾸며진 눈부신 특별석을 배경으로 셀카를 찍어댔다. 인스타그램은 온통 연극에 대한 이야기로 가득했다. 가상 세계에는 '#대공'. '#나는연극이좋아'. '#세례자에게'와 같은 해시태그들이 생겨났다. 검은 상복을 입은 키 크고 날씬한 허리의 소유자인 마리나 세묘노바 뒤를 일류센코가 한 마리 펭귄처럼 뒤뚱거리면서 따라갔다. 그의 캐속 소매는 수영할 때 신는 오리발처럼 위로 펄럭였다. 세묘노바가 무대 쪽으로 몸을 틀자 그녀의 페이스 베일이 그녀의 커다란 눈을 가리면서 가스구름처럼 살짝 들렸다. 그러자 반달형의 그녀 얼굴 아랫부분과 꼭 다문 빨간 입술만 보였는데, 입가는 살짝 부어있었다.

별안간 뒷자리에서 사람들이 웅성대는 소리가 크게 들려왔다. 검표원은 부산스럽게 대화를 했고, 사람들은 뒤로 물러나면서 치마 밑단을 들어 올려 누군가 지나갈 수 있도록 길을 내주었다. 원형극장 쪽에서 엘라 세르게예브나 럅진이 한 마리 하마처럼 들어오고 있었다. 그녀는 지극히 평범한 치마와 가슴 부분이 벌어진 어두운색 블라우스를 입고 있었고, 눈 밑에는 불면증으로 인해 다크서클이 있었으며, 손질하지 않아 평소와 같은 풍성함과 화려함을 상실한 머리카락은 볼썽사나운 주인의 해골에 붙어 아래로 흘러내렸다. 목에는 분노로 인해 적갈색 얼룩이 번들거렸다. 엘라 세르게예브나는 다양한 사람들 틈에서 용케 마리나 세묘노바의 실루엣을 알아챘고, 엘라 세르게예브나의 몸 전체와 그녀 다리의 움직임 그리고 생각의 동선은 모두 세묘노바를 의식하기 시작했다. 세묘노바는 뒤를 돌아보고는 몸이 얼어붙었고, 그녀의 입술은 혐오스럽고 이해할 수 없다는 듯 살짝 벌어졌다. 한편 럅진의 아내는 순식간에 서너 발자국을 디뎠나 싶더니 어느새 옆에 아주 가까이 갔다. 일류센코는 엘라 세르게예브나를 밀어내려고 달려들었으나 그녀가 그를 도리어 밀쳐내는 바람에 불쌍하게도 의자들이 쌓인 벨벳 색 바리케이드 쪽으로 엉덩방아를 찧으며 넘어졌다.

"이거 봐라!"

엘라 세르게예브나는 원수에게 삿대질하며 소리를 질렀다. 듣기 힘들고 입에 담기 어려운 욕설이 세묘노바의 얼굴을 가격했고, 악담과 험담이 남자를 홀린 여자의 머리 위로 쏟아져 내렸다. 페이스 베일은 찢어졌고, 마리아 세묘노바의 밤색 머리카락은 헝클어졌으며, 그녀는 양팔을 앞으로 뻗어 자기 자신을 보호했다.

"넌 쓰레기야, 이 걸레 같은 년아! 밀고를 해? 나를? 내가 너를 죽이려고 했다고! 너, 이건 너야, 너 밖에 그럴 사람이 없어! 개 같은 년, 넌 창녀야! 나를 불에 태워 죽이고 싶었겠지! 안드레이 이바노비치를 네 마음대로 주물렀지! 네가 그를 죽음으로 내몬 거야, 못된 년! 그이 돈을 그렇게 탐내더니, 역겨운 것!"

엘라 세르게예브나의 양손이 마리나 세묘노바의 머리카락을 쥐고 있어서 세묘노바는 괴로움으로 얼굴을 찡그리며 도움을 요청했다.

"이 여자 좀 떼 주세요! 저한테서 좀 떼 내어 주세요!"

세묘노바는 피하려다가 럅진 아내의 한쪽 볼을 잔뜩 할퀴어 버렸고, 그렇게 상대가 피가 나자, 여자들은 비명을 질러대고 사방에서 그들을 도와주려고 좁은 통로를 달려왔다. 의자에 넘어졌던 일류센코는 일어나서 그녀의 뚱뚱한 양쪽 옆구리를 잡아끌고, 얇은 블라우스를 잡아당겼다. 블라우스가 찢어지고, 솔기가 뜯어지자 아마로 만든 그녀의 브래지어의 밴드가 드러났다. 지인들과 낯선 사람들, 그리고 귀빈들까지 합세해서 몸싸움을 벌이고 있는 당사자들을 떼어놓으려고 애썼다. 문화부 장관이 달려와서는 엘라 세르게예브나의 손목을 강하면서도 다정하게 붙잡고는 마리나 세묘노바를 잡았던 손에 힘을 빼고 놓아주라고 했다. 결국 둘은 떨어졌고, 미망인의 손바닥에는 밤색 머리카락 몇 가닥이 붙어있었다. 세 번째 종소리가 울리자, 검표원들끼리 투닥거리더니 대표 사무실에서 진정제가 든 약상자를 가져왔다. 마리나 세묘노바는 옷을 털어내면서 몸을 떨었고, 원피스에 있는 어깨끈의 매무새를 가다듬었다. 일류센코는 기어서 그녀의 페이스 베일을 찾아서는, 그녀에게 먼지 가득하고 발로 짓이겨진 페이스 베일과 휘어진 머리띠를 돌려주었다. 극장 대표가 세묘노바에게 달려와 그녀를 가볍게 안아주고는 진정시켜주느라 2막의 시작이 지연되었다.

"엘라 세르게예브나 선생님, 저희도 부군을 잃고 얼마나 큰 상실감에 빠져 계신지 알고 있습니다. 게다가 선생님 학교의 소파힌 선생님 문제도 있고요. 하지만 그 일이 마리나 아나톨리예브나와 무슨 상관이 있는지요. 사람들이 모두 보는 앞에서 이렇게 기쁜 날, 그것도 오늘 굉장히 중요한 초연을 하는 데서 소란을 피우실 이유가 뭐가 있나요."

문화부 장관은 흐느끼고 있던 랼진의 미망인을 자기 재킷으로 감싸 안으면서 빠른 속도로 말했다.

"엿이나 먹으라고 해요!"

엘라 세르게예브나는 울음을 참으면서 소리를 질렀다.

그녀의 갑자기 끓어오르던 야수의 힘은 어느새 기체로 변해 날아갔다. 두 어깨는 남의 재킷 안에서 안쓰럽게 축 늘어져 있고 다친 한쪽 볼은 냅킨에 대고 있다. 그녀의 기분은 완전히 상해 있었다.

"이게 다 저년 짓이라고요! 내 노트북도 가져가버렸어요... 교사 문제를 캔다고 하면서요..."

엘라 세르게예브나가 했던 말을 반복했다.

극장 대표가 그녀를 진정시키려고 데려갔다. 호기심 많은 사람들의 웅성거림도 잦아들었다. 사람들의 무리가 서로 탄식과 추측을 주고 받으며 돌아섰다.

"방송국 기자들이 촬영한 내용을 편집한다고 먼저 갔으니 망정이지."

객석으로 돌아온 문화부 장관의 보좌관이 중얼거렸다.

"하긴 그들 없이도 이미 이곳저곳에서 많이 찍었어요."

그가 볼멘소리로 말했다.

차신은 아래층 특별석에 몸을 숨긴 채로 풀을 잔뜩 먹인 빳빳한 소매 끝을 신경질적으로 잡아당겼다.

"초연을 개판으로 만들어놨어..."

"걱정하지 마. 이것도 광고야. 두고 봐, 도시 전체가 연극을 보러 올 테니."

어니스트 포고딘이 주먹다짐을 보고 신이 나서 말했다.

마리나 세묘노바는 아무렇지도 않은 듯 도도하게 자기 자리로 돌아갔다. 머리카락은 묶어서 핀으로 고정했고, 코에는 분을 발랐다. 많은 이들이 그녀의 모습을 더 잘 보려고 신나게 자리에서 일어났고, 손뼉을 치는 사람도 있었다. 일류센코는 다 같이 이성을 잃은 미망인을 불쌍하게 생각하자고 사람들을 부추기기라도 하는 것처럼 사람들을 향해 미소를 지으면서 자기 여자 친구의 팔꿈치를 쓰다듬었다. 세묘노바도 슬픈 듯한 표정을 지어 보이면서 그에게 고개를 끄덕였다.

드디어 사람들의 아우성과 기침 소리가 객석에서 잦아들었다. 검표원은 도금으로 장식한 무거운 문을 닫아걸었고, 무대의 커튼이 올라갔다. 불이 꺼지고, 또다시 반짝이는 무대가 나타났다. 무대에서 샤슈카*를 흔들면서 카자크인 합창단이 춤추고 노래했다.

성스러운 러시아군의 승리를 기다린다네
응답하라, 정교회 군대여!

노래하는 이들의 뒤와 주위에는 경사가 심한 돔 모양 지붕들이 반짝였고, 막 뒤에서는 카자크인 베이스의 노래에 맞추어 종들이 연주되었다. 무대 깊숙한 곳에 교회 깃발과 창들이 보였고, 사제들과 주교들의 머리 위로 보석이 반짝였다. 그들의 십자가 행진이 이어졌다.

루시가 고개를 높이 쳐드니
태양처럼 네 얼굴에서 광채가 나는구나
하지만 너는 비열함의 희생자가 되어
너를 팔아넘기고 배반한 자들이 ...

카자크인들은 노래를 불렀고 그들 군복 바지에 있는 세로줄 무늬는 형형색색의 무지개처럼 불타올랐다. 그들의 쿠반카**는 아름답게 뛰어놀았고, 귀걸이는 춤을 추는 듯했다. 합창단은 이콘화를

* 동유럽에서 사용된 기병도
** 전통 털모자

들고서 이동하는 장엄한 행렬을 먼저 보내면서 천천히 움직였고, 활기찬 후렴구가 잦아들자 장엄한 연주곡 '키리에 엘레이손'이 그 뒤를 이었다. 슬픈 기도소리에 맞춰서 무대 깊숙한 곳으로부터 실제 말 달리는 소리가 들려왔고, 빛과 소음으로 인해 가볍게 휘청거리면서 무대로 천천히 조심스럽게 회색 말이 올라왔다. 블라지미르 대공이 쇠사슬 갑옷 위에 흑담비 깃이 달린 망토를 두르고 화려한 왕관을 쓴 채 말 위에 앉아있었다.

"백성들이여, 내게 맹세하시오! 정교회에 속한 루시여, 번성하시오!"

통치자가 외쳤다. 배우 중 누군가 '만세!'라고 외쳤다. 관객들은 박수갈채로 화답했다.

연극은 그 후로도 계속 승전 분위기를 띄웠다.

8

레노치카는 잠에서 깨어 창밖을 바라봤다. 창밖은 축축하고 온통 진흙투성이였다. 바람은 창틀을 두드리며, 나무에 붙은 몇 개 남지 않은 나뭇잎마저 빨아들이겠다는 듯 거세게 불어댔다. 레노치카의 차가운 발뒤꿈치가 따뜻한 빅토르의 종아리를 건드렸다. 그는 이불을 칭칭 감고 아이처럼 입을 벌리며 자고 있었는데 모습은 마치 누에고치를 연상시켰다. 집은 반쯤 목조로 된 주택이었는데, 식료품 저장실을 포함해서 방이 세 개였고, 전에는 그의 할머니가 사셨다. 할머니가 돌아가시자 그 집에는 노인이 살던 집 특유의 쿰쿰한 냄새, 친츠(꽃무늬 면보)로 만든 이불보, TV 위에 있는 레이스 덮개와 선반 곳곳의 녹슨 사진들만 덩그러니 남아있었다. 장식장에는 먼지 묻은 크리스털 꽃병이 몇 개 있고, 옷장에서는 주황색 오뚝이 장난감이 플라스틱 눈을 크게 뜨고 레노치카를 보고 있었다.

그녀는 갑자기 그녀가 살아있다는 것과 레나라는 이름을 가진 것, 그리고 지금 젊은 수사관과 누워있으며 남자가 그녀를 자기 집으로 데리고 왔다는 이 모든 사실이 이상하게 느껴졌다. 그녀의 보스가 이제는 죽고 없다는 사실도 믿기지 않았다. 그는 사고로 죽었거나 공식적인 발표대로라면 대동맥 파열로 죽었다. 직장에서는 그녀에게 이렇게 말했다. 장관의 응접실에서 그녀가 할 일은 더 없으며 나탈리아 페트로브나 대신 얇은 입술에 주름 하나 없이 팽팽한 피부를 가진 험상궂은 인상의 대머리 경제학 전공자가 오기로 되어 있다고 말이다. 그는 이미 자기와 친한 부하직원들이 있어서 비서가 더는 필요하지는 않다는 것이었다.

동료들은 머리를 파일에 파묻고, 그녀와 눈을 마주치지 않으려 노력했다. 마치 부정을 타지 않으려는지, 왼쪽 어깨너머로 침을 뱉는 시늉처럼 고개를 돌려 그녀를 의도적으로 피했다. 레노치카에게는 고인이 된 랍진의 비서라는 꼬리표가 따라다녔다. 레노치카의 자리는 다른 사람이 차지할 것이며, 그녀는 윗사람들의 미움을 받고 싸구려 캐비닛이 딸린 작은 사무실로 발령 날 것이다. 더 이상 보스가 주는 팔찌나 숄을 기대할 수 없을 것이며, 급여 외에 추가로 보스가 챙겨주는 돈도 없을 것이다. 속옷은 닳을 때까지 입을 것이며, 네일은 손가락 위에서 쩍쩍 갈라진 채, 비즈니스 런치를 사 먹을 돈도 노래방에 갈 돈도 바닥이 날 것이고, 마스카라도 말라비틀어질 것이며, 부츠 굽마저 닳을 것이다. 이젠 밸리댄스와도 남자를 홀리는 수업과도 이별해야 할 것이다. 평일은 늘 똑같을 것이며 초가집 사이에 꾸부정하게 서있는 흐루숍카* 건물 안에 있는 집으로 돌아가는 일은 예전보다 더 우울할 것이다.

어머니는 해마다 가던 터키 여행도(올인클루시브 4성급 호텔까지 포함해서) 더 이상 못 가게 되고 살이 많이 찌면서 더욱더 뻔뻔해질 것이다. 그들은 옆집 사람들처럼 살게 될 것이다. 옷은 교회에서 누가 입던 옷을 가져와 입을 것이며, 급여의 절반은 캄무날카의 집세를 내는 데 쓸 것이다. 또다시 도매 시장에서 식료품을 잔뜩 사거나 남의 텃밭에 있는 채소를 훔치게 될지도 모른다. 밭에서 막 딴 당근에서 흙을 털어내고 양배추를 꽉 짜서 얇게 썰고는 소금에 절이는 일을 하느라 손가락 끝이 딱딱해질 것이다. 진열장은 절인 마늘 대가 든 병들로 가득 차고 태블릿 PC와 모피 코트는 전당포로 사라질 것이며, 콧등에는 잔주름이 늘어날 것이다.

레노치카는 수렁으로 다시 돌아가고 싶지 않았다. 진흙탕 속에 빠졌던 고향 버스 정류장을 떠올리자 그녀의 눈이 생기를 잃었다. 정말 레노치카가 다른 모든 사람처럼 버스 승차권을 사면서 손가락으로 동전을 하나하나 세어야 한단 말인가? 향이 좋은 크림 대신 찻물을 우려낸 티백을 눈에 붙이고, 스타킹을 꿰매어 신어야 한단 말인가? 물론 도시엔 그보다 더 열악한 막사 같은 집 안에 가스도 화장실도 없어 매일 걸쇠 하나 없이 구멍이 송송 뚫린 문이 활짝 열리는 간이 화장실에서 일을 보는 사람들이 있다는 것을 안다. 그들은 구부정하게 앉아서 냄새 고약한 구멍 위에서 불안하게 몸을 쪼그리면서도 누가 오지는 않는지 귀를 쫑긋 세우고 있어야 한

---

* 소련이 주택 문제를 해결하기 위해 만든 아파트로, 니키타 흐루쇼프 집권 당시에 대량으로 건축하여 국민들에게 배당해주었다. 벽이 얇아서 단열이 안 되고 방음도 잘 안 되는 아파트이다.

다. 문을 불안하게 잡고서 이따금 소리를 지르는 것이다. '여기 사람 있어요! 사람 있다니까요!'라고 말이다. 겨울이면 바닥에 얼어붙은 오줌에 미끄러지지 않도록 조심하며, 여름이면 윙윙거리는 초록색 파리를 내쫓으며 똥내 나는 공기를 우연으로라도 들이마시지 않으려 애쓰면서 소매로 코를 틀어막고 일을 봐야 한다…

그렇다, 레노치카는 편리한 삶에 익숙해져 있었다. 그녀는 부자를 가까이에서 보좌했었고, 그들의 거래처 명함을 수집했으며, 택시를 타고 비포장도로를 달렸고, 가장 좋은 자리에서 가장 좋은 시간대에 영화를 봤으며 여자 친구들과 레스토랑에 갈 때면 입술 위 동그란 점이 있는 잘생긴 웨이터에게 줄 팁을 식탁 위에 아무렇지도 않게 얹어두고 오곤 했다. 하지만 이제부터는 정말로 빈궁하게 살아야 할까? 정말 이제 모든 것이 끝난 걸까?

빅토르는 알아들을 수 없는 말을 중얼거리면서 침대에서 몸을 다른 쪽으로 돌렸다. 매트리스에서 요란하게 흔들리는 스프링 소리에 화끈하게 보낸 지난 밤 생각이 다시 났다. 지난 밤 그들은 둘 다 술이 취한 채 흥분해서 이곳으로 왔다. 한참 동안 불도 못 켠 채로 차단기를 찾느라 헤매는 동안 마룻바닥은 연신 큰 소리로 삐거덕 소리를 내며 웃었다. 레노치카는 자신을 남자를 홀리는 요부라고 상상했고, 콧구멍이 드러나도록 고개를 뒤로 젖힌 채 입으로는 가느다란 머리카락을 살짝 씹으며 신음을 냈다. 빅토르는 스스럼없고 성격이 급한 사람이었고, 일을 끝낸 후에는 창피함도 모른 채 가슴을 수건으로 닦고는 풀 죽은 페니스를 흔들며 할머니 침실을 돌아다녔다.

레노치카는 전날 밤 일이 기억나지 않은 채로 끈적끈적하고 타는 듯한 갈증 속에 잠에서 깼다. 옆에 있는 좁은 탁자에는 어제 먹던 생수가 담긴 각진 유리컵에 햇볕이 투과하여 여러 가지 색을 반사하고 있었다. 매끈한 컵의 끝부분에는 그녀가 어제 발랐던 립스틱이 흐릿하게 묻어있었다. 컵의 선이 있는 곳까지 따르면 200mL를 담을 수 있고, 컵을 끝까지 다 채우면 250mL까지 담을 수 있을 것이다. 어린이집에서는 이런 컵에다가 케피르를 따라서 내올 때면 하얀 케피르의 거품이 컵 안에서 더 부풀어 올랐다. 레노치카는 컵에 입을 대고 물 두 모금을 삼켰다. 머릿속이 혼란스러웠다. 그녀는 생각했다.

톨랴가 며칠째 보이지 않는다. 트위터에는 그가 정부 기관에 불려갔다고 쓰여 있었다. 이 소식 아래로 팔로워들이 온통 걱정하는 댓글들을 남겼다. 그런 후에는 사복을 입은 사람 둘이 부처로 와서 기업 발전부서에 있는 톨랴의 상사와 대화를 했다. 상사는 이 일에 대해 짧은 업무 회의에서 목소리를 낮춰가며 얘기를 했다.

톨랴는 난처한 상황에 부닥쳤다. 그는 자신의 소셜 네트워크에 나탈리아 페트로브나의 낯뜨거운 사진을 공유했다. 하지만 문제는 그가 공유한 사진이 편집된 것이라는 점이었다. 포토샵으로 손을 본 끔찍한 사진이었다. 원본은 작년에 나탈리아 페트로브나가 근처 수도원으로 성지순례를 하러 갔을 때 약수 옆에서 찍은 사진이었다. 약수는 졸졸 흐르며 성스러운 물줄기를 뿜어내고 있었다. 나탈리아 페트로브나는 수도승들에게 둘러싸여 그곳에 모인 기자들에게 성수로 가득 찬 물병을 보여주며, 한 손에는 하늘색 삼각

수건을 두르고, 다른 한 손으로는 작은 이콘화를 쥐고 있었다. 문제의 그 편집된 사진 속에서, 나탈리아 페트로브나는 코르셋을 입은 채 다리를 벌리고 있었고, 타락한 입에는 채찍 대신 형형색색으로 빛나는 보석 같은 거대한 정교회 십자가가 물려있었다. 위에는 짧게 가로줄이 가 있고 아래에는 세로줄이 비스듬하게 처져 있는 십자가였다. 그리고 이런 문구가 적혀있었다. '먼저 십자가를 옮긴 후에 빨아 먹읍시다.'

"누구의 지시를 받은 거죠?"

회의 도중 사람들이 불만을 터트렸다.

"대체 누구죠?"

"젊은이 축제에서 그가 한 일에 대한 감사의 표시인가 보죠."

부서장이 말했다.

"벌금형을 받겠네요."

"신자에게 모욕을 주는 행위와 관련된 벌금형 말인가요?"

여자들이 웅성대면서 말했다.

"네, 신자들에게 모욕을 주었죠. 러시아 연방법 148조, 1항에 위배되는 행위입니다. 여러분들도 그와 같은 실수를 반복하지 말아 주셨으면 합니다. 지금 우리 부처에 온통 세간의 이목이 쏠려 있습니다. 조금 있으면 체육 대회를 열 것이고, 그러면 모스크바에서 손님들이 오실 겁니다. 어쩌면 직접..."

부서장의 목울대는 딱딱해지고, 이태리제 트위드 재킷 안에 있는 어깨는 결연함으로 인해 더 넓어 보였다. 어쩌면 그는 멀찍이서 모스크바에서 온 귀빈을 볼 수 있을지도 모른다. 도시는 벌써 대통령을 맞을 생각에 잔뜩 들떠있었다. 주지사 방에서는 회의가 진행 중이었다. 시장은 주택공사를 저주하고 욕했으며, 여러 곳을 분주히 돌아다녔다. 폭우로 전선이 끊어진 곳들은 여전히 수리 중이었다. 중앙 거리는 빗물받이 맨홀을 아스팔트로 덮어 급하게 도로 도처에 있는 구멍 나거나 깨진 아스팔트들을 메꾸었다. 시민들은 도시를 방문한 손님들이 떠나고 나면 금속 탐지기를 든 지뢰 제거 군인들이 나타나서 맨홀들을 다시 나타나게 할 것이라며 불만을 호소하곤 했다.

그들은 대통령 전용기 '넘버 원'이 착륙하기 직전에 호기심 가득한 사람들을 쫓아낼 것이고, 거리는 텅 빌 것이며, 사거리에서는 플래카드들이 사라지고, 갓길에는 쓰레기들이 치워질 것이며, 주차장에는 예쁘고 비싸고 반짝반짝 빛나는 차들만 남게 될 것이다.

노란색 조끼를 입은 사람들은 콘크리트로 만들어진 기둥들을 깨끗이 닦고, 도로 표지판들을 새로 달고, 죽어가는 건물의 몸에 초록색 망을 덧씌워서 마치 수리 중인 것처럼 보이게 만들 것이다. 습기 차고 구멍이 나고 군데군데 칠이 벗겨진 건물의 정면은 형형색색의 외벽으로 가리고 통나무로 만들어진 집 위에 그려서 붙여놓은 예쁜 가짜 창문이 바람에 흩날릴 것이다.

대통령은 탐욕스러운 마리나 세묘노바를 부자로 만들어준 행사장과 체육관들을 둘러볼 것이다. 공무원들의 얼굴은 거만하며 손님맞이에 집중한 나머지, 입술은 손님이 발음하는 모든 단어를 따라 하면서 오므렸다 폈다를 반복할 것이다. 그 모습은 마치 기도문을 외우는 것 같으리라. 그동안의 수고의 열매를 소개하는 자리가 될 것이며 겁을 주면서도 칭찬으로 마무리할 것이다. 그리고 물론 도시 내의 유일한 제조회사인 '지평선'을 방문할 것인데, 그곳에서는 전기관 전극 지지기, 전력변압기, 노이즈 필터를 생산하고 있고, 얼마 전부터 지금은 고인이 된 안드레이 이바노비치 덕분에 연마기도 생산하기 시작했다. 노동자들은 모여서 수치 타령이나 해댈 것이다. 대통령은 최저 임금을 올리겠다고 약속할 것이다.

"긍정적인 에너지가 속도를 늦추지 않고 있습니다. 경기가 나아지고 있습니다. 불경기의 바닥을 지나왔습니다. 금 보유량도 증가하고 있습니다."

그는 만족스럽게 말할 것이다.

초조하면서도 행복한 웃음소리들과 감사의 말들이 난무할 것이다. 대통령에게는 파란색 작업복을 선사할 것이다. 노동자 중 한 명은 난색을 보이면서 미리 연습한 질문을 할 것이다. '러시아를 둘러싸고 벌이는 괴물들의 악취를 언제까지 참고만 있을 건가요?'

"만약 선생님이 저희와 함께하신다면야."

고위직에 있는 손님은 여유로운 미소를 띠면서 말할 것이다.

"함께 합시다! 말씀만 하십시오!"

몸집이 크고 건장한 노동자들이 소리를 지르기 시작할 것이다.

이 모든 것은 과거의 어느 날 이미 일어난 일이다. 그때도 맨홀을 메우고, 횡단보도에는 새로운 '얼룩말 무늬'를 그렸다. 시립 병원은 며칠간 사용할 새 컴퓨터를 빌려왔고, 구멍 난 리놀륨 바닥은 카펫으로 틀어막았으며, 의사들에게는 급여에 대한 모든 답안을 미리 숙지시켜놓았다. 환자들은 어디 멀리 보내버리고, 병실에는 환자복으로 갈아입은 병원 직원이 누웠다. 도시 중앙에 위치한 소공원에서는 서둘러 벤치를 고쳤고, 나무의 줄기는 하얗게 칠해졌으며, 밤에는 트랙터들의 소음 때문에 주민들이 잠을 설치기도 했다. 트럭은 요란한 소리를 내며, 도시로 깨끗하고 잘 흩어지는 눈을 실어오곤 했다.

24시간이 지나면 다시 흉측한 모습으로 돌아갈 도시를 치장하느라 다들 분주했다. 도시를 방문한 중요한 손님들이 떠나고 나면 병원은 대여해 온 카펫을 말고, 컴퓨터는 다시 해체되었다. 도로에 그려진 얼룩말은 지워졌고, 쓰레기통에서는 쌓여가는 맥주병으로 인해 역한 냄새가 났다…

레노치카는 다시금 쿠션에 몸을 기대고는 인상을 찌푸렸다. 그녀의 꿈은 고위층 공무원 눈에 띄는 것이었다. 그녀는 그를 향해 자신만의 트레이드마크인 미소를 지을 것인데, 처음에는 작고 수줍게 눈을 깜빡일 것이며 눈은 아래로 내리깐 채 알 듯 말 듯 한 시선을 보낼 것이다. 그러고선 갑자기 그를 향해 정열적이고 이글거리는 시선을 보낼 것이다. 그래, 맞아. 눈에 띄는 거야. 공장 작업복으로 갈아입고 자동차 행렬을 맞이하는 사람들 무리에 끼어서 말이야. 그는 반드시 그녀를 사랑하게 될 것이다.

"당신은 누구죠?"

그는 그녀에게 반해서 질문할 것이다.

"저는 레나에요. 여러모로 감사드려요. 만약 선생님께 비서가 필요하시다면..."

레노치카는 수줍게 대답할 것이다.

"필요합니다. 제가 데리고 있는 비서들이 어찌나 쓸데없는 말을 많이 하는지 골치가 아플 지경이에요. 저와 함께 크레믈로 가시죠."

그는 그녀의 활짝 핀 여성스러운 아우라에 매료되어 대답할 것이다.

그들은 차에 나란히 앉아 함께 크레믈로 갈 것이다. 도색된 어둠 속에서 그녀는 긴장한 그의 근육과 단단한 몸의 열기를 느낄 수 있을 것이다. 그들 둘은 멀리 떠날 것이며, 마리나 세묘노바는 질투로 인해 얼굴이 파랗게 질릴 것이다. 톨랴는 더 이상 비아냥거리지 못할 것이다. 그는 고인이 된 안드레이 이바노비치를 떠올리며 그녀가 울었을 때 조롱했던 적이 있지 않은가. '주인을 잃었구나.' 하면서 말이다... 톨랴는 가끔 너무 뻔뻔했다.

"도대체 누가 그를 밀고했을까?"

레노치카의 동료들은 톨랴의 사건을 두고 이해할 수 없다는 듯 말했다.

"그 사진은 무려 43회나 공유되었고, 아무도 그 일로 인해 잡혀가지 않았는데 말이야. 왜 하필 그 사람일까?"

"나탈리아 페트로브나가 밀고한 걸 거야. 그녀는 그와 같은 공간에 있는 것조차 싫어했으니까. 지금은 치료 중이라나. 뭘 치료한다는 건지."

몇 명이 키득키득 웃으면서 말했다.

"임질이겠지 뭐."

공보실 직원 한 명이 박장대소를 하면서 말했다.

"다들 왜 갑자기 그녀를 못 잡아먹어서 안달이죠? 전에는 그 여자의 구멍이란 구멍은 다 핥아주더니만, 이젠..."

레노치카가 그들의 말을 끊었다.

그러자 그들은 이제 그녀에게 달려들어서 입을 닥치라고 '쉬쉬' 거리며 욕을 해댔다.

"네가 뭔데, 넌 이제 아무것도 아니야. 일도 없이 빈둥거리는 주제에!"

"너야말로 여기서 조금 있으면 사라질 걸, 못된 년!"

레노치카는 뒤로 물러섰다. 그녀는 속상한 나머지 무릎이 덜덜 떨렸다.

이제 그녀는 빅토르의 침대에 누워 눈을 크게 뜨고 행복한 표정을 지은 채 사랑하는 사람을 개선장군이라도 된 것처럼 바라보았다. 저녁에 그들은 그루지야 카페 '힌칼리나야'에 갔다. 접시 위 자루 모양의 만두에서는 먹음직스러운 육즙이 흘러나왔다. 그는 힌칼리를 손으로 잡다 너무 뜨거워서 손을 데었다. 그러자 힌칼리는 불룩하게 되더니 마치 들판에 낙하하는 낙하산처럼 옆으로 떨어졌다. 아지카*는 토마토 씨로 인해 노랗게 변했다. 보드카가 담긴 병은 물방울이 맺혀서 불투명해졌다.

"당신 동료 톨랴 일은 순 뻥이야! 물론 미움과 적의를 불러일으켰을 경우엔 282조 법에 따라 처벌받으면 되는데..."

빅토르가 말했다.

---

* 조지아식, 압하지야식 매운 소스

그는 뭔가를 꿈꾸듯이 팔꿈치를 식탁에 받히고 턱을 괴고 있었는데 하마터면 흘러나온 만두의 기름진 육즙이 팔꿈치에 묻을 뻔했다. 그의 붉은 머리카락은 얼굴에 찰싹 달라붙어 있었다.

"그게 더 안 좋아?"

레노치카가 질문했다.

"282조로 들어가면 오래 살다 나와. 그들은 러시아 연방보안국에서 관리하는데, 그곳은 장난 아니야. 극단주의자들과 테러범들이..."

빅토르가 대답했다.

"위험한 곳인가 봐."

레노치카가 굉장히 흥미롭다는 듯한 표정을 지으면서 질문했다.

"그걸 말이라고 해?"

빅토르는 육즙을 호로록 빨아들이며 힌칼리를 마저 먹었다. 그의 볼은 트럼펫 연주자처럼 살짝 커졌다.

"그들이 얼마 전에 스포츠 행사장을 폭파시키려고 했던 한 사내를 검거했지. 그는 무정부주의자였어. 그런데 겁을 좀 줬지. 그랬더니 바로 모스크바에 투서를 쓰고, 변호사들과 기자들에게 호소하는 거지. 자기는 선량한 시민이고, 아무것도 아는 바가 없고 이 모든 것이 날조된 거라고 말이지. 그런데 전기 충격기를 그의 불알에 대는 고문을 했다는 거야. 생각을 해봐! 이빨을 가루로 만든 거지. 당연한 일 아니겠어? 그의 엉덩이에다가 대고 달리 뽀뽀를 해줄 수는 없으니까"

레노치카가 큰소리로 웃기 시작했다.

"그런데 그를 어떻게 잡은 거래?"

"그곳에 연방보안국 애들이 쫙 깔려있었거든. 한 부서 전체가 그랬지."

빅토르는 쩝쩝 소리를 내면서 그녀에게 보드카를 더 따라주었다. 술병은 모자를 벗고는 몸을 기울였다. 둘은 잔을 부딪치면서 건배를 했고, 레노치카는 숨을 참은 후 술잔을 입에 털어 넣었다. 그리고는 숨을 내쉬고 서둘러 오이 피클 하나를 포크로 집었다. 그녀의 얼굴에 가느다란 주름이 졌다. 빅토르 역시 인상을 찌푸렸고, 러시아 보드카 벨린카야를 마시고 난 뒤 베리류 열매로 만든 모르스*를 마저 털어 넣고는 덧붙였다.

"메신저를 감시했지."

"그게 가능해?"

"브콘탁테**에서? 물론 가능하지."

빅토르가 고개를 끄덕였다.

"난 거기에서 아무하고도 연락을 안 해. 영화 볼 때 말고는."

갑자기 레나가 맹세하듯 말했다.

"사랑 영화나 보겠지."

빅토르가 코웃음을 치며 말했다.

"공포 영화를 더 많이 봐."

---

* 러시아 전통음료

** 러시아를 대표하는 SNS

“그럼 우리 회사에 와! 그런 무서운 건 아무래도 실컷 볼 수 있으니까!”

그는 신이 나서 말했다.

“거기 뭐 재미있는 게 있겠어... 끽해야 술 취한 칼부림을 보거나 노파들의 연금을 훔친 우체부라던가, 부엌에서 실수로 일어난 살인 사건 따위를 보겠지..”

“그럼 넌 뭘 좋아하는데? 살인광?”

빅토르가 실실 웃으면서 말했다.

“난 초현실적이고 비밀스러운 게 좋더라.”

레노치카가 고백했다. 그녀는 한쪽 손으로 머리카락을 동그랗게 말고, 입술은 그를 유혹했다. 그녀는 빅토르가 자신의 나체를 상상하고 있다는 것을 알고 있었고, 그녀도 그런 그가 좋았다.

“와우. 네가 그런 사람인 줄 몰랐네. 나도 그런 적이 있었지. 나도 별의 별 일을 다 겪어.”

빅토르는 한 톤을 낮춘 듯 천천히 말했다.

“이를테면?”

“예를 들면 작년에 있었던 일인데. 묘지에서 7km 떨어진 숲에서 어떤 남자가 발견됐는데, 머리가 잘려나간 상태였어. 마치 차가 그를 밟고 지나간 것 같았어.”

“끔찍해라...”

“옷도 찢겨나갔지. 숲속에 있는 비바람에 쓰러진 나무 사이를 뛰어간 것 같았어. 나뭇가지나 관목 여기저기에 그의 셔츠 조각이 걸려있었어.”

"어떻게 된 일인지 밝혀졌어?"

"끝내 밝혀내지 못했다나 봐. 하지만 그가 죽기 전날 저녁에 장인의 무덤에 갔었대. 장인이 살아있을 때 그 둘이 같이 술도 푸고, 사이가 좋았다나 봐. 그런데 장인이 먼저 고꾸라졌지. 그래서 사내는 장인을 만나러 가기로 결심한 거지. 250mL짜리 보드카 한 병이랑 술잔들, 안줏거리를 챙겨서 떠난 거지. 그가 타고 간 오토바이는 무덤 옆에서 발견되었대. 그리고 그 사내는 무언가로부터 도망을 간 거지. 숲속에서 무려 7km씩이나 달려서 말이야."

"뭘 피하려고 했던 걸까?"

레노치카가 들릴 듯 말 듯 한 목소리로 질문했다. 빅토르는 말없이 츄렉*만 씹었다. 그의 시선은 허공을 향하고 있었다.

레노치카는 하차푸리** 한 조각을 잘라서 자기 접시에 담았다. 그녀가 빵의 날카로운 끝을 포크로 터트리자 치즈가 늘어났다.

"그거 알아? 귀 어딘가에 그런 점이 있대. 거길 누르면 더 이상 허기를 못 느낀다나 봐. 편리하지, 그렇지? 어딘가 움푹 들어간 곳이라는데..."

그녀가 대답을 기다리지 못하고 말했다.

레노치카의 손가락은 마치 그 마법 같은 버튼을 찾겠다는 듯이 귀 뒤로 움직였다. 하지만 빅토르는 그녀의 팔꿈치를 잡아 자기 입술 쪽으로 가져와서는 손목을 살짝 깨물면서 촉촉하게 키스했다.

---

* 카프카스와 중앙아시아에서 만들어 먹는 납작한 빵

** 조지아식 빵

키스는 레노치카에게 마치 보일 듯 말 듯 한 번개 같은 자극을 주었고, 짜릿함이 용암처럼 그녀의 하체를 따라 흘렀다. 그녀는 빅토르의 키스에 답을 하려고 했으나 그는 벌써 그녀의 손을 놓고 또다시 먹는 데에 열중했다. 그의 얼굴 근육은 아이처럼 끊임없이 움직였다.

"귀는 불결한 거야. 심문할 때 실제로 도움이 되는 건 놀이야. 정보기관에서 일하는 친구들은 그걸 할 줄 알지. 그 친구들은…"

그는 여전히 입속에 있는 음식을 씹으면서 말했다.

"수수께끼 놀이 같은 건가?"

"아니, 봐봐. 놈을 잡기 위한 거지. 그리고는 그에게 상황 설명을 하고 '옆 방에 네 친구도 있어. 신음소리 들려? 지금 다 자백하지 않으면 우리가 널 숲에 데려가서 손발을 자르고 거기에 두고 올 거야. 그럼 곰에게 잡아 먹히겠지'라고 말하는 거지."

"아, 겁을 주는구나…"

레노치카가 대답했다.

"더한 것도 있어. 만약 그래도 말을 안 들으면, 전기 충격기를 가져다가. 그거 해도 티도 잘 안 나. 점 같은 것만 좀 생기고. 콩팥 있는 부분을 둔기로 세게 내리치는 거지."

"야구방망이 같은 거로?"

"플라스틱병으로도 실컷 두들겨 줄 수 있어. 오른쪽 옆구리 쪽을. 물만 거기에 채워 넣으면 돼. 그러면 그놈 오줌에 피가 나오는데 흔적은 안 남지."

레노치카는 나탈리아 페트로브나의 손에 쥐어져 있던 성수 병을 떠올렸다. 어쩌면 불쌍한 그 여자는 지금도 수도원에 있을지 모를 일이었다. 황제의 미움을 산 왕의 왕비처럼. 그런 병에는 물이 몇 리터나 들어갈까? 레노치카가 말했다.

"우리 옆집 남자는 군대 갔을 때 양말 안에 비누를 넣고서 때렸대. 발렌키* 안에 다리미를 넣어서 때렸다나. 그러면 흔적이 안 남는다는데."

"비누라, 이거 완전히 유치한데. 이렇게 해야지. 못된 놈을 밧줄로 묶은 다음에 그 위에 축축한 수건을 얹고 두드리는 거지. 그러면 멍이 안 생겨. 그런데 내 친구 중에 짭새가 있거든. 걔가 얘기해준 건데. 그가 마침 282조를 위반한 한 녀석의 고막을 찔렀거든. 연필로."

빅토르가 웃기 시작하자, 그의 손아래에서 식탁이 흔들리기 시작했고, 물병은 마치 크리스털로 된 종처럼 키득키득거렸다.

"일명 '코끼리'라는 것도 있어. 이것도 좋은 방법이지. 녀석에게 방독면을 씌우고..."

"정말 코끼리 같겠네."

레노치카가 입에 물고 있던 물을 뿜었다.

"그렇지, 코도 있고 말이야. 아무튼 그런 후에 산소를 차단하는 거야. 아니면 거기에다가 디클로르보스 같은 살충제를 주입하는 거야. 내가 보장하건데 이건 완전 짱이야. 그러면 미친놈이 토하기 시작하는데, 방독면을 쓴 채로 말이야..."

---

* 양털로 만든 따뜻한 부츠

"퉤!"

레노치카가 그의 말을 끊었다.

"너 뭐야, 그걸 본거야?"

"난 묶는 걸 봤을 뿐이야. 봉투 같은 방식으로 묶는 건데. 다리는 등 뒤로 하고, 머리는 아래로 하고 묶지. 밧줄로 묶고 나는 심문하는 걸 도와줬어."

"그게 그렇게 아파?"

"말도 마! 스트레칭도 안 하고 다리를 찢는다고 생각해봐. 힘줄이 끊어질 것 같아서 피의자는 소리를 질러대. 그러면 하라는 대로 다 하게 돼 있어."

"밧줄로 맸던 흔적은?"

"그 안에 수건을 덧대거든. 너 뭐야, 녹음하는 건 아니지?"

빅토르는 미소 지으며 말했다.

카페 힌칼리나야에 매달린 조명을 받는 그의 얼굴에는 뭔가 크리스마스 같은 부드러움이 묻어났다. 그는 또다시 그녀의 손을 잡았다.

"당연하지. 내 몸 전체에 전선을 주렁주렁 감을지 어떻게 알고..."

그녀가 대답했다.

"그것참 섹시한걸."

빅토르가 입맛을 다셨다. 기름진 냅킨 하나가 뭉쳐진 상태로 그의 텅 빈 접시 위에 떨어졌다. 마치 일본식 학 같았다. 정말로 학 천 마리를 접으면 소원이 이뤄질까?

매트리스는 또다시 흔들리기 시작했다. 빅토르는 잠에서 깨어 조금 붓고 놀란 얼굴로 레노치카를 바라봤다.

“자? 지금 몇 시지?”

그는 잠긴 목소리로 말했다.

“아직 이른 시간이야.”

레노치카가 대답하고는 그를 끌어안으려고 양손을 뻗었다.

그는 인상을 쓰면서 물러섰다.

“자기야, 지금은 몸을 비비고 애무하는 거 하지 마. 난 아침이 되면 개처럼 사납거든. 서운해 하지 말고.”

그는 누빈 이불 속에서 덥힌 자신의 발을 침대에서 내리고는 발을 더듬어서 슬리퍼를 찾은 후에 슥슥 소리를 내면서 방에서 나갔다. 크지 않은 그의 엉덩이에는 주황색 깃털이 매달려있는 것 같았다. 욕실로 간 그가 침을 뱉으며 숨차 하는 소리가 들렸다. 수도꼭지는 조금 더 노력하더니 외마디 괴성을 지르고 소방호스 끝부분처럼 두어 번 짧게 물을 내보냈다. 그리고 1초 후 안정적인 소리와 함께 물이 흘러나왔다.

9

랍진가에서 일하던 타냐라는 가정부가 엘리베이터에 갇혔다. 엘리베이터는 좁았고, 불마저 나간 상태였다. 그렇지 않아도 공기가 탁한데 담배 연기까지 자욱했다. 누군가 모든 법과 예의를 무시한 채로 담배를 피우고 나서 불을 비벼 끈 것이었다. 타냐는 불이 나가기 전부터 벽에 단단히 붙어있던 광고를 눈여겨봤었다. 언제부터 붙어 있었는지는 알 수 없었지만, 내용은 아파트 주민들에게 선거에 참여하라고 독려하는 것이었다. 게다가 그곳에 가면 식료품을 더 낮은 가격에 살 수도 있다는 것이다. 계란 큰 것 하나를 2루블에, 큰 식빵 하나를 5루블에, 그리고 닭고기는 킬로에 90루블을 주고 살 수 있을 것이다. 선거위원회의 사람들이 아파트 문을 두드리면서 집에 앉아있지만 말고 선거를 하러 오라고 외치고 다녔다. 주민들은 걸어 잠근 문 앞에서 욕을 해대곤 했다.

그때는 타냐의 주인집 여자인 엘라 세르게예브나의 신경이 곤

두서있던 때였다. 농담인지 진담인지 학교 교원들 전원이 교무회의에 참석하라는 지시가 떨어졌다. 반대자는 해고를 각오해야 했다. 게다가 각자 자신의 지인을 네 명씩 데리고 와야 했다. 학부모 중 몇몇이 팔을 걷어붙였다. 엘라 세르게예브나의 콧구멍은 시민의 의무를 이행해야 한다는 결심으로 불타올라 팽창했다.

결국 투표소로 변신한 학교는 시장통을 이루었고, 로비는 유권자들로 북적였으며, 축제 분위기를 내는 천장은 빨간 풍선들로 출렁거렸다. 야채, 설탕, 벙어리장갑, 짚으로 만든 빗자루, 그림이 그려진 소금 통 등을 임시로 설치된 이동식 부스 앞에서 싼값에 팔고 있었다. 사람들이 그곳에서 북적였다가 빠져나오곤 했다. 입구에서는 유권자들을 즐겁게 해주기 위해 광대가 웃긴 표정을 지어 보였다.

투표용지는 유난히 많았는데, 벌집 같은 헤어스타일을 하고 손톱을 보라색으로 물들인 학교 여교사들이 입구에서부터 자세히 설명해 준 덕분에 사람들은 투표용지의 칸에 제대로 표시를 할 수 있었다. 엘라 세르게예브나는 당 위원회에서 주는 상을 하나 받았다. 그 일을 기념하기 위해 음식이 차려졌다. 그녀는 가정부 타냐에게 오븐에 연어를 구워서 운전기사와 함께 학교 교장실로 바로 가져와 달라고 지시했다. 타냐는 로즈메리 크림소스를 넣어서 만드는 연어 요리를 아주 잘했다.

저녁에 엘라 세르게예브나는 잔뜩 화가 나서 아치형으로 문신한 눈썹을 일그러뜨리며 말했다.

"어떻게 이럴 수가 있어, 타냐. 사람을 망신시켜도 분수가 있지!

네가 한 생선 요리는 늘 예쁘고 두툼하게 살이 올라 있었는데, 그래서 내가 아는 사람들한테 네 요리 솜씨를 얼마나 칭찬했다고! 교육부 고위직 공무원들도 네 음식을 먹고 싶어서 안달이 났었단 말이야. 그런데 이게 뭐야? 이건 음식이 아니라 쓰레기야!"

"그 정도는 아닌데요. 그냥 지금은 좋은 연어를 찾기가 쉽지 않아서 그래요. 노르웨이산은 지금 무역 제재를 받고 있어서요."

타냐가 서운하다는 듯 말했다.

"고작 무역 제재 갖고 이러는 거야? 이건 음식이 아니라 쓰레기야. 새로운 요리사를 구할 테니 그렇게 알고 있어."

엘라 세르게예브나는 잔뜩 날을 세우고 말했다.

이제 타냐는 어둠 속에서 몸을 웅크리고 있었다. 어두움은 점점 더 위압적으로 공간을 장악했고, 타냐를 깊은 어둠 속에 가두려고 기를 쓰고 있었다. 사람의 눈은 60분이면 어두움에 적응한다. 얼마나 시간이 흘렀을까?

호출 버튼에는 아무런 신호가 잡히지 않았다. '비상 호출 번호를 눌러야지'라고 생각하는 찰나 갑자기 빛이 번쩍이더니 순간 앞이 보였다. 그녀는 손가락으로 표시판 위의 버튼을 더듬어 빨간 호출 버튼을 눌렀다. 하지만 운행 관리자는 대답하지 않았고, 엘리베이터도 허공에서 흔들린 채, 움직일 기미가 보이지 않았다. 부츠 아래 있던 해바라기 씨 껍데기만 바삭거리는 소리를 낼 뿐이었다.

타냐는 오렌지색 나무 무늬가 그려진 끈적끈적한 철문을 주먹으로 두드리면서 욕을 했다. 어딘가 멀리서 수캐 한 마리가 짖어대는 소리가 들려왔다. 검은 바탕에 주황색 무늬가 있는 늙은 도베르만은 타냐의 아래층 원룸에 사는 사람들이 키우는 개였다. 오래 전부터 그녀는 개 짖는 소리 때문에 밤잠을 설쳐왔다. 그녀는 아래층으로 내려가 그 집 문을 두드리고 도베르만을 욕했는데, 그럴 때면 개가 문 뒤에서 유독 큰 소리로 짖어댔다. 그 소리에 놀란 다른 주민들이 가운을 걸친 채 밖으로 나오는 모습이 병원을 방불케 했다. 한 번은 경찰을 부른 적도 있었다. 하지만 도착한 그는 거절 의사를 밝혔다.

"저는요, 부인, 더 중요한 일들이 있어요. 여기에서 개를 처리하는 일을 할 수는 없습니다. 정 그렇게 거슬리면 독살하세요. 제가 도울 일은 없는 것 같군요. 개한테 다크 초콜릿 하나만 주면 사흘 뒤면 뒈질 겁니다."

하지만 타냐는 좀 더 확실한 방법을 찾아냈다. 그녀는 약국에서 결핵약을 대량 구입한 후에 알약을 빻아 가루로 만들고 구토를 멈추는 약을 섞어서 냄새 좋은 크라카워 햄 안에 구멍을 낸 후 그 안에 약을 잘 넣었다. 약은 빨간 빛을 띠어서 햄을 자른 단면에서는 마치 다진 고기처럼 보였다. 개는 죽어갔다. 도베르만을 끝까지 지켜보지는 못했다. 햄은 사라졌고, 쓰레기통에 들어갔다.

"말씀하세요."

드디어 운행 관리자의 목소리가 들렸다. 타냐가 소리 질렀다.

"사람 살려! 저 엘리베이터에 갇혔어요, 기술자 좀 불러주세요! 주소가..."

"엿이나 먹어라."

갑자기 그녀의 말을 관리자가 끊어버렸다.

"뭐라고요?"

타냐가 짧게 되물었다.

"하르초 국입니다! 왜 별것도 아닌 거로 소란을 피워요? 우리 할아버지 세대는 전쟁도 겪었는데 엘리베이터에 한 시간 갇혀 있다고 뭐가 어떻게 되는 것도 아니잖아요. 뭘 그렇게 수선을 떨어요? 내가 맡은 열 개 건물 엘리베이터에 사람들이 갇혀있어요."

타냐는 화가 치밀어 오르고 어안이 벙벙해져서 도리어 그 자리에 얼어붙었다.

"어떻게 그런 말을 할 수 있죠!"

그녀가 쏘아붙였다.

"상황이 그렇단 말씀이에요. 겁먹지 말고 조금만 참고 기다리세요. 저 혼자서 당신들 모두를 감당해야 하니까..."

타냐는 화가 머리끝까지 났다.

"어떻게 말을 그따위로 해요? 지금 당장 기술자를 보내세요!"

"안녕히 계세요."

관리자는 타냐의 말을 중간에서 자르고 전화를 끊었다.

"미친년! 우리 법정에서 보자고!"

타냐의 입에서 자기도 예상 못 한 말이 툭 튀어나왔다. 그녀는 순간 의식을 잃을 것만 같았다. 지저분한 엘리베이터 벽은 찌그러져 바람에 흔들리는 것 같았고, 메탈은 마치 천 조각만도 못한 것 같은 기분이 들었다. 이런 순간에는 어김없이 아들의 뻔뻔한 미소가 떠올랐다. 아들은 언제나 돈을 요구했으며 마약중독자였다.

처음에는 아버지가 참전해서 받은 훈장들이 집에서 사라졌고,

그런 후에는 합금 스푼 세트가 사라졌다. 아들은 집에서 내쫓긴 후로 코가 긴 어떤 질 나쁜 여자를 만나 어울렸다. 여자는 자기를 가수라고 소개했다. 그녀는 러시아 경찰청 별관에 있는 카바레에서 노래를 불렀고, 그녀의 공연은 코코시닉*과 사라판**을 입고 시작해서 속옷만 입고 캉캉 춤을 추는 것으로 끝났다. 그녀의 팔은 보기 민망할 정도로 말라서, 툭 튀어나온 갈빗대로는 실로폰을 치듯 두드리며 놀아도 좋을 것 같았다. 그녀는 암페타민을 복용했고, 잠자는 것을 병적으로 싫어했다.

타냐는 아들에게 어머니와 마약 둘 중에 하나만 택하라고 했다. 아들은 일 년간 소식 없이 모습을 감추었다. 지인들의 말에 따르면 그는 잘 나가는 직장을 구했다는 것이었다. 검은색 얇은 넥타이를 매고 다닌다고도 했다. 일은 잘 했지만, 술을 끝없이 마셔댔다. 결국 아들은 다시 어머니께 용서를 구하면서 돌아왔다. 그는 울면서 다시는 그러지 않겠다고 약속했다. 그는 여가수도 버렸노라고 말했다. 그는 이제 악마 같은 가루약을 끊었다고도 말했다.

아들은 팔이 접히는 부분의 시퍼런 멍 자국이 보일까 봐 소매가 긴 옷을 입고 다녔다. 그가 쓰던 방은 벌써 여대생에게 세를 줬기 때문에 아들을 거실에 있는 소파에서 재웠다. 타냐는 아침에 일어나 출근하기 전에 자는 아들의 머리를 쓰다듬었다. 머리숱은 줄었고, 볼에는 여드름이 꽃을 피웠다. 입 주위에는 팔자 주름이 움푹

---

* 여성용 러시아 전통 모자

** 여성용 러시아 전통 의상

패었고, 어깨는 살이 없는 경첩 같았다.

타냐가 집에 돌아왔을 때 여대생이 통곡하고 있었다. 아들이 돈을 찾느라 옷장이란 옷장은 다 뒤지고 잠긴 서랍장마저 열려고 했다는 것이었다. 서랍장은 망치로 부서져 있었다. 거실에 있던 그림도 하나 사라졌다. '복숭아를 든 소녀*'의 위조품이었다. 벽에는 액자를 걸었던 희미한 자국만 덩그러니 남았다.

아들은 어떻게 하다가 남만도 못한 끔찍한 인간이 되어 버렸을까? 타냐는 생각하지 않으려고 노력했다. 아들의 존재 자체가 그녀에게는 종양과도 같았다. 그와 어울리던 친구들을 아파트 마당에서 만나기라도 하면 그녀는 시선을 돌리고 다른 쪽으로 발길을 옮기곤 했다. 한 번은 짧고 무시무시한 꿈에 시달렸다. 아들이 소용돌이 속에서 그녀를 불렀는데 그녀는 증기선을 타고 그 옆을 지나가고, 아들은 물속에 가라앉고 있었다. 그의 팔이 소용돌이 안으로 빨려 들어가고 있었다. 타냐는 미안한 마음에 외마디 비명을 지르며 잠에서 깼다.

20년쯤 전에도 그녀는 비슷한 꿈을 꿨다. 재난 경보가 울렸고 군복을 입은 대령이 아들을 억지로 끌고 가려고 했다. 통지서가 날아왔다. 당시 군 위원회에서는 전쟁에 투입할 끓어오르는 젊은 피가 필요했다. '체첸'이라는 단어를 듣자마자 타냐의 다리에 힘이 풀렸다. 그녀는 자기가 갖고 있던 목걸이와 귀걸이 등을 포함한 모든 금붙이를 모았다. 그녀는 이것들을 자루에 넣어서 군위원회에

---

* 20세기 초 러시아 최고의 초상화가 발렌틴 세로프의 그림

갖다 냈다. 그녀가 가져온 선물을 꿀꺽한 몰레크*는 그녀의 아들을 열외로 빼내어 주었다. 하지만 반년이 지나자 그들은 더 강하게 압력을 넣었다. 몰레크는 재물을 더 가져오라고 요구했다. 그들은 아들을 잡으려고 혈안이 되어 있었다. 그를 아파트 1층 입구에서 기다리고 있다가 잡히기만 하면 그대로 피가 낭자하게 갈아버릴 셈이었다. 타냐는 산처럼 버티고 섰다. 그녀는 금쪽같은 아들에게 빵 심부름조차 시키지 않았다. 그들은 자살 소동을 벌여서 정신과 의사에게 갈 생각까지 했다. 하지만 아들이 창자 세척을 두려워했다.

"그들은 호스로 나를 물고문 할 거예요. 옆집 사람들 모두가 보는 앞에서요. 평생 수치심으로 인해 괴롭겠죠..."

그래서 그들은 이상한 시를 써서 의사를 놀라게 만들기로 결심했다. 아들은 의사와 상담을 할 때 시를 쓴다고 말했다. 정신과 의사는 그에게 조금만 읽어달라고 부탁했고, 아들은 어떤 미래파 시인의 서사시를 낭독했다. 정신과 의사는 감동을 하였다. 거인 같은 군 위원회는 청년을 놓아주었다. 그의 도자기 같은 발은 다음 희생자를 향해 전진했다. 타냐는 그녀가 아들보고 자기 옆에 누우라고 하고 자기 손가락을 그의 머리카락에 넣어봤던 기억을 떠올렸다. 그때만 하더라도 그의 머리숱은 많고 풍성했다. 그리고 그녀는 그가 아무 데도 도망가지 못하고 그 누구도 그를 훔쳐 가지 못하도록 아들의 몸을 꼭 붙들고 잠이 들었다.

---

* 고대 암몬인들의 신. 인신 공양으로 아이들을 산 제물로 요구해 중세 유럽에서는 무서운 악마로 생각되었다.

머리가 아직도 어지러웠다. 위쪽 어딘가에서 남자들 목소리가 들리더니 누군가가 쇠붙이를 두드리는 소리가 났다.

"도와주세요! 저 여기 갇혔어요!"

가정부 타냐는 마침 잠에서 깨어나기라도 한 것처럼 소리를 질렀다.

"침착하세요, 소란 피우시면 안 돼요!"

누군가 그녀에게 큰 소리로 대답했다.

곧 밖으로 나갈 수 있을 것 같았다. 휘어진 쇠꼬챙이 비슷한 것이 엘리베이터 문 안으로 들어왔다. 문이 조금씩 열리더니 기술자의 지저분한 장화에 타냐의 시선이 닿았다. 호기심 가득한 이웃들의 구두 발소리가 들렸다.

"좀 어떠세요? 전기가 나가는 바람에 엘리베이터가 다 서버렸지 뭡니까."

기술자가 안쓰럽다는 듯이 말했다.

"정확히 층과 층 사이에 있어!"

기술자가 소리를 질렀다.

남자들이 타냐에게 손을 뻗어서 힘을 주더니, 순식간에 그녀를 위로 끌어올렸다. 그녀는 숨을 헐떡거리면서 무릎에 묻은 먼지를 닦아냈다.

"제기랄 하마터면 저기서 죽을 뻔했다고요, 내 말 알아들어요? 그런데 당신네 운영 관리자란 여자는 얼마나 몰상식하던지요! 지금 당장 그 여자 이름 좀 말해주세요!"

옆집 남자가 키득키득 웃었다. 기술자는 서운한 듯 인상을 찌푸리면서 말했다.

"이런 식이라니까. 구해주면 머리 내놓으란 식이라니까. 다음 번엔 아예 안 올 거요."

그는 장비를 챙겨서 갔다. 그의 뒷모습은 계단을 타고 빠르게 사라졌다.

"안 알려주면 내가 알아내면 되지 뭐! 컴플레인을 넣을 테니까 두고 보라고!"

타냐는 그의 등 뒤에 대고 소리를 질렀다.

그녀는 갑자기 뻔뻔한 관리자란 여자가 어찌 어찌해서 자기와 아들에 대해서 전부 다 알고 있을지도 모른다는 생각이 들었다. 그래서 그녀를 그렇게 비웃고 있는 것 같았다.

그녀는 생각했다. '아무래도 악귀를 몰아내는 의식을 해봐야겠어.'

전날 그녀는 내과 의사를 만나러 줄을 서 있으면서 같이 있던 여자들과 대화를 하는 중에 의식을 하는 방법을 알게 되었다. 먼저 교회에 가서 양초를 사고, 잔돈으로 가게에 가서 빵을 산다. 빵은 월의 9일째 되는 날에 산 칼로 잘게 썰어야 한다. (꼭 지정된 날에 칼을 사야 한다) 그리고는 부활절 때 가져온 프로스비라*를 추가하고 이 모든 것을 성수에 적신 뒤, 계란 일곱 개와 검은 소금을 넣어준다. 타냐는 이미 갖고 있던 신비스러운 소금을 캔버스 천으로 만든 자루 속에 넣어서 보관하고 있었다. 부활절 직전 성 목요일에

* 정교회에서 성체로 축성하는 누룩이 들어간 빵

굵은 소금이 검게 될 때까지 호밀 밀가루와 함께 프라이팬에 넣고 나무 주걱으로 볶으면서, 이때 '성스러운 하나님의 목요일! 모든 악한 것과 질병으로부터 우리를 보호하소서!'라고 외치면 된다.

그리고 이렇게 만들어진 재료를 모두 섞어 알라지*를 구워서 아들에게 먹이고, 아들이 먹는 동안 성호를 그으면서 기도문을 올리고 '아멘, 아멘, 아멘.'을 반복해서 말해야 한다.

지체할 시간이 없었다. 타냐는 이미 너무 많은 시간을 허비했다. 그녀는 서둘렀다. 내려가면서 그녀는 뒤에서 쾅 하는 문 소리를 들었는데, 옆집에서 아가씨 한 명이 밖으로 고개를 내밀었다가 바로 집 안으로 들어가면서 난 소리였다. 그 아가씨는 얼마 전에 운명을 달리한 니콜라이의 딸이었다. 타냐는 그와 그의 뻔뻔한 마누라를 굉장히 미워했던 적이 있었다. 그들은 잘나갔고, 그래서 뻔뻔했으며, 거만한 행동을 취했다. 니콜라이의 얼굴은 상당히 젊어 보였지만, 몸은 푸석푸석하고 탄력이 없었다. 귀는 돼지처럼 휘어졌으며, 메고 다니던 작은 가죽 가방은 넓적다리 사이로 자주 부딪혔고, 그가 새로 산 차는 시도 때도 없이 경적을 울려대는 바람에 주변 사람들을 깨우기 일쑤였다. 그의 부인은 호시탐탐 자기네 가족이 그 동에서는 제일 깨끗하다는 것을 과시하고 싶어 했는데, 집을 나서는 남편 등 뒤에서 문을 활짝 열고는 거만하게 소리치곤 했다.

"콜레치카, 당신 넥타이 매는 거 잊은 거 아니죠? 우리가 이태리

---

* 러시아식 팬케이크

에서 사 온 거 있잖아요!"

한 번은 그 거만한 년이 여자 친구와 함께 어딘가로 서둘러 가다가 계단에서 타냐와 마주쳤는데 인사도 하지 않았다. 담비 털로 만든 소매 때문에 간지러워했고, 향수를 뿌려댈 뿐이었다. 그녀가 걸치고 있던 모피 코트는 눈 덮인 언덕처럼 언뜻 회색빛이 났다. 타냐의 옆구리가 지저분한 난간에 부딪혔다. 하지만 뻔뻔한 두 여자는 살펴보지도 않고 그대로 가던 길을 갔다.

"위층에 사는 여잔데... 아들이 마약중독자래..."

타냐는 멀어지는 두 여자의 목소리를 들었다.

자신을 험담하는 말을 똑똑히 들은 타냐는 화가 나 뻔뻔한 그 여자를 향해서 놓칠세라 저주를 퍼부었다.

"저주나 받아라!"

그녀가 퍼부은 저주는 어딘가로 날아가서 거만한 그 여자의 몸에 박혔다. 타냐의 슬픔을 놓고 비웃으면 어떻게 되는지 두고 보라지! 하지만 그녀는 아무것도 눈치를 못 채고 정수리를 잠시 긁적였을 뿐이었다. 그러고 나서 남편이 교통사고로 죽었다. 그녀는 담비 털로 만든 모피도 팔아야 했다.

타냐는 마르시루트카*를 기다리며 정류장에 서 있었다. 주변에 온통 여자들이 펭귄처럼 뒤뚱거렸다. 정류장은 조용히 불만을 쏟아냈다. 차가 올 생각을 안 했다. 오늘 타냐는 잠깐만 일을 하기 때문에 늦게 가도 상관은 없었지만 서둘렀다. 그녀는 랍진가의 집

* 마을버스 봉고차처럼 생긴 교통수단

욕실에서 욕조 밑을 더듬어 뭔가를 찾아야 했기 때문이다. 주철로 만든 커다란 욕조에는 사자 발 모양의 다리가 달려있었는데 유아 침대처럼 매력적이었다. 고인이 된 안드레이 이바노비치 씨가 이 욕조에 몸을 담그는 걸 좋아했다. 솔잎 거품이 통통한 턱까지 올라왔고, 잘 관리된 부드러운 배의 살가죽이 불룩 튀어나온 배꼽 주위에는 허파꽈리처럼 생긴 비누 거품이 부글대다 터지기를 반복했다.

"타냐, 가운 가져와!"

그가 명령하면 그녀는 어떤 해외 호텔 로고가 새겨진 와플 모양으로 직조된 그의 목욕 가운을 뛰어가서 가져왔다. 가운은 호텔에서 출장 기념 트로피처럼 그가 가져온 것이었다.

전날 타냐는 욕실에 다이아몬드 반지를 떨어뜨렸었다. 반지는 주철로 만든 욕조 다리 밑으로 퉁겨져 탄소 소재의 물건이 부딪치는 소리가 났다. 반지는 여주인의 것이었다. 타냐는 그 반지를 훔치는 게 소원이었다.

'나는 도둑이 아니야.'

그녀는 옆을 지나가는 미니버스들의 번호를 자세히 들여다보면서 생각했다. 드디어 필요한 번호판을 단 낡고 오래된 차가 굴러왔고, 승객들이 다 함께 입구 쪽으로 밀려들었다. 타냐는 차에 타서 노란 꽃이 핀 찢어진 방석에 털썩 주저앉았다. '그 반지는 나한테 더 필요해. 나한테는 아들도 있고, 빚도 있고, 그런데 엘라 세르게예브나는 사악한 뱀인 데다 인색하지.'

엘라 세르게예브나와 그녀 사이의 전쟁은 주인 양반이 죽기 얼마 전부터 시작되었다. 한 번은 엘라 세르게예브나가 마리나 세묘노바가 참석하는 자리에 가야 할 일이 생겼다. 대략 열 벌 정도의 옷을 갈아입었지만 마음에 드는 옷이 없었다.

"밍크 반코트를 가져와!"

랼진의 미망인은 명령했다. 타냐는 드레스 룸으로 달려가서 양손에 풍성한 구름을 한가득 들고 돌아왔다. 화려한 옷들이 그녀에게 고양이처럼 애교를 부리고 있었다.

"다시 가져가, 멍청한 것 같으니!"

엘라 세르게예브나가 포효하기 시작했다.

"이건 검은색 밍크 반코트이고, 난 흰색 밍크 반코트가 필요해!"

"하지만 그렇게 말씀을..."

타냐가 변명을 하려고 했지만 주인 여자는 그녀를 향해 새로 산 하이힐 구두 한 짝을 던졌다. 엘라 세르게예브나는 이 구두를 신을 때면 늘 대양 바닥에서 자라고 있는 거대한 나무의 줄기처럼 흔들렸다. 포탄은 날아가서 타냐의 견갑골을 타격했다. 아프지는 않았지만 모욕의 촉수가 달라붙어서 그녀의 마음속에 더러운 뿌리를 내렸다.

사실 타냐는, 가식적인 교사이자 사악한 엘라 세르게예브나에게 맞을 정도의 대접만 받지는 않았다. 그녀는 타냐에게 호텔 예약을 해주고, 아들한테 다녀올 때면 면세점에서 실크 재질의 숄이나 최상급 향수 같은 비싼 선물들을 사다 주긴 했다. 화를 냈다가도 금방 마음이 누그러들어서 타냐를 불러 아무 일도 없었던 것처럼 다정하게 대하긴 했다. 마치 자신이 소리를 지르거나 모욕감을 준 적이 없었던 것처럼.

하지만 타냐는 날이 가면 갈수록 주인 여자에 대한 분이 쌓여만 갔다. 새로 추가된 '바보 같은 년', '밥이나 축내는 년'을 듣고 나서 타냐는 거실에 걸려있는 그림 액자 속에 주술을 건 도미노 타일 조각 하나를 숨겨 놨다. 안드레이 이바노비치 랴진이 황실의 일원인 듯 실눈을 뜨고 있던 초상화만이 비밀을 간직했다.

남편이 죽고 나서 엘라 세르게예브나는 완전히 사탄이 되었다. 타냐가 쉬는 날 미망인의 집에 수사관들이 무언가 의심된다며 가택 수사를 하고갔다. 이제 그녀는 하나부터 열까지 마음에 들지 않는 것투성이었고, 사소한 것 하나하나에도 심기가 불편했고, 쉽게 분노했다. 흥분하면 축 늘어진 목에 있는 파란 정맥이 뛰는 것이 보였다.

트집 잡을 만한 구실은 도처에 깔려있었다. 침실의 침대에 덮여있는 알파카 이불의 털은 울퉁불퉁 볼품없었다. 주인 여자는 타냐에게 털을 빗질해 놓으라고 했지만, 아무리 열심히 빗어도 울은 여기저기 뭉쳐있었다. 한때 어떤 동물의 몸에 이 부드러운 털이 뒤덮여있었고, 그 동물이 안데스 산맥을 돌아다니며 산에서 나는 풀을 뽑아먹고, 갈라진 입술로 쩝쩝거리며, 귀를 갖고 장난을 쳤을 거라 상상하기 힘들었다. 하얀 털로 엘라 세르게예브나의 침실 침대 위에 깔리기 위해 동물은 죽었다. 이제 알파카의 털은 빗질이 되었지만 랴진의 미망인은 불만 가득한 얼굴로 침대를 보고는 타냐에게 일을 엉망으로 해 놓았다며 급여의 절반을 삭감하겠다고 소리를 질러댔다. 게다가 그녀는 타냐가 안드레이 이바노비치 장례식 때 자신의 오래된 찻잔을 깨뜨린 것도 상기시켰다.

"네가 깨먹은 거야! 어머니에 대한 기억까지 말이야! 산산조각 냈지!"

타냐는 가슴 속에 묵직한 아픔을 안고 집으로 돌아갔다. 분노가 끓어올랐다. 엘리베이터는 작동하지 않았고, 아파트 1층 입구 계단에 누군가가 암모니아 냄새가 진동하는 오줌을 싸놓았다. 3층 층계참에서 누군가의 시커멓고 억센 손이 타냐의 목을 누르고는 타냐를 지저분한 벽 쪽으로 밀었다. 그들은 그녀의 아들에게 돈을 빌려준 이들이었다. 불독 같은 그들의 얼굴은 캄캄해서 보이지 않았다. 그들은 둘이었는데, 또 오겠다고 엄포를 놓고는 갔다. 타냐의 목은 아팠고, 눈꺼풀은 신경질적으로 떨렸다. 그녀가 범죄를 저지르려고 마음먹은 것은 그때였던 것 같다.

엘라 세르게예브나는 귀중품을 금고에 넣고 잠가 뒀지만 반지 몇 개는 침대 옆 협탁에 아무렇지도 않게 던져놓았다. 저녁 무렵이 되면 주인은 손가락이 부어서 반지를 뺐는데, 반지를 뺀 손가락 마디에는 동그란 흔적이 빨갛게 남아있었다. 반지 하나는 협탁 위에 두고 잊어버렸다. 그 반지는 빛을 받으면 여러 가지 색을 내면서 반짝였고, 하얀 원석은 백금으로 된 작은 홈 안에서 춤을 추는 것 같았다. 그것은 묵직한 안드레이 이바노비치의 엽총과는 달리 훔치기에 어렵지 않아 보였다. 훔쳐서 더 비싸게 파는 것이다. 타냐는 금고의 비밀번호 다섯 자리를 생각하자 머리가 어지러웠다.

전날 그녀는 적당한 타이밍을 포착했다. 실로 오랜만에 엘라 세르게예브나는 소리도 지르지 않고 타냐에게 시비를 걸지도 않았다. 그녀는 거실에 있는 소파에 누워서 축축한 눈이 내리는 창밖을 말 없이 바라보고 있었다. 겨울은 다가오고, 말없는 미망인의 가슴에는 끔찍한 두꺼비 한 마리가 앉아서 개굴개굴 하고있었다. 이 두꺼비의 이름은 근심과 두려움이었다. 엘라 세르게예브나는 학교 교장 자리에서 쫓겨났다. 충격에 빠진 그녀는 기운이 하나도 없이 넋이 나가 있었다.

타냐는 그동안 침실에 들어가서 주인의 작은 탁자에 있던 귀중품을 재빨리 쓸어 담고, 욕조에 몰래 들어가 다이아몬드 반지를 더 잘 보기 위해 LED 조명 쪽으로 가져갔다. 그녀가 반지를 브래지어 속 블린*처럼 늘어진 땀 찬 가슴골 안으로 넣으려던 찰나에 엘라 세르게예브나의 기침 소리가 들렸다. 타냐는 깜짝 놀라 몸이 부르르 떨리고 심장이 빨리 뛰기 시작했다. 한편 반지는 욕조 아래로 튕겨져 들어갔다. 주인 여자가 들어왔다. 그녀는 갑자기 찬물로 샤워를 하고 싶어졌다. 그래서 그녀는 타냐를 퇴근시켰다.

내려야 할 정류장이 보였다. 타냐는 마르시루트카**에서 내려 높은 담에 가려서 보이지 않는 조용한 골목의 안드레이 이바노비치의 집 쪽으로 성큼성큼 다가갔다. 골목에 있는 CCTV가 실눈을 뜨고 있었다. 현관에 와서 그녀는 초인종을 눌렀다. 살을 에는 듯하면서도 금방 녹는 눈발을 얼굴로 맞으며 그녀는 옷에 붙은 폴리

---

* 러시아식 부침개
** 승합차처럼 생긴 교통 수단

에스테르 섬유로 만든 모자를 코까지 더 깊숙이 눌러썼다. 누군가 타냐를 예의주시하고 있었다. 쾌적하고 따뜻한 300마력 짜리 차에서 마리나 세묘노바가 타냐를 지켜보고 있었다. 라디오 소리가 지지직거리면서 들릴 듯 말 듯 했고, 세묘노바는 무언가를 기다리고 있었다. 그녀는 타냐가 쉴 새 없이 초인종을 누른 후에 결국 자기가 가진 열쇠로 문을 여는 모습을 봤다. 대문이 드디어 열렸고, 폴리에스터를 걸친 타냐의 등이 담장 안으로 사라졌다. 세묘노바는 파우더를 꺼내서 자신의 코를 이리저리 뜯어보고, 그녀의 모슬린 같은 얼굴을 단장하기 위해 스펀지를 콧등 위로 가져갔다. 하지만 그 순간 갑자기 누군가가 차창을 두드렸다. 그녀는 그를 보자마자 알아봤는데, 그는 직급이 낮은 수사관이었다. 잔뜩 화가 난 차창이 내려갔다.

"뭣 때문에 그러시죠? 왜 저를 미행하시죠?"

"그건 선생님이 저한테 대답해 주셔야 할 것 같은데요. 왜 략진의 집을 감시하시죠?"

수사관이 웃으면서 말했다.

"당신 뭐 하는 사람인가요?"

세묘노바는 갑자기 당황해서 자기도 모르게 질문을 했다.

"저는 빅토르입니다, 마리나 아나톨리예브나 여사님. 저희 구면이죠."

"절 좀 내버려 두세요, 가시라고요!"

"엘라 세르게예브나씨가 얼마 전에 선생님께 달려들었죠. 이제는 선생님이 미망인의 집 맞은편에서 잠복하시는 거군요. 왜죠?"

"감히 어디! 당신 지금 누구랑 말하고 있는지 알고나 있는 거예요? 당신 보스 카푸스틴한테 가서 말해야겠군요!"

잔뜩 화가 난 채로 차창이 올라갔고, 차에 시동을 거는 소리가 났다. 빅토르는 무언가를 말하면서 손을 흔들었다. 그의 잘생긴 얼굴에는 여전히 미소가 사라지지 않았다. 눈발은 사정없이 내렸고, 그는 모자를 쓰지 않아 몸에 한기를 느꼈다. 세묘노바가 차를 돌렸다.

그동안 타냐는 욕실로 갔다. 주인 여자는 전날 그녀가 실수로 흘린 말에 따르면 교외에 있는 별장에 가 있어야 했다. 늙은 경비원은 어딘가로 사라졌고, 새로운 경비원은 아직 구하지 못한 상태였다. 집은 비어있었다. 엘라 세르게예브나는 자제력을 완전히 상실했고, 타냐에 대한 고삐도 느슨하게 풀어준 상태였다. 그녀는 더 악해졌고, 이성적인 판단력은 흐려졌으며, 집안일에도 신경을 안 썼다. 타냐가 중얼거렸다. '이렇게 사소한 걸 갖고 트집을 잡고 있어. 침대 위에 까는 알파카 이불의 털 갯수를 세라잖아.'

그녀는 욕실 문을 열고는 그 자리에서 몸이 얼어붙었다. 욕조는 온통 빨간 물로 가득 차 있었다. 세라믹으로 된 타일에는 사방으로 튀긴 피가 굳어가고 있었다. 죽은 엘라 세르게예브나의 머리가 물 위로 튀어나와서 타냐를 보고 있었다.

10

마리나 세묘노바의 거실에서는 시끌벅적한 파티가 한창이었다. 처음으로 안드레이 이바노비치가 없는 파티였다. 이날 고용된 웨이터들은 눈이 부실 정도로 하얀 셔츠에 나비넥타이를 하고 마치 지휘자라도 된 듯이 분주하게 움직였다. 커다란 접시 위에 있던 뚜껑이 열리자 채 썬 양파 위에 얹어진 농어 한 마리가 옆구리를 드러냈다. 레몬으로는 바퀴를 만들어 장식했고, 소 혀에는 견과류로 만든 소스를 뿌려 고수와 파슬리로 꾸몄으며, 돼지고기는 발그레한 감자와 함께 구워져 나왔다. 음식은 마치 용처럼 김을 뿜어내고 있었다.

도금된 넓고 깊은 접시와 대접에는 청어와 연어 알이 들어간 라스테가이*, 롤처럼 만 블린, 마늘 장아찌, 소금에 절인 오이, 별 모

* 파이의 일종

양으로 자른 당근, 토마토의 속을 파내고 그 안에 다양한 재료를 넣어서 구운 음식, 가지를 말아서 만든 요리, 강낭콩, 잣, 구운 배, 그리고 수입산 파마산 치즈가 들어간 샐러드가 담겨 나왔다.

손님들은 도자기로 만들어진 접시 위로 음식을 퍼 담았다. 길쭉한 와인 잔에서는 숙성된 와인이 끓었다. 대화는 생겨났다가 이내 사라지곤 했다. 이런 종류의 모임에는 어김없이 참석하는 키 작은 사내와 일류센코의 목소리가 가장 크게 들렸다. 사내는 전 주지사의 고문이었고, 현재는 어떤 공익단체의 대표로 있었다. 그의 희끗희끗한 머리카락은 고슴도치처럼 위로 뻗쳐 있었으며, 옷깃에는 Γ T O라고 적혀있었다. 언제나처럼 논쟁의 주제는 러시아였다.

"표트르가 언제부터 혁명가였지? 게다가 자네는 지금까지 만족스럽게 살면서 세계교회주의를 전파했는데, 누군가 조금이라도 괴롭히는 것 같으면 바로 공격을 해대니 말이야! 자넨 재미있는 말을 하는군. 전제 정치라... 우리가 무슨 전제 정치인가?"

"그들이 왜 우리 집에 왔다 간 것 같은가?"

표트르 일류센코가 인상을 쓰며 말했다.

그는 얼마 전 세계교회주의 반대 단체의 젊은이들이 그에게 들이닥쳤던 일로 아직까지 흥분을 가라앉히지 못하고 있었다. 그들은 그가 인터넷에 쓴 세계교회 통합을 호소한 글에 관해 꼬치꼬치 캐물었다.

"그럼 우리가 서구 교회에 넙죽 절이라도 해야 한단 말인가요?"

그들은 집요하게 물고 늘어졌다.

"절은 무슨. 저는 신의 뜻에 따라 어느 쪽으로도 치우치지 않으면서 교회가 통합되어야 한다고 생각하는 겁니다."

일류센코가 흥분한 나머지 말을 더듬었다.

"하지만 당신은 그들이 우리의 적이라는 걸 알지 않으십니까? 당신은 지금 적과 협상을 하라고 부추기시는 겁니다."

그들도 지지 않았다. 대화가 거의 끝날 무렵에 그들은 일류센코의 아파트 여기저기를 휘젓고 다니면서 세묘노바가 일류센코에게 선물한 문 위에 걸려있는 은시계를 칭찬하고는 겁에 질린 사제를 남겨두고 떠났다.

"그러니까 그들은 사태를 파악하려고 다녀간 거야. 네가 이단일 수도 있는 거니까. 혹시 네가 대중을 흔들어 놓을 수도 있으니까. 그들은 만일을 대비해 알고 싶은 거야."

"그럼 나는 이제 밤새도록 현관문에 있는 안전 체인을 만지작거리며 벌벌 떠는 일만 남은 건가?"

사내는 그 말을 듣고는 얼굴을 찌푸리더니 니스 칠 한 마룻바닥을 구둣발로 구르면서 말했다.

"이런, 이런, 못 견디겠어! 그말만은 제발 하지 말아줘! 제발 사변만은 하지 마! 체인이라니... 과거에는 국민들을 그런 식으로 겁줬지. 스탈린 37년... 이건 너무 우스워, 너무 우습다고!"

"나는 우습지 않았어. 난 웃을 수 없었다고."

일류센코가 화가 나서 코를 킁킁댔다.

"그들이 당신의 혀를 잘라내기라도 했단 말인가? 사람들이 당신을 조롱하기라도 했단 말인가? 당신은 여기에서 멋진 사람들과 함께 프랑스산 와인을 마시고 꿩고기나 먹으면서, 별것도 아닌 거로 소란을 피우는군. 나는 당신이 좀 더 똑똑하다고 생각했는데."

마리나 세묘노바가 다가오더니 안락의자 팔걸이에 걸터앉았다. 검은 원피스를 따라 깊게 파인 그녀의 데콜테에는 아름다운 목걸이가 반짝이고 있었다.

"여러분, 또 정치 얘긴가요?"

그녀가 나무라듯 물었다.

"우리는 당신에 대해 말하고 있었습니다, 마리나 아나톨리예브나!"

키 작은 사내는 탐욕스러운 팔로 흡족한 듯 그녀의 허리를 감싸 안으면서 자리에서 벌떡 일어났다.

"내 얘기를 하고 있었지."

일류셴코가 웅얼거렸다.

"아, 그거..."

세묘노바는 즉시 따분하다는 표정을 지었다. 그러나 누군가 그녀에게 새로운 선물이 도착했다고 외치자 미소를 지으며 선물을 맞이하러 달려갔다.

키 작은 사내는 잠시 세묘노바의 뒷모습을 넋을 잃고 바라보다가 이내 정신을 차리고 마치 아무 일도 없었다는 듯 하던 이야기를 계속했다.

"생각해봐. 스탈린이 어떤 식으로 조직 개편을 했는지. 온통 피로 물들였었지! 잘못을 한 사람만 죽인 것이 아니라 온 가족을 몰살했다고. 그런데 지금은 어떤가? 장관이 도둑질하거나 주지사가 공금 횡령을 해도 조용하지. 아무도 건드리질 않아. 간혹 누군가를 갑자기 해고할 수도 있지. 누군가는 그 일로 인해서 재판을 받을 수도 있을 것이고. 그러고 나서는, 아무 일도 없었던 것처럼 조용하단 말이지. 심지어 운이 더럽게 좋은 누군가는 소리 소문 없이 한 자리를 받을 수도 있어. 사는 게 더 즐거워지고, 좋아졌다 이거야!"

"하지만 평범한 사람에게는..."

일류센코가 말을 시작했지만, 키 작은 사내는 말을 계속 이어갔다.

"사람들이 전반적으로 더 착해지고 있어. 지구 전체적으로 봤을 때 말이야. 살인하는 이도, 사형을 집행하는 이도, 교수형에 처하는 이도 드물다구... 물론 중동만 빼고 말이야. 그들도 옛날만은 못하지. '천일야화'를 봐봐..."

"나한테 지금 옛날이야기나 설명하려고 하다니!"

일류센코가 울상이 되어 징징거렸다.

"물론 공포는 여전히 있지. 나를 왜 조사한 걸까? 내가 비록 겁쟁이고, 내 생각 속에 틀어박혀 있긴 하지만. 차라리 갑자기 적으로부터 보호한다면서 좌우를 살펴대는 이유나 말씀해주시지! 그들은 유령을 무서워하면서 실제로는 선량한 시민들을 괴롭히고 있어. 나 같은 사람 말이야!"

일류센코의 하소연은 모든 사람의 환호 속에 묻혔다. 눈이 부시도록 아름다운 빨간 장미 바구니가 거실 안으로 들어오고 있었다. 그 뒤를 소녀처럼 펄쩍펄쩍 뛰며 손뼉을 치면서 생일을 맞은 이가 따라오고 있었다.

"이건 시장님이 보낸 꽃이에요!"

그녀가 사람들이 모두 듣는 데서 발표했다.

모두 사진을 찍으려고 꽃바구니를 둘러쌌고, 아이폰 카메라를 누르는 소리가 사방에서 들렸다. 세묘노바는 웃으면서 포즈를 취했고, 그녀의 가슴골에서는 금목걸이가 반짝였다. 도착한 꽃바구니는 단번에 그곳에 모인 모든 사람들의 이목을 끌었다. 화가 어니스트 포고딘은 리큐어가 담긴 술잔을 옆으로 치우고 마치 그림을 감상하듯이 장미향을 맡고 있는 미인을 바라보았다. 그는 새처럼 고개를 옆으로 떨군 채 감상했고, 지팡이의 손잡이는 무릎 사이에 꽂혀있었다. 극장 예술 감독인 차신은 환희에 차서 반복했다.

"대충 봐도 족히 오백 개는 넘겠는걸요. 제가 살아온 세월이 있어서 말씀드리는 건데요. 배우들은 이런 바구니를 받지 않습니다. 믿어주세요."

건축 회사 대표는 기쁨에 겨워 라미네이트를 드러내며 미소 지었다. 피부미용 클리닉 '바실리스크' 여직원의 입술은 청소용 롤러처럼 매끈해 그녀의 정확한 나이를 분간할 수 없었는데, 그녀는 핸드폰 화면에 바구니가 들어가도록 구도를 잡고는 쉰 목소리로 크게 말했다.

"젠장, 장미가 다 똑같은 장미지!"

흥분이 가라앉았을 때 키 작은 사내가 큰소리로 외쳤다.

"보이시죠, 표트르! 다들 행복하잖아요! 아무도 두려워하는 사람이 없다니까요!"

"무슨 말씀을 하시는 거예요?"

포고딘이 관심을 보였다.

"그러니까. 우리 표트르 씨가 밀고를 두려워한다지 뭡니까!"

키 작은 이는 일류센코를 가리키면서 엄숙한 투로 말했다.

사람들은 그의 말에 큰 웃음으로 답했다. '바실리스크' 직원은 두툼한 입술을 살짝 열었고, 그녀의 어깨는 즐거워서 들썩였다. 마리나 세묘노바가 표트르에게 다가가서 장난치듯 이마에 '쪽' 소리를 내면서 뽀뽀했다.

"겁내지 마, 페쨔, 왜 이렇게 흥분하고 그래? 자기한테는 아무 일도 안 일어날 거야."

"아무 일도 없을 거라고? 어떻게 아무 일도 안 일어난다는 거지? 랴진도 잘못됐고. 랴진의 후임자한테도 무슨 일이 있었어. 그의 부인까지도."

일류센코는 그녀에게 겁에 질려 말했다.

"쉬... 쉬... 이러다가 파티를 망치겠어."

사방에서 그에게 '쉬' 소리를 내며 그를 만류했다.

일류센코도 쓸데없는 말을 내뱉은 것이 민망해서 그 자리에서서 배까지 내려온 무거운 자신의 십자가를 쓰다듬으며 미안해했다.

"침착하세요, 걱정하지 마세요! 저는 다들 불쌍한 엘라 세르게예브나 얘기를 하는 것을 알고 있어요. 저는 그녀에게 감정 없어요. 저는 사실 화해를 하려고 했었어요. 하지만 이젠 늦어버렸네요."

세묘노바가 손님들을 위로하며 말했다.

"그런데 누가 그녀를 밀고한 걸까요?"

차신은 웨이터에게 와인 잔을 씻어오도록 건네면서 질문했다.

모두 한목소리로 말하기 시작했다.

"학교가 선생님을 해고했잖아요... 남편이 죽고... 그녀는 정맥을 끊었고... 그녀를 발견한 건 가정부였죠..."

여기저기에서 사람들이 웅성거리면서 말했다.

"저를 밀고하는 사람들이 있어요. 저는 콧방귀도 안 뀌죠!"

어니스트 포고딘이 삶은 돼지고기로 만든 요리를 잠시 내려놓고 말했다.

"선생님도요? 선생님에 대해서 나쁘게 말할 게 있나요?"

마리나 세묘노바가 애교 섞인 목소리로 짐짓 놀란 투로 말했다.

"제가 누드 모델하는 사내아이들을 타락시킨다고요."

심각한 표정을 짓던 손님들이 다시금 신나게 웃어댔다.

"하-하-하!"

"사내아이들을!"

"그것도 이젤 바로 옆에서!"

"변태성욕자 화가!"

"맞습니다!"

포고딘은 사람들의 관심에 만족한 듯 고개를 끄덕였다.

"얼마 전에 주지사님 사모님의 초상화를 그렸거든요. 그런데 초상화를 그리는 중에 그분이 저한테 그러시는 거예요... '사람들이 그러는데 어니스트. 모략인지는 모르겠지만, 당신 소문난 소아성애자라고 하던데요. 제 아들의 초상화는 못 맡기겠어요'라고 말하더라고요.”

“설마 사람들이 비방하는 말을 믿은 거예요?”

차신이 자그마한 목소리로 질문했다.

“믿었는지 안 믿었는지는 모르겠는데, 아들의 초상화는 저한테 주문했어요. 군복 차림으로 해달라고 하더라고요.”

포고딘이 ‘음’이라는 소리를 내면서 확신을 할 수 없다는 투로 말했다.

그들은 식탁 옆에 앉아 음식 맛에 감탄하면서 먹었다. 어금니는 음식을 부수고 문질러서 가루를 냈고, 송곳니로는 구멍을 냈으며, 앞니로는 음식을 잘랐다.

“엘라 세르게예브나의 경우는 정말 끔찍합니다. 솔직히 전혀 예상 못 했거든요.”

차신이 음식을 계속 씹으면서 말했다.

“절대 쓰러지지 않을 것 같은 여성분이었는데. 불도저처럼. 정신적인 충격이 컸나 봐. 너도 봤잖아, 유튜브에 있는 영상 몇 개를 사람들이 극장에 찍어서 올렸는데, 그 싸우는 영상 말이야. 조회수가 1만이야! 얼마나 지저분한 욕들을 많이 해대던지. 우리는 어차피 예술을 하는 사람들이고 공인이라 그런 것들에 익숙한데, 그분은 조용한 공무원이잖은가?”

“나는 정맥을 끊는 것에 관해 관심을 갖고 있었어.”

포고딘은 요란하게 술을 한 모금 마시면서 그에게 말했다.

“자네는 예를 들면, 피가 혈관을 따라 흐르는 속력이 시속 40km라는 걸 알고 있었나? 엄청난 속력이야.”

"그래서?"

"상상을 해봐, 그녀가 피를 전부 다 쏟았다고. 5리터를 욕조에 쏟은 거야. 자기 스스로 안에 있던 피를 다 쏟은 거지."

"그러게... 아들이 불쌍해. 천애 고아잖아."

차신이 한숨을 쉬며 말했다.

"대신에 옷은 멋들어지게 입잖아."

포고딘이 그를 향해 윙크하며 말했다.

거실은 또다시 활기를 띠기 시작했다. 새로운 손님들이 도착했기 때문이다. 검사 카푸스틴이 꽃다발과 리본으로 묶은 수수께끼 같은 하늘색 상자를 들고 도착했다. 두 명의 수사관과 함께였다. 한 명은 역사 교사인 소파힌과 관련하여 랴진의 미망인을 심문했던 콧수염 난 자였고, 다른 한 명은 빅토르였다.

"부하 직원들과 함께 왔습니다.."

카푸스틴은 사람들에게 말하고 생일을 맞은 세묘노바에게 몇 번 진하게 뽀뽀한 후에 귓속말로 말했다.

"가방과 서류는 잘 받았습니다."

세묘노바는 만족스럽다는 듯 고개를 끄덕였다. 웨이터들은 잔을 나눠주면서, 손님들에게 음식이 있는 곳을 안내하고 분주하게 움직였다.

"늦어서 죄송합니다."

카푸스틴이 베이스 같은 저음으로 말했다.

"전 직원들과 같이, 그러니까, 영화 한 편 보고 왔습니다."

"영화를 보고 오다니요?"

마리나 세묘노바가 갑자기 웃으면서 말했다.

"특별 지시가 있어서요. 국내 영화 한 편 때리고 오라는 지시가 있었습니다. 굉장히 감동적인 영화였습니다."

콧수염을 기른 자가 설명했다.

"곧 있을 스포츠 축제의 일환이죠."

빅토르가 끼어들었다.

정말로 도시는 형형색색의 깃발로 넘쳐났다. 곧 러시아 전통 경기가 시작될 예정이었다. 조금 있으면 중앙 광장에서 경기할 것이며, 그런 후에는 주에 있는 모든 체육관에서 경기가 시작될 예정이었다. 중국, 짐바브웨, 투르크메니스탄, 베네수엘라 출신의 선수들이 초대되었다. 주지사는 긴장해서 어제 마셨던 케모마일 차에 산사나무 주를 몇 방울 떨어뜨렸다. 시장은 불면증에 시달렸다. 관광 체육부 장관은 너무 긴장해서 체중이 2kg나 줄었다.

"자! 여러분!"

방금 전까지만 해도 일류센코와 논쟁을 하던 키 작은 사내가 갑자기 건배를 청했다.

"여러분, 다 같이 마리나 아나톨리예브나를 위해 건배합시다! 우리의 진정한 보물을 위해 건배! 이분들은 우리 도시가 더 젊어지고 현대화되는 데에 적잖은 노력을 하신 분들입니다. 이분들이 스케이트장과 대교도 건설하셨고... 이 모든 것은 우리의 아름다운 마리나 세묘노바의 집념과 어려움에 굴하지 않는 끈기, 영민함 덕분입니다. 그리고 호라티우스의 말처럼 인생은 노력 없이는 아무것도 얻지 못합니다. 여기 우리 앞에 근면의 상징이 되는 사람이

서 있습니다. 사랑하는 세묘노바, 지금처럼 건강하고 모두에게 사랑받고 더는 그 어떤 비극도 없기를, 내가 무슨 말 하는지 알지?"

여기저기에서 술잔을 부딪치면서 '칭칭' 소리가 났고, 거실 천장에 있는 큐피드는 나체 상태로 노곤해했고, 손님들은 달콤하게 취해갔다. 마리나 세묘노바는 모두들 조용해질 때까지 칼자루로 와인 잔의 다리를 두드렸다.

"제가 제안 하나 할게요. 우리 이렇게 다 모인 김에 게임 하나 해요!"

"개구쟁이 같으니라고! 나는 좀 빼줘요!"

어니스트 포고딘은 말한 후에 바로 성호를 그었다.

"무슨 게임을 하려고?"

일류센코는 무척 궁금하다는 투로 질문했다.

"게임에 저는 끌어들이지 마세요."

카푸스틴이 입에 음식을 잔뜩 넣고서 말했다.

"선생님은 검찰 총장이시니, 더 재미있으실 거예요."

마리나 세묘노바가 그의 말을 반박했다.

"게임 이름은 '스핑크스를 살려내!'에요. 보세요, 제가 성냥을 갖고 이 성냥을 표트르의 눈꺼풀 위에 놓습니다. 보세요, 속눈썹에 바로 붙어있죠? 표트르, 눈 깜빡이지 말고 가만있어야 해."

"눈을 어떻게 깜빡이지 않을 수가 있어?"

모두가 박장대소하는 가운데 일류센코가 질문했다.

"표트르가 스핑크스가 될 겁니다. 게임 규칙은 말로 사람을 당황하게 만들어서 성냥을 떨어뜨리게 하는 겁니다. 이해하셨죠?"

세묘노바가 설명했다.

"그게 뭐가 어렵다고요. 큰 소리로 '어머'만 말해도 당황할 텐데요."

차신이 천천히 늘어지듯 말했다.

"바로 그겁니다, 그렇게 하면 안 돼요! 큰 소리로 말을 해서도 안 되고, 양팔을 흔들어도 안 돼요. 양손은 무릎 위에 있어야 해요."

그리고 마리나 세묘노바는 일류센코의 맞은편에 등받이가 없는 우아한 의자에 자기가 설명한 대로 앉았다. 손님들은 스핑크스가 바보가 되는 모습을 놓치지 않으려고 더 가까이 모여들었다.

"이봐, 표트르, 내 생일에 와줘서 고마워. 나는 네가 세계교회 반대주의 단체 때문에 겁을 먹고 미쳐버리는 건 아닌가 생각했거든. 물론, 너를 미워하는 사람들이 있긴 해, 나도 그건 인정해, 하지만 너를 죽일 만큼 미워하는 사람은 없어. 물론 어떻게든 찾으면 있을 수 있겠지만."

일류센코는 꿈쩍도 안 했다.

"그거 알아? 사람들이 그러는데 너 여자 쪽이 아니라던데? 표트르, 내 말뜻 알아들어?"

그녀는 맞은편에서 거의 속삭이다시피 했다.

사람들이 웃기 시작했다. 일류센코는 무릎을 살짝 움직였을 뿐 여전히 침착했다. 성냥은 그의 속눈썹 위에서 마치 양초에 붙어있는 불처럼 흔들렸다.

"넌 어떻게 생각해? 그게 정말일까? 다른 말들은 다 정상인데,

너만 게걸음으로 걷는다고 하던데?"

세묘노바가 그를 살살 놀리듯 말했다.

"잘생긴 청년을 보면 '아, 내가 저 녀석을 뒷문으로 어떻게 좀 해볼까!' 하는 생각을 하잖아!"

손님들은 더 참지 못하고 박장대소했다. 어니스트 포고딘은 구레나룻을 흔들면서 농담조로 소리 질렀다.

"에이즈! 엉덩이! 동성애자! 외로운 늙은이! 호모섹슈얼! 게이 아저씨! 게이! 게이!"

성냥이 흔들리더니 일류센코의 캐속이 접힌 곳으로 떨어졌다.

"이러는 게 어디 있어요!"

그는 얼굴을 붉히며 대꾸했다.

"첫째, 모든 사람이 한 사람을 공격하고. 둘째, 나는 바보처럼 앉아서 대답도 못하고. 사람들이 저주하는 동안 참고 들으라는 게 무슨 게임이에요!"

"스핑크스가 살아났다, 스핑크스가 살아났다!"

생일을 맞은 마리나가 친구의 불평을 귓등으로 듣고 흥얼거리듯이 말했다.

"이제 당신 차례예요, 마리나 아나톨리예브나."

카푸스틴이 드라이한 적포도주를 음미하면서 말했다.

"그렇게 하죠!"

세묘노바는 동의한 후 일류센코를 밀어내고 안락의자에 편안하게 앉았다.

"성냥 주세요! 누가 저를 깨울 준비가 됐나요?"

"오... 저도 이런 게임을 아주 좋아합니다."

차신이 중얼거렸다. 그리고 그는 간 고추냉이를 곁들인 아스픽*에 포크를 찔러 넣었다.

그 순간 갑자기 콧수염 난 수사관이 자리에서 일어났다.

"제가 한번 해보겠습니다."

그의 콧수염에 고수 조각이 붙어서 콧수염은 그로 인해 잎사귀가 하나밖에 없는 겨울의 생울타리같은 인상을 주었다. 세묘노바가 순간적으로 정색을 했다.

"수사관님은 핸디캡이 있으니, 안됩니다!"

입술이 도톰한 여자가 다소 무례하게 항의했다. 하지만 파티의 주인공은 결심이 섰는지 대답했다.

"그래도 할게요. 성냥을 없습니다."

연장 시술을 받은 데다 마스카라를 발라 둥그렇게 말려 있는 그녀의 속눈썹은 순식간에 단상으로 변했다. 수사관은 그녀의 맞은편에 앉았다.

"마리나 아나톨리예브나 선생님, 제가 감히 선생님을 칭찬할까 합니다."

그는 뭔가 건성으로 우물거리듯이 말을 시작했다.

"선생님은 특별하십니다. 이건 정말입니다. 우리는 모두 돌아가신 장관님이 선생님을 얼마나 사랑했는지 알고 있습니다. 만약 장관님이 저세상에서 내려다 보고 계신다면,"

* 고기나 생선의 국물을 젤라틴으로 투명하게 굳힌 것

그는 그 순간 고개를 쳐들었고, 손님들도 천사들이 그려진 천장 쪽으로 고개를 들었다.

"그분도 분명 평소처럼 선생님의 생일을 축하해주지 못한 것을 애석하게 생각하실 겁니다."

동료의 말을 뚜껑이 활짝 열린 그랜드 피아노 옆에서 듣고 있던 빅토르는 실수로 주먹으로 건반을 눌렀다. 그러자 콘트라 옥타브의 '도'와 '레'가 어지럽게 섞여서 소리를 냈다. 마리나 세묘노바의 속눈썹에 얹어져 있던 성냥이 심하게 흔들렸지만, 아직 그 자리에 붙어있었다.

"우리는 선생님이 얼마나 힘들었을지도 알고 있습니다. 선생님이 사랑하던 분이 옆에 계셨는데 이젠 더 이상 안 계시니까요... 말씀해주세요, 혹시 선생님이 무기명으로 그분께 편지를 보내신 건가요?"

콧수염 난 자가 목소리를 더 높였다.

손님들은 불만을 쏟아내기 시작했고, 스핑크스의 속눈썹은 아래로 한 번 위로 한 번 흔들리더니 사람들이 비명을 지르는 동안 성냥은 바닥에 나뒹굴었다.

"농담도 잘 하지! 농담도 잘해!"

카푸스틴은 손가락으로 콧수염 난 자를 위협했다. 세묘노바는 신경질적으로 키득키득 웃었다. 그녀의 몸은 앞으로 심하게 구부려졌고, 손에 입술이 닿는 바람에 손가락 끝에 립스틱 자국이 남았다. 빅토르는 무슨 연유에서인지 손뼉을 쳤다.

하지만 그 순간 불이 꺼졌고 그랜드 피아노 옆에 나타난 어니스트 포고딘이 모두에게 익숙한 멜로디를 서툴게 연주하기 시작했다. 손님들은 한목소리로 노래를 불렀다.

"생일 축하합니다! 생일 축하합니다! 마리나 아나톨리예브나, 생일 축하합니다!"

생일 케이크가 서빙 카트에 담겨 천천히 조심스럽게 거실 안으로 들어오고 있었다. 화려한 5단 케이크 위에 빽빽한 숲처럼 양초가 꽂혀 있었다. 촛불이 흔들리자, 풍성한 베이지색과 하늘색이 어우러진 케이크의 옆에는 마법 같은 그림자가 흔들렸다. 측면에는 크림으로 만든 꽃잎들이 장식돼 있었고 위에는 커피 색 초콜릿 유약으로 '사랑하는 마리나, 생일 축하해요!'라는 글씨가 새겨져 있었다.

케이크는 감동한 생일자 앞까지 와서 멈춰 섰다. 마치 튀튀를 입은 발레리나가 동화 속 여왕 앞에서 경건하게 무릎을 꿇는 모습 같았다. 세묘노바는 소원을 빌려고 촛불 가까이 몸을 숙였고 그녀의 반짝이는 원피스와 턱과 목의 일부, 섹시한 가슴골이 보였다. 그녀는 한 번에 촛불을 껐는데, 마지막 남은 하나가 죽기 직전에 극도로 고통스러워하는 듯 장렬하게 전사했다.

잠시 완벽한 어둠이 엄습했었지만 바로 조명이 켜졌고, 모두 한목소리로 환호를 지르기 시작했다. 마치 덫으로 잡은 이국적인 짐승을 보듯 모두 촛불 꺼진 케이크를 에워쌌다. 웨이터의 양손에는 거대한 거울 같은 칼이 반짝이며, 칼날에 손님들의 얼굴이 일렁이고 있었다. 칼은 수영 선수가 물속에 들어가듯 케이크의 부드러운 빵 속으로 잠수했고, 안에 들어있는 비스킷을 애무하듯 악 물었으며, 크림을 묻히고는 단 것이라면 환장하는 이들을 유혹했다.

디저트용 접시를 든 손님들이 한 줄로 늘어섰다. 자기 몫의 케이크를 빨리 받고 싶은 마음에 그들의 눈빛이 이글거렸다. 빅토르는 다른 사람들을 의식하지 않고 감탄하면서 케이크를 맛보았다. 차신은 구석에서 접시를 들어 올려 몸을 숙이고는 마치 여자를 다루듯 케이크에 뽀뽀했다. 일류센코는 걸리적거리는 캐속을 휘날리면서 케이크를 또 한 번 받으러 갔다.

"커피나 차 중 어떤 거로 드릴까요?"

웨이터들이 앵무새처럼 반복했다.

마리나 세묘노바는 손님들에게 둘러싸여서 핸드폰으로 방금 찍은 사진을 확인했다. 그녀는 벌써 취기가 돌기 시작해 나른해져서는, 느릿느릿 몸을 흔들었다.

"음악 좀 주세요!"

그녀가 요구했다.

유행하는 댄스 음악이 흘러나왔다. 축제의 주인이 거실 한가운데로 나왔고, 그녀의 원피스는 움직일 때마다 뱀의 비늘처럼 반짝였다. 사람들이 둥글게 섰다. 리듬을 타고 사람들은 저마다의 춤을 추었다. 빅토르는 손가락으로 딱 소리를 내며 몸을 흔들었고, 스포츠머리의 키 작은 사내는 이상한 트위스트 춤을 추었으며, '바실리스크' 회사의 여직원은 커다란 엉덩이를 과감하게 흔들었다. 여직원은 마리나 세묘노바의 손을 잡고 춤을 추면서 물었다.

"자기 안드레이 생각하나?"

"아니, 이젠 아니야. 나 사랑하는 남자 생겼어."

마리나 세묘노바는 웃으면서 대답했다.

"말해줘! 그게 누군데? 여기 있는 사람이야?"

호기심 가득한 눈으로 그녀는 세묘노바에게 애원하듯 매달렸다.

"말 안 해줄래, 말 안 해줄 거야..."

세묘노바는 고집을 부리며, 치마 끝자락을 잡고 자리에서 뱅글뱅글 돌기 시작했다. 음악이 갑자기 로맨틱하게 바뀌었다. 음악에 맞춰 사람들이 짝을 지어서 춤추기 시작했다.

"여자가 남자를 초대하는 느린 춤!"

일류센코가 케이크 조각을 세 접시 째 퍼 담으며 사람들에게 말했다. 마리나 세묘노바가 카푸스틴에게 다가가 그의 어깨에 한쪽 손을 얹었다. 그는 퇴폐적인 미소로 화답했다. 그들은 거실 가운데로 나아가 춤을 추기 시작했다. 나머지 사람들은 홀린 듯 그들을 바라봤다.

11

기자 카투시킨과 교사 소파힌은 식당에서 만났다. 플라스틱 도마 위로 칼질하는 소리가 들렸다.

"움직이세요!"

배식하는 여자는 큰 소리로 명령했고, 그녀의 주방장용 모자는 낭떠러지 위에서 외줄 타기를 하는 사람처럼 위태롭게 흔들렸다.

식당에 있던 사람들은 면이 들어간 닭고기국, 보르시, 수북하게 쌓인 감자 퓨레를 곁들인 커틀릿, 곱사연어에 마요네즈가 들어간 '미모자'라는 샐러드, 미지근한 키셀*이 있는 접시를 받아 들면서 순순히 움직였다. 계산대 여직원들의 손은 접시들을 빠르게 저울로 옮겨 달았고, 현금 박스를 여닫는 소리가 요란했다.

"다음! 졸지 마세요!"

---

* 젤리의 일종

계산대 여직원들이 힘주어 말했다.

돈을 지불한 사람들은 냅킨을 챙겨서는 수저가 놓여 있는 식당으로 이동했다. 형광등 불빛 아래 휘어진 알루미늄 나이프와 포크가 눈에 들어왔다. 청소부가 대걸레로 바닥을 닦고 있었다. 사람들은 쟁반을 조심스레 받쳐 들고 청소부의 빠른 걸레질을 피해 건너다녔다. 사람들은 식사하려고 자리에 앉았다.

"아니, 절대 안 돼요."

소파힌은 젖은 흑빵 한 조각이 덩그러니 있는 텅 빈 접시 위로 몸을 굽힌 채 말했다.

"나는 엘라 세르게예브나에게 해가 될 말을 전혀 안 할 생각입니다."

"이해합니다."

카투시킨이 고개를 끄덕이면서 말했다. 그는 사계절 내내 같은 낡은 재킷을 입고 다니는 뚱뚱한 남자였다. 콧등에는 그의 작고 동그란 안경이 위태롭게 걸려있었다.

"문제는 도덕적인 측면이라든지 하는 그런 것이 아닙니다."

소파힌은 인상을 찡그렸다. 마름모와 사각형이 그려진 닳고 닳은 그의 스웨터 소매 부분에는 주름이 가 있었고, 마치 주인의 표정을 놀리듯 흉내 내는 것 같았다.

"저는 지금 가택 연금 상태입니다. 게다가 기자님도 아시다시피 벌금도 내야 합니다."

"그럴수록 항의를 해야죠! 학교 교장은 자기 이익을 위해 별의별 방법을 동원했고, 공금도 횡령했는데, 왜 당신이 벌을 받아야 하죠? 그것도 꾸며낸 죄를 덮어쓰고 말입니다."

"아니, 아니, 아닙니다..."

소파힌은 중얼거렸다.

"저는 이런 일에 말려들고 싶지 않습니다. 그리고, 엘라 세르게예브나도 피해자입니다. 저는 이렇게 살아있기라도 하죠, 그분은... 저를 괴롭히는 사람은 사실 한둘이 아닙니다. 시장은 19세기에 만들기 시작한 공원에 있는 나무들을 다 베어버리려고 합니다. 도시에 있는 유일한 공원인데 말이죠. 거기에다가 비즈니스 센터를 짓는다고 하더군요. 사람들이 저한테 투쟁을 하라고 외쳐대는데 제가 뭐 힘이 있나요? 저도 지금 경찰 조사를 받고 있는 입장인데요."

카투시킨이 그의 말을 끊었다.

"원칙적으로는 랍진의 미망인이 선생님의 벌금을 내줬어야 하거든요. 오십만 루블 아닙니까! 솔직히 그런 갑부들한테 그게 돈인가요?"

"이제 와서 어쩌겠어요. 저한테 지금 중요한 건 직장 문제를 해결하는 겁니다. 안 그러면 아내가 딸을 데리고 나간다고 으름장을 놔서요."

소파힌이 손사래를 치면서 말했다.

"가택 수사가 있었기 때문인가요?"

"네. 그들이 한밤중에 쳐들어와서는 문을 부숴놓고 갔어요. 딸은 그때부터 밤에 잠을 자지 못합니다. 아무튼 아내는 지금 친정에 가 있어요. 나는 지금 범죄자에, 실업자고, 게다가 빚도 있죠."

소파힌은 끙끙대듯 앓는 소리를 냈다. 그의 어깨가 축 처지자, 가슴 위에 그려져 있던 마름모무늬가 휘어져서 둘로 나뉘더니 정삼각형 두 개로 변했다.

카투시킨은 사방에서 쩝쩝대며 음식을 먹는 사람들, 방금 대걸레로 물걸레질을 한 차가운 바닥에 드러누워 생떼를 부리는 아이를 바라보았다. 그리고는 쉬폰 소재의 앞치마를 두르고 손님들이 식탁 위에 두고 간 쟁반을 치우는 예쁘장한 아시아계 아가씨에게 시선을 옮겼다. 그의 입가에 옅은 미소가 지어졌다. 카투시킨은 정력이 넘치는 남자였다. 오래전부터 그의 안에는 윙윙거리는 나노 모터가 자리하고 있었다. 사람들은 그에 대해서 '쉽게 흥분하며, 엉덩이에 송곳이 꽂혀있다'고 험담하곤 했다.

"아무튼, 수사관들을 화나게 한 일이 구체적으로 뭘까요?"

그가 또다시 공격하듯 물어왔다.

"제가…"

소파힌이 갑자기 말을 멈췄다.

"저는 아이들에게 죄를 덮어씌우고 싶은 사람은 아닙니다. 저는 지금 해고된 상태인데도 아이들은 유치장까지 저를 찾아오고요. 돈을 받고 대학 입학시험을 준비시켜달라고도 하더라고요. 저보고 과외를 해달라고…"

"그런데 선생님에 대한 혐의는 어떤 거였죠?"

"10학년 여학생 한 명이 2차 세계대전에 관한 수업의 일부를 녹음했거든요. 그런데 제가 거기에서 역사를 조금 비난한 것 같아요. 열 시간짜리 수업 동안에 공개적으로 나온 말이라서 문제가 된다는 겁니다. 사실 이런 행위에 대한 처벌이 엄격한 것이 더 문제이지요."

"그래서 어떻게 왜곡하셨는데요?"

카투시킨이 집요하게 질문했다.

"뭐 그게 그러니까..,"

소파힌은 살짝 냅킨으로 거칠게 코를 풀면서 코맹맹이 소리로 말했다.

"저는 독일-소련 불가침 조약과, 소련과 독일군이 함께 폴란드를 침략한 것에 대해 이야기를 했습니다. 그리고 우리가 어떻게 해서 발틱해 연안에 있는 공화국들을 점령했는지도 말입니다. 간략하게 말씀 드리면 무력으로 합병했다고 한 것이지요. 처음에는 에스토니아, 리투아니아, 라트비아, 그런 다음엔 핀란드도..."

"그러니까 날조를 했단 말입니까?"

"그때 왔던 콧수염 난 수사관은 점잖게 말했어요. 그런데 같이 온 나머지 둘은 저한테 심지어 손찌검까지 하더라고요. 제가 항의를 하니까."

잔에는 파리 한 마리가 가라앉아 있었다. 소파힌은 수프를 먹던 숟가락의 손잡이로 그걸 꺼내려고 애썼다. 그는 손잡이를 꼭 쥐고, 희생양을 놓지 않더니 파리를 결국 꺼내어 테이블 구석에 버렸다. 파리의 한쪽 날개가 힘없이 움직였다.

"그래서 그들은 뭐라고 반박하던가요? 사실 앞에서 무어라고 반박을 할 수 있죠?"

카투시킨이 흥분을 가라앉히지 못한 채 말했다.

"반박이요? 특별할 건 없어요. 저보고 소련을 중상모략한대요. 독-소 불가침 조약과 관련해서는 비록 잠시 휴전하긴 했지만, 우리 외교 정책의 승리라는 겁니다. 폴란드와 나머지 나라의 경우는 반대로 우리가 구해준 거라는 거죠. 해방군인 셈이죠. 그리고 스탈린에 의해 수많은 사람이 억압받고 숙청당했음에도 불구하고 그는 훌륭한 관리자였다는 겁니다."

"그 사람들은 스탈린의 팬이랍니까?"

카투시킨이 몸을 부르르 떨면서 말했다.

"아니요... 그냥 그들이 하는 말의 요지는 무슨 일이 있어도 히틀러와 스탈린을 동일시하지는 말라는 것이었습니다. 나치는 범죄니까요. 그러니까 그들 말대로라면 내가 그 두 사람을 동일시했다는 겁니다."

소파힌이 불만 섞인 말투로 대답했다. 소파힌은 얇은 입술을 컵에 갖다 대고 젤리를 조심스럽게 마시기 시작했다. 그러자 얼마 안 있어 물결 모양의 컵의 바닥이 드러났다.

"이제 어쩌시려고요?"

카투시킨이 질문했다.

"그냥, 뭐. 돈이나 구해봐야죠. 누가 현관문에다 낙서까지 했더라고요. 빨간색으로 '파시스트'라고 말입니다. 옆집 사람들이 썼겠죠."

"왜 파시스트죠?"

"왜라뇨? 지금 제가 연방법의 그 조항에 걸려서 이러고 있는 건데요."

소파힌은 대답하는 데에 이골이 났다. 그는 신경질적으로 스웨터에 있는 보풀을 뜯어냈고, 그러는 동안에도 사방을 두리번거렸다. 그는 우유와 버터를 넣어서 구운 빵을 잇몸으로 씹고 있는 노파를 바라봤다. 백발 아래에는 앙상한 뼈가 언뜻언뜻 보였고, 이마와 관자놀이에는 갈색의 검버섯이 피어있었다. 노파는 손에 꼭 쥐고 있던 동전으로 이제 막 빵을 사서는 여자 요리사에게 뜨거운 물을 좀 달라고 부탁을 했다. 뜨거운 물에 남이 마시다 말고 쟁반에 올려놓은 티백을 넣자 물이 녹물처럼 빨갛게 변했다. 노파는 연금으로는 생활을 할 수 없어서 사람들에게 돈을 구걸하는 사람이었다. 그녀의 멍한 시선에서는 허기, 짜증, 환희, 억울함, 무시당한 흔적 그리고 온유함이 복합적으로 느껴졌다. 아마도 빵의 절반은 자기가 먹고 나머지 절반은 비둘기들에게 줄 것이다. 비둘기는 성령을 상징하는 신의 새니까.

"저를 이해해주셨으면 합니다."

카투시킨이 소파힌 쪽으로 몸을 기울이면서 부탁하듯이 말했다.

"장관 랼진이 죽었습니다. 무기명 투서 때문에 벌벌 떨다가 그렇게 된 거죠, 그렇죠?"

"그렇다 칩시다."

소파힌은 자신 없는 투로 대답했다. 그는 자기 구두 한 짝의 상태를 보기 위해 손가락으로 오른발을 더듬어 만졌다. 구두 앞 코와 밑창 사이에 작은 구멍이 나 있었다. 밥을 달라고 조르는 듯했다.

"그러니까 말입니다. 장관이 협박을 받았단 말입니다."

카투시킨이 소리를 꽥 질렀다.

"하지만 뭐로 협박했나요? 창녀 마리나 세묘노바와의 내연 관계 때문에요? 사실 그들의 이 관계는 굳이 그렇게까지 하지 않더라도 다들 알고 있었는걸요. 어쩌면 무기명 투서는 랴진이 그동안 내연녀에게 어떤 식으로 공금을 빼돌려 왔는지를 협박한 내용이 아니었을까요?"

"그 여자한테 입찰과 일감을 몰아준 거요? 네, 들은 적 있는 것 같습니다. 당신네 '사이렌'이라는 잡지에서 읽었죠."

소파힌이 그의 말에 동의하며 말했다.

"장관은 발작으로 인해 죽었고, 수사관들은 당연히 그의 모든 서류를 샅샅이 뒤졌죠. 세묘노바의 뒤도 캤고요. 그렇죠?"

"그랬겠죠."

"하지만 세묘노바는 지금도 전처럼 화려하게 지내고 있고요. 건설회사도 여전히 갖고 있죠. 적지 않은 돈과 부동산이 있는 것으로 알고 있어요. 그런데 그녀 대신에 랴진의 후임자를 자처한 분의 콤프로마트가 수면 위로 떠올랐죠. 신앙심이 깊어 수도원에도 자주 가는 분이 엉뚱하게..."

"BDSM"

소파힌이 짧게 덧붙였다.

"바로 그겁니다. 채찍이 있는 사진. 장관의 후임자로서 편안하게 공직에 있을 줄 알았는데, 창피해서 얼굴도 못 들고 다니게 생겼으니 말입니다. 그렇게 또 한 명이 공중 분해되었죠."

"지금은 신경 쇠약을 치료하고 있다죠."

소파힌이 생각난 듯 말했다.

"계속해서 이야기해 봅시다. 그다음 돌은 당신의 텃밭으로 날아옵니다. 다름 아닌 엘라 세르게예브나에게로 말입니다. 그녀의 혐의는 교장 자리에서 수많은 부정과 비리를 저질렀다는 것이고, 그것만으로도 충분히 형을 살 수 있지요. 게다가 해외에 소유하고 있다는 유령회사와 남편의 부동산도 있지요. 하지만 이 일에 대해서는 아무도 입도 뻥긋하지 않아요. 그녀는 연방법 354조를 위반한 혐의로 조사를 받았어요. 거기에 당신이 딸려 들어온 거고요."

"그럼 지금 제 일과도 연관이 있다고 보시는 겁니까?"

소파힌은 믿지 못하겠다는 듯이 말했다.

"당연하죠. 랼진의 미망인은 교장 직에서 파면된 후 남편의 정부인 마리나 세묘노바에게 달려듭니다. 그녀가 무기명 투서를 했다고 덮어씌우면서 말이죠. 그 장면이 녹화되었는데, 서로 주먹다짐을 하는 과정에서 이런 얘기가 오고 간단 말입니다."

"그렇군요."

소파힌이 고개를 끄덕였다.

"누군가가 그녀를 남편의 정부를 죽이려고 한다는 식으로 몰아간 겁니다."

"누군가는 주변을 계속 서성이고 있어요. 이제 아시겠어요?"

소파힌은 카투시킨을 쳐다보았다. 그는 땀으로 범벅인 데다가 에너지가 넘쳤다. 비탈에서 썰매를 타고 내려가는 아이들처럼 그의 안경은 땀이 찬 콧대를 따라 미끄러져 내려갔다. 재킷의 겨드랑이에는 얼룩이 져 있었다. 어깨는 초조하게 들썩였다.

"그럼 도대체 그런 음모를 꾸민 사람이 누구란 말입니까?"

이 말을 들은 카투시킨은 자리에서 벌떡 일어나 식탁을 주먹으로 세게 내리쳤다.

"질문 한번 잘 하셨습니다! 누구냐고요? 어쩌면 몇 명일지도 모릅니다. 요즘은 밀고가 열병처럼 도시 곳곳에 퍼져있으니까요! 마치 소용돌이 같다니까요! 지난달에만 법무부에 외국인 에이전트들로 인한 불만 사항 건수가 무려 열다섯 건이나 있었어요!"

"회사를 상대로 말입니까?"

"네, 생태학 협회를 상대로 하나, 노동조합센터에 대한 불만 사항이 둘, 강제노역 박물관에 대한 컴플레인이 셋, 법률 협회에 대한 건이 넷이었어요. 제가 기억하는 것만 해도 이만큼이에요. 이들이 법무부에 해외로부터 돈을 받았다는 보고를 누락했나 봅니다. 보고를 안 한 사람도 있을 거고, 사이트에 마크를 표시하는 것을 깜박한 사람도 있을 겁니다."

"법을 어겼군요."

소파힌이 시무룩하게 상황을 정리하듯 말했다.

"그렇죠, 저도 이해합니다. 사람들한테 이 범죄 집단이 선하고 영원한 것을 위해 일하기는 커녕 외화벌이나 하고 있다는 것이 들통난 것이지요."

카투시킨은 조용히 웃기 시작했다.

"그런데 그것도 모자라서 그들은 가만히 있는 저까지 비판하지 뭡니까?"

"기자님은 왜요? 기자님도 외국 에이전트입니까?"

소파힌이 시무룩하게 질문했다.

"바로 그거예요, 저도 외국 언론에서 일한다고 건드리려고 하는 거죠. 체육 행사에 승인도 안 내려주고요... 이러쿵저러쿵 핑계를 대면서요..."

카투시킨은 갑자기 발작적으로 웃으며 바람 빠진 공처럼 인상을 구겼다. 그가 잔뜩 흥분해서 횡설수설하며 몸을 흔들어대는 통에 사람들의 시선을 한 몸에 받았다. 사람들은 잠시 먹고 있던 접시에서 시선을 떼고 그를 향해 경계하는 시선을 보냈다. 턱에 수염도 있고, 덩치도 큰 여자가 지나가면서 그에게 한 마디 했다.

"아저씨, 거 좀 어른답게 행동합시다!"

카투시킨은 그 즉시 자신도 그녀의 말에 동의하며 입 닥칠 준비가 되어있다는 표시로 손가락을 입술에 갖다 댔다. 그가 흥분을 가라앉히자, 유리로 된 그의 왼쪽 안경알 뒤로 웃어서 생긴 눈물 한 방울이 흘러내렸다. 카투시킨은 주머니에서 그다지 깨끗하지 않은 체크무늬 손수건을 꺼내어 안경을 벗고, 땀에 젖은 자기 얼굴을 손수건으로 한 번 닦았다. 그의 얼굴은 마치 햇볕에 살이 탄 것처럼 여전히 화끈거렸다.

"설마 선생님이 범죄에 깊이 연루되어서 돈을 받는 것은 아니죠?"

"바로 그겁니다. 저는 혼자 일하고, 두어 명이 저를 도와주고 있어요. 돈은 크라우드 펀딩으로 받고요."

카투시킨은 웃음의 여운이 가시지 않은 얼굴로 대답했다.

"그래서요?"

"그런데 펀딩에 투자한 사람들 중에는 외국인들도 섞여 있었던 거죠. 그래서 그들이 흥분해 뒤를 캔 것이죠! 그런데 파 보아도 끽해야 1천 루블짜리 지폐나 나올까 말까인데! 푼돈이잖아요."

카투시킨은 엄지손가락과 집게손가락을 붙이곤 가늘게 눈을 뜬 채 이것이 얼마나 적은 금액인지를 손짓으로 표현했다.

"저는 그냥 갑자기 왜 사람들이 그쪽에 관심을 보이기 시작했는지가 궁금할 뿐이에요. 세계교회주의 반대 단체도 갑자기 활개를 치고..."

"제 학생들한테도 와서는 설득을 하질 않나. 공무원들을 욕하는 유해한 사이트에 들어가지 말라고 말이죠."

소파힌이 중얼거렸다.

"맞아요. 그런 게 있었던 것 같아요."

카투시킨이 고개를 끄덕이면서 말했다. 그는 새어 나오는 웃음소리를 죽이기라도 하려는 듯이 큰 소리로 코를 풀었다. 소파힌은 노파가 앉아있던 자리로 시선을 돌렸다. 그녀는 사라지고 없었다. 그녀가 있던 자리에는 앞치마를 두른 아시아계 여자가 테이블을 스펀지로 닦고 있었다. 빵 부스러기, 차 티백에서 나온 물, 짓눌린 마카로니가 순식간에 쓰레기통으로 던져졌다.

"서 있지 말고 쟁반 가져가세요!"

멀리서 배식을 담당하고 있는 여자가 명령조로 말했다. 음식을 집는 집게가 캐스터네츠처럼 딱딱 소리를 냈다. 배식 담당자의 손은 게의 집게발가락을 연상시켰다. 그녀는 풍요의 여신과 같은 자비로운 몸짓으로 접시 위에 커틀릿을 올렸고, 비록 얼굴은 무시무시했지만, 손은 사람들에게 선물을 주고 있었다. 사람들은 만족한 표정을 지으면서 그녀에게서 멀어졌다. 카투시킨이 이어서 말했다.

"왜 안드레이 랼진이 죽고 나서 매일 가택 수사가 있었잖아요. 괜히 애꿎은 이 사람 저 사람을 용의 선상에 놓고 심문하고 조사했죠."

"선생님은 그러니까, 이 모든 일을 한 사람이 꾸몄다고 확신하시는 건가요?"

소파힌은 여전히 인상을 찌푸린 채 말했다.

"뭐 딱히 그런 건..."

카투시킨이 입술을 살짝 깨물었다.

"무기명 투서를 쓴 자가 사람들을 조종한 것 같다고나 할까요? 불행히도 우리 도시에 있는 사람들이 그 미끼를 물어버렸죠. 그거 아세요? 지금 도시에 퍼져있는 열병에 대해 어떤 사람이 아주 정확하게 정의를 내렸는데, 그는 그것을 누군가에 의해 조종되는 전염병이라고 했어요."

그때 버섯의 무리를 연상시키는 한 일가족이 그들의 테이블 앞에 나타났다. 남편은 곰보버섯을, 부인은 그물버섯을, 아이들은 꾀꼬리버섯을 닮아있었다.

"당신들 여기 얼마나 오래 있을 거요? 사람들은 앉을 데가 없어서 서 있는데 이 작자들은 테이블 하나를 다 차지하고서 이런저런 감상에나 젖어있네!"

부인이 짖어대자 음식 먹던 사람들이 귀를 쫑긋 세우고 다시 카투시킨과 소파힌 쪽을 쳐다보았다. 그들의 시선에서 그 둘은 비난을 읽었다. '어머 어머, 걔네 좀 봐. 저게 말이 돼?', '다 처먹었으면 일어날 것이지 뭐 하는 거야?' 소파힌이 초조해하면서 자리에서 일어나려고 몸을 들썩이는데, 카투시킨이 여자에게 말했다.

"진정하세요, 부인!"

그녀가 막 대답을 하려던 찰나에 (그녀의 입에서는 분명 욕지거리가 나왔을 것이다) 멀리 떨어진 테이블 하나가 마침 비었고 남편은 아내를 그쪽으로 끌었다. 그렇게 해서 그 가족도 사라졌다. 카투시킨이 무릎을 치면서 말했다.

"내가 무슨 얘기를 하려고 했더라? 아, 맞다. 검사 카푸스틴 말이에요. 내가 선생님한테만 말씀드리는 건데, 지금 엄청난 파장을 몰고 올 기삿거리가 있어요. 그 검사와 마리나 세묘노바 사이에 모종의 거래가 있었던 것 같습니다. 그녀를 더 건드리지 않는 대가로 뇌물을 먹은 것 같아요."

"심증만으로는 부족한데요."

카푸스틴이 말했다.

"저한테 확실한 증거도 있어요. 제가 애들을 시켜서 뒷조사를 좀 해봤거든요. 벌써 저희 '사이렌' 사이트에 공지도 올려놓았어요. 세묘노바가 갖고 있던 탄산수 공장 주식이 어느샌가 카푸스틴에게 넘어가 있더라고요. 무슨 마법도 아니고 말이죠. 또 있어요. 도시 개발 계획 안에 들어가 있는 10헥타르 되는 땅 말이에요. 원래는 세묘노바 소유였는데 이제 그중 일부가 카푸스틴의 장모 명의로 되어있어요. 도시 개발을 위해 필요한 땅이니 꽤 쓸 만하단 말이죠. 그것 말고도 카푸스틴의 아내가 새로 산 시계에는 다이아몬드도 박혀 있어요. 그녀의 인스타그램에서 보았어요. 알아봤는데, 시계 값이 얼마인지 들으시면 놀라 자빠질 거예요! 검사 연봉의 100배가 되는 금액이에요."

카푸스틴은 그에게 알고 있는 모든 비밀을 다 얘기해주고 싶어서 안달이 났는데, 정작 소파힌은 여전히 기운 없고 시큰둥했다. 그의 얼굴에는 무관심이 묻어났다.

"우리 집에 조금 있으면 학생이 올 거예요. 전 지금 가야 해요, 과외를 해주기로 했거든요. 이해하시죠?"

그가 대화에 몰입한 기자의 말에 찬물을 끼얹으며 말했다. 그는 삐거덕거리는 소리를 내면서 의자를 뒤로 물리고는 외투를 걸쳤다.

"네, 제가 괜한 일로 시간을 빼앗은 것 같군요. 죄송합니다. 저도 일어나야 할 것 같아요. 이 근처 소공원에 동상 제막식이 있다고 해서요. 가서 사진 좀 찍고 오려고요."

카푸시킨이 서둘러 옷을 입으면서 말했다. 그들은 보르시 냄새로 찌든 식당을 벗어나 생기 가득한 거리로 나왔다. 간판들은 눈앞에서 어지럽게 일렁였다. 나무는 갈라진 땅의 틈에서 아스팔트 아래로 뿌리를 내렸다. 소파힌은 미신을 믿는 아이처럼 그 나무를 타넘어갔다. 만약 그걸 넘지 않고 밟으면 엄마가 죽는다고 말했다.

"무슨 동상인데요? 제가 요즘 모르는 게 너무 많네요."

그가 카투시킨에게 질문했다.

"동상 관련해서도 잡음이 많았는데 못 들으셨단 말이에요? 표트르와 페브로니야 동상이에요. 처음에는 우리 주 소속의 어떤 군 간부의 동상을 세우려고 했다는데, 그 사람의 성은 기억이 안 나네요. 하지만 선생님은 역사 선생님이니 성만 대면 저보다 더 잘 아실 겁니다. 러시아 마지막 황제의 흉상을 세워야 한다는 말도 나왔죠. 다른 주에는 세우는데, 우리가 뭐가 모자라서 못 하느냐는 식으로요. 하지만 결과적으로는 표트르와 페브로니야라는 성인의 동상으로 합의를 본 거죠. 주교가 와서 축복했고요."

"자부심 하나가 생겼군요."

소파힌이 고개를 끄덕이면서 말했다.

"그런데 왜 가을에 하죠? 기념일은 7월인 것 같은데."

"원래는 7월에 했어야 맞는데 어찌어찌하다가 시간이 이렇게 훌쩍 지나버린 거죠."

카투시킨이 설명했다.

"어느 쪽으로 가시죠? 교차로까지요? 그럼 저도 같이 갈게요. 그런데 표트르와 페브로니야 동상은 제 개인적으로 좀 복잡한 생각이 듭니다. 상당히, 그것도 아주 많이요."

소파힌은 그와 만난 이후 처음으로 함박웃음을 지었다. 마치 이 미소를 환영하기라도 하려는 듯 버스 한 대가 경적을 울리면서 지나갔고, 버스 측면에는 하키 채를 앞으로 들고 몸을 숙이고 있는 아이들의 사진이 붙어 있었다. 곧 있을 체육대회 광고 포스터였다.

"동상의 성자들이 선생님과 무슨 상관이 있단 말씀이죠?"

소파힌이 물었다.

"저는 정교회 신자입니다. 하지만 이 둘은 제가 인정할 수가 없습니다."

카투시킨이 정색을 하면서 대답했다.

"표트르로 말할 것 같으면요. 우유부단하기 그지없는 사내였죠. 자기 부인한테 매일 밤 불타는 뱀이 찾아와서는 매번 재미를 보는데도, 그는 상관없는 눈치였죠. 그것도 모자라서 그는 부인에게 뱀이 오거든 흡족하게 대해주고 어떻게 하면 뱀이 죽는지 물어봐달라고 말했죠."

"영리하긴 하네요. 그로써는 그럴 수밖에 없지 않았을까요?"

소파힌이 이해할 수 없다는 듯 말했다.

"대신에 그들은 뱀을 죽일 방법을 알아냅니다. 그의 부인은 사실 행실이 나쁜 여자가 아니었고, 뱀이 그녀를 간음한 것이었지요. 남편의 모습을 하고 말입니다."

"그건 그렇다 치고. 그런데 표트르는 무엇 때문에 마음에 안 드는 거죠?"

"왜냐하면 제가 봤을 때 그는 성인이 아니기 때문입니다. 그러니까... 그가 용의 몸을 두 동강을 냈지요, 그렇죠? 용의 피가 그의 몸에 묻었고, 점점 고약한 냄새의 흉터가 생기기 시작했지요. 나병에 걸린 것이었어요. 수상한 여자 하나가 그를 치료하겠다고 나섭니다. 치료해주는 대가로 자신과의 결혼을 강요했죠. 그는 탐욕에 눈이 먼 마녀였지요! 만약 그녀가 성녀였다면 모든 선물을 거부하고 아무런 대가 없이 그의 병을 고쳐주었을 겁니다. 하지만 그녀는 그렇지 않았죠. 하지만 표트르도 바보는 아니어서 그녀와 결혼할 생각은 없었지요. 연대기에 그녀의 미모에 대한 언급은 전혀 없습니다. 그렇다면 이 페브로니야는 매사에 불만이 많은 늙은 여자였을 겁니다."

"무슨 그런 말도 안 되는 말을!"

소파힌이 자신의 묵직한 우울함을 떨쳐버린 얼굴을 하고 말했다. 바깥 공기는 차가웠지만 해가 비추어 건조한 날이었다. 갓길에 있는 진흙은 건조한 모래로 만든 벽화처럼 굳었다. 그리고 그 진흙 위에는 바퀴 자국과 발자국이 찍혀있었다. 바람은 카투시킨의 숱 많은 머리카락을 휘감으며 그의 편도에 찬바람을 불어넣었다. 그는 꽉 막힌 도로에서 이따금 들리는 경적보다 더 큰 소리로 외쳐댔다.

"사실대로 말씀드리는 겁니다. 추악한 마녀가 따로 없습니다! 젊은 여자였어도 그랬을까요? 어쩌면 그렇게 사악하고 계산적일 수가 있을까요? 몸을 깨끗이 낫게 해주고는 피부암이 재발하도록 부스럼 하나를 남겨 두냐는 말입니다."

"선생님도 아시다시피, 그녀는 그에게 그런 식으로 신의를 가르친 겁니다. 안 그러면 약아빠진 표트르가 병이 다 낫고도 약속을 안 지킬 테니까요."

소파힌이 인도 한가운데서 길을 멈추고 말했다.

"그는 그녀의 협박에 대해 선택권을 갖고 있었지요."

카투시킨이 그의 팔꿈치를 잡고 어딘가로 데리고 갔다.

"그녀는 자신과 결혼하든지, 살이 썩는 고통을 택하라고 청년을 덫에 몰아넣었죠. 그의 형제가 죽고 표트르가 자리를 물려받자 그는 덫에서 벗어날 수 있어 기뻐했어요. 귀족들이 공후가 평민이라고 항의를 했기 때문이죠."

"네, 귀족들은 그녀를 도시에서 내보내고 공은 다른 귀족 가문의 처녀를 만나 결혼하라고 종용했죠."

"그런데 그는 긍정도 부정도 하지 않았어요. 사실 그도 자기 부인으로부터 벗어나고 싶었지만 그랬다가는 무슨 일이 벌어질지 모르니 섣불리 행동할 수도 없는 노릇이었겠죠. 그녀가 마법을 써서 그를 다른 사람이나 동물로 둔갑시킬 수도 있으니까요. 정말 끔찍한 이야기입니다. 끔찍해요. 그런데 이들이 이상적인 가정의 표본이라니요!"

그들은 교차로 앞에 섰다. 이제 갈림길에 들어설 참이었다.

"자 그럼, 저는 왼쪽으로 갑니다."

소파힌이 말했다.

"만나서 굉장히 반가웠습니다. 연락하시지요."

교사와 기자는 작별인사를 하고 악수를 한 후 각자의 갈림길로 갔다. 두 발자국쯤 가서 카투시킨은 소공원 쪽으로 더 빨리 가기 위해 마당이 있는 쪽으로 향했다. 마당은 자신만의 세상에서 꽃을 피우고 있었다. 정원을 끼고 있는 담장 옆에는 알코올 중독자가 곯아떨어져 있었다. 어떤 여자는 창문에 빨래를 널었다. 아이들은 망가진 회전 놀이기구 옆에서 진흙으로 장난을 쳤다.

카투시킨은 어느 차고 옆을 지나갔다. 누군가가 TV를 틀어놓고 차를 고치고 있었다. 그의 발이 웅덩이를 조심스럽게 피해갔다. 웅덩이 바닥에는 사람들이 버린 찢어진 덧신, 산화되어 시커멓게 변한 50 코페이카짜리 동전 두어 개, 병의 목 부분, 플라스틱 봉투의 손잡이, 거의 해체된 밧줄 등이 팽개쳐져 있었다. 웅덩이를 지나자 인접한 거리로 통하는 좁은 길이 굽이져 있었다.

장애물을 넘기 무섭게 그는 등 뒤에서 성큼성큼 걸어오는 발자국 소리를 들었다. 갑자기 누군가가 무릎 아래를 강하게 내리쳐서, 그는 쓰러졌다. 거센 구둣발이 그의 귀를 강타했다. 괴한이 자신의 부츠로 그의 머리를 내리쳐서 그는 순간 의식을 잃었다. 카투시킨의 머리가 축축한 땅에 처박혔다. 그의 안경이 산산이 조각났다.

"뭐요? 사람 살려!"

불쌍한 카투시킨은 소리를 지르기 시작했지만 또다시 주먹세례가 이어졌고, 그는 숨죽인 채 몸을 구부렸다. 발길질을 피해 보려고 하는 순간 그의 몸이 선박의 매듭처럼 말리기 시작했고, 포즈는 굉장히 기이하게 변했다. 무릎을 이마에 최대한 붙인 채, 팔꿈치는 배꼽에 갖다 대고 있는 힘껏 저항했다. 그는 뒤집어진 딱정벌레처럼 진흙탕 속에서 꿈틀거렸다. 어느새 욕은 신음으로 바뀌었다. 폭행당한 옆구리가 후끈거렸고 이빨에 깨물린 입술에는 분홍빛 물집이 생겼다.

"이 새끼야, 계속 검사장님 뒤를 캐면, 넌 순식간에 사라질 거야. 알아들어?"

그중 한 명은 말했다.

"지금처럼 널 패준다고, 알아들어?"

카투시킨은 관목 사이를 바스락거리며 누군가 지나가는 소리를 들었다.

"도와주세요!"

그는 쉰 목소리로 있는 힘껏 소리 질렀지만, 모습이 보이지 않는 행인은 그대로 줄행랑을 쳤다. 덩치 큰 괴한들은 아랑곳하지 않았다. 그들은 갈비뼈를 세게 걷어차면서 자백을 받아내려 했다.

"기사 쓸 거야 말 거야?"

"안 쓸게요."

카투시킨은 쇳소리를 내면서 말했다. 입 안에서 파편 하나가 굴러다녔다. '설마 이빨인가?' 그는 머릿속이 복잡했다. '치과 치료비는 어쩐다?' 괴한들은 여전히 그를 발로 걷어찼다. 카투시킨은 의식을 잃어갔다.

"사과하는 영상을 내보내! 더 이상, 기사 따위는 안 돼."

험상궂은 얼굴을 한 괴한들이 몇 번이고 반복했다. 그때 여자들이 큰소리로 비명을 지르기 시작했다. 그들은 마지막으로 카투시킨의 등을 걷어차고는 자리를 떠났고, 그는 동공이 반쯤 풀린 채로 의식을 잃어갔다.

괴한들은 사람 많은 거리로 나와 군중들이 무리 지어있는 소공원 쪽으로 사라졌다. 사람들의 머리 너머 천으로 덮인 동상 주위에는 카메라가 계속 돌아갔다. 시장이 연설했다. 그는 '지조'와 '순결'이라는 단어를 힘주어 말했다. 앞줄에 서 있던 여자들은 옹알이하는 어린아이들도 볼 수 있도록 위로 안아 올렸다. 시장 옆에는 주교가 서 있었다. 주교의 왼쪽 허벅지에는 에피고나티온*이 반짝였다. 뒤이어 성대한 제막이 거행되고 천이 벗겨지자 표트르와 페브로니야의 동상이 모습을 드러냈다. 표트르의 발뒤꿈치 아래에는 날개 달린 뱀이 죽어 있었다. 사람들이 손뼉을 쳤다.

* 주교가 착용하는 마름모 모양의 수 놓아진 천

12

레노치카는 여자 친구 두 명과 영화관에서 나오며, 양손에 남은 팝콘을 들고 신나게 떠들고 있었다. 극장 직원은 친절하게 쓰레기통 뚜껑을 열어주었고, 팝콘이 들어있던 통은 딸랑이 같은 소리를 내면서 그대로 쓰레기 통 안으로 뛰어들었다.

"완전 무섭더라. 나 하마터면 오줌 지릴 뻔 했어."

키 작은 친구가 속사포처럼 말했다. 콧방울에는 파운데이션으로 가렸던 주근깨가 드러나 있었다. 그들은 높고 가느다란 힐을 신고 큰 소리로 또각또각 걸어갔다.

"뭘 그런 걸 갖고 그래, 난 하나도 안 무섭던걸. 차라리 코믹한 걸 보는 편이 나을 뻔 했어. 그럼 배꼽 빠지게 웃기라도 하지."

검은 머리 친구가 보기 흉하게 자란 앞머리를 옆으로 불어 넘기면서 반박했다.

"꼭 그렇지도 않아, 무서운 장면이 몇 개 있긴 했어. 예를 들면

소년이 좀비로 변해서 엄마를 공격했을 때 말이야. 뒷줄에 앉은 남자들이 그 순간 잔뜩 쫄던 것 봤어?"

레노치카가 말했다.

"걔네들 우리 등받이를 밀었잖아. 그냥 우리랑 인사하고 싶어서 그랬던 건가."

검은 머리 친구가 쏘아붙였다.

"진짜 마음이 있었으면 우리한테 말을 걸었겠지."

키 작은 친구가 속상하다는 투로 말했다.

쇼핑몰에는 여전히 사람이 많았다. 점원들은 수족관에 있는 물고기들처럼 상점 안의 진열장 사이를 유영했고, 마네킹들은 눈을 크게 뜨고 체념하듯 방문객들을 바라봤다. 몇몇 마네킹은 머리도 벗어진 채 서 있었다. 그들은 사람들에게 영원히 자신을 보여줘야 할 운명을 타고났다. 우아한 패션으로 그들은 사기를 치고 있었다.

"아, 나 이 헤어 스타일러 너무 갖고 싶은데."

레노치카가 갑자기 걸음을 멈추고 한숨을 쉬면서 말했다.

"사면되지 뭐가 문제야?"

검은 머리 친구가 이해할 수 없다는 듯이 말했다.

"이미 하나 있는데, 버리기가 아까워서."

그들은 난간에 다가갔다. 난간 아래로 에스컬레이터가 놓여 있었고, 아래층에서 일어나는 일들을 볼 수 있었다. 마치 거울에 비친 상이 여러 개로 늘어나 있는 것처럼 아래층도 위층과 다를 것 없는 모습이었다.

"쇼핑몰에 대한 괴담 혹시 알아?"

키 작은 친구가 갑자기 질문했다.

"어떤 괴담? 좀비에 대한 거?"

검은 머리 친구가 장난처럼 말했다.

"아니, 조금 달라. 지인한테 들은 얘기인데 실화래. 한 번은 한밤중에 맥주가 마시고 싶은데 냉장고에 맥주가 다 떨어진 거야. 갑자기 쇼핑몰 안에 있는 24시간 영업하는 슈퍼가 생각나더래."

"이 쇼핑몰?"

"맞아, 이곳 지하에 있는 슈퍼 말이야. 아무튼 여기로 온 거야. 그런데 와서 보니깐 모든 것이 다 조금 달라진 것 같은 기분이 들더래. 입구에 있는 경비원도 뭔가 좀 이상하고 계산원도 좀 그렇고. 그가 선반을 따라 쭉 가는데 맥주가 아무데도 없는 거야. 그래서 물건을 한 줄씩 자세히 보는데 왠지 섬뜩하더래. 선반에 빈 상자들만 있더래. 물건은 없고. 그는 상담원이나 출구를 찾으려고 한참을 헤맸대. 그런데 소용이 없는 거야!"

"그래서 출구는 어디에 있었는데?"

레노치카가 겁을 집어먹고 질문했다.

"그냥 사라졌어. 내 지인은 벽을 따라서 가기 시작했대. 다섯 개의 모퉁이를 지나고 다섯 번 돌았는데도 소용이 없더래. 그런데 갑자기 어떤 여자가 선반 뒤에서 그를 부르는 거야. '도와주세요! 저 길을 잃었어요!' 남자도 그녀에게 외쳤지. '우리 같이 선반이 끝나는 지점까지 길을 따라 걸어봅시다!' 제기랄. 선반이 끝도 없이 이어져 있는 거지. 그런데 그 여자 목소리가 다시 들려오는 거야.

‘저는 벌써 한 달째 이러고 있는데 벗어나 지지가 않아요. 핸드폰 신호도 안 잡히고요’

“순 뻥이네! 그럼 그 남자는 거기서 어떻게 빠져나왔는데?”

검은 머리 친구가 웃음을 터트리면서 말했다.

“경비원을 발견하고는 그에게로 달려갔다지. 그랬더니 그가 머리를 구부리더래. 보니까 사람이 아니라 홀로그램이었대. 컴퓨터 말이야. 그의 정수리에는 구멍이 나 있고. 그래서 순간 거기에다가 침을 확 뱉었대. 그러자 홀로그램이 닫히고, 벽이 갈라져서 그가 거기에서 뛰쳐나오게 된 거야. 그 이후로는 여기에 얼씬도 안 해.”

레노치카가 큰 소리로 웃기 시작했다.

“그건 괴담이 아니네. 괴담은 실제 있었던 일인지 허구인지를 구별할 수 없을 때를 이야기하는 거야. 예를 들면 저기 좀 더 가면 애들 오락실 있지?”

“웅. 저기 보이네. 왜?”

“어떤 여자가 네 살쯤 되는 아들을 저기로 데리고 가서 트램펄린에서 잠깐 뛰라고 하고 자기는 이층에 무스탕을 사러 갔대. 그리고는 한 시간 반 정도 후에 돌아와 보니 아이가 없는 거야. 오락실 직원들은 그녀를 맹세코 처음 본다고 말했어. 사내아이도 본 적이 없다고 말이야. 그녀는 경찰서에 연락했지만 경찰들도 오락실 직원 말만 듣고 그 여자의 말을 안 믿어주는 거야. 자기들이 애를 죽여 놓고 남한테 덮어씌우려고 난리라면서.”

“그래서 어떻게 됐는데?”

"그리고 2주가 지나 여자가 미쳐가고 있을 때, 알 수 없는 번호로 전화가 와서는 '당신이 아들을 찾는 광고를 냈군요. 그런데 우리가 아이를 순찰하다가 찾았어요. 도로 옆에 서서 울고 있더라고요.'라고 말을 하는 거야. 광고에 실린 사진을 보고 알아봤다고 하면서 말이야."

"그 여자 전화번호는 어떻게 알았대?"

검은 머리 친구가 물었다.

"애가 설마 불러 준거야?"

"어쩌면 구글에다가 검색어로 '쇼핑몰, 아이 실종'이라고 쳤는지 알게 뭐야."

레노치카가 인상을 쓰면서 말했다.

"아무튼 아들을 데리고 왔는데 셔츠 안쪽 옆구리 전체에 흉터가 있는 거야. 초음파 검사를 해보니까 신장 하나가 없는 거야…"

"만약에 그들이 장기를 탐냈다면 어떻게 그렇게 순순히 아이를 넘길 수가 있지? 신장 하나를 꺼내고는 잘 꿰매준 거잖아. 신장은 원래 두 개인데 말이야. 비장도 있고. 다른 장기도 많잖아!"

키 작은 친구가 키득키득 웃기 시작했다.

"어쩌면 그들이 살인자가 아닐지도 모르지. 어쩌면 그들은 장기 밀매업자들이 아니라 그냥 죽어가는 아이가 있는 부부인데 그 아이에게 신장이 하나 필요했을 수도 있잖아. 조직 검사 결과도 마침 맞았고."

레노치카가 반박했다.

"그것도 말이 안 돼! 차라리 칵테일이나 한잔씩 하러 가자."

검은머리 친구가 말했다. 그들은 그 층에 있는 술집으로 가서 구석에 앉았다. 그들 말고도 테이블 앞에는 연인 두 커플과 피곤함에 찌든 남자들 무리가 앉아서 술을 마시고 있었다.

"어디 눈 돌릴 데가 없네. 모스크바로 가야 한다니까. 스물다섯 살 넘은 미혼 남자들은 다 그곳에 있다니까."

검은 머리 친구가 말했다.

"맞아, 우리 도시에 있는 남자들은 서른 살만 되어도 벌써 배불뚝이에, 새끼가 딸려가지고 말이야."

레노치카가 거칠게 이야기했다.

키 작은 친구가 한숨을 쉬면서 말했다.

"너 뭐야, 애들 싫어해?"

"그런 게 아니라, 그냥 나 요즘 예민해. 나 강등됐어. 구매부로 발령 났어. 그런데 이건 그냥 바닥이야."

레노치카가 하소연하듯 말했다.

"바닥이래! 도시에 사는 사람들 절반은 그런 일을 위해서라면 물불 안 가릴 텐데 말이야!"

검은 머리 친구가 계속 귀찮게 달라붙는 앞머리를 입으로 불어가며 말했다. 그녀의 한 손가락은 메뉴판을 더듬었다.

"자, '피 흘리는 메리'랑 '해변에서의 섹스'가 있는데... 어떤 거로 할지 결정들 했어?"

"나는 해변에서 섹스했었어. 터키로 휴가를 갔는데... 아, 너희들이 터키 남자를 봐야 했는데! 눈은 왕방울만큼 크고. 매일 나한테 칭찬을 해대는 거야. '내 심장, 당신 없이는 내 심장이 쿵쾅 안

해요'라고 하는 거 있지. 상상이 가?"

키 작은 친구가 묻지도 않은 말을 했다.

"그래, 우리한테 벌써 얘기했잖아."

레노치카가 손사래를 치면서 말했다.

"그럼, 난 '피냐 콜라다'로 할래. 사실 지금 기분으로는 아무 생각 없이 보드카나 마시고 싶긴 한데…"

"어머, 글쎄 말이야."

검은 머리 친구가 갑자기 생기를 띠면서 말했다.

"나 재미있는 칵테일에 대해서 들었는데, 들으면 아마 쓰러질지도 몰라. 캄보디아에서 일하는 상사가 마셔본 건데 땅늑대거미를 넣고 쌀을 발효해서 만들었대. 상상해봐!"

"거미 말이야?"

"그래! 거미를 살아있는 상태에서 죽여. 한 마리는 안주로 가져오고. 3달러 정도 해."

"아니, 난 평범하고 착한 '모히토'로 부탁합니다."

키 작은 친구가 인상을 찡그리면서 말했다. 몇 분 후에 곰보 피부를 가진 웨이터가 그들에게 주문한 메뉴를 가져왔다. 레노치카의 칵테일 잔 끝에는 파인애플이 반달 모양으로 걸려있었다. 그녀는 빨대로 칵테일을 빨았다.

"난 빅토르를 못본 지 벌써 며칠 됐어."

그녀가 말했다.

"어디로 갔는데?"

검은 머리 친구가 궁금해했다.

"굉장히 바쁜가 봐. 문자를 보내도 하나 걸러 하나씩 답장을 해. 어제는 내가 '달콤한 꿈 꿔요'하고 보냈더니 나한테 '자기도.'라고 답장을 한 거 있지. 끝에 마침표를 찍어서 말이야."

"이모티콘도 안 보내고?"

키 작은 친구가 물었다.

"이모티콘도 없고 하트도 없어. 그냥 아무것도 없어. 굉장히 무미건조해."

레노치카는 풀이 죽어서 목소리에 힘이 하나도 없었다.

"그 전에 일 끝나고 만나기로 했었거든."

그녀는 말을 계속 이어갔다.

"여섯 시에 나한테 문자를 보내서 늦어질 것 같다고 40분쯤 후에 다시 연락한다고 하더라고. 그러고 나서는 감감무소식이야. 그래서 내가 한 시간쯤 후에 어떻게 되어 가냐고 문자를 보냈어. 바로 읽지도 않았더라고. 읽고도 씹었고."

"대…박…"

키 작은 친구가 기쁜 마음을 애써 감추면서 말했다.

"20분쯤 후에 나한테 문자를 보낸 거야. '자기야, 나는 언제 일이 끝날지 모르겠어, 문자 할게.' 그럼 내가 어떻게 해야 하는 거야? 나는 화장도 하고 머리도 다듬고 원피스까지 입고 기다리고 있는데 말이야. 완전 죽고 싶더라고. 기분이 오락가락하더라. 카페에서 열 시까지 죽치고 앉아서는 그가 나타나기를 계속 기다렸어. 차만 홀짝홀짝 마시다 보니 1리터는 마신 것 같아."

"그래서?"

"내가 앉아서 슬퍼하는데, 열 시쯤 '뭐 하고 있어?'라고 문자가 왔더라고. 그래서 내가 '지인들이랑 만나서 같이 놀고 있어'라고 보냈어. 그 사람만 목이 빠지게 기다린다고 생각하게 하고 싶진 않더라."

"그러니까 뭐래?"

"문자에 '그럼, 걔네들이 널 바래다주겠네. 나는 개처럼 지쳤어. 샤워하고 잘게.' 라고 보낸거 있지."

검은 머리 친구의 얼굴이 화가 나서 일그러졌다.

"너를 바래다주러 오지도 않았단 말이지?"

"응. 그냥 내가 택시를 잡아서 갔어. 알다시피 우리 동네를 그것도 자정에 걸어서 혼자 가는데... 괜한 위험을 감수할 필요는 없으니까. 그런데 그 와중에 멍청한 카프카스 사람이 걸려든 거야. 한참 동안 헤매더라고. 그리고 번호를 자꾸 달라고 질척대는 거 있지..."

레노치카의 전화기가 울리기 시작했다. 그녀가 액정을 얼굴에 바짝 가까이 대자 투명한 홍채가 매트릭스 라이트처럼 반짝 빛났다.

"그 사람 아니야. 엄마야."

그녀가 잔뜩 실망한 목소리로 말했다.

"꺼지라고 해, 빅토르 같은 놈은. 개처럼 넣었다가, 빼고는 가버린 거잖아"

"아니, 그렇지 않아. 그냥 지금 굉장히 바쁜 거야. 지금 그가 일하는 위원회 일이 많은 거야. 그리고 나한테 '자기야'래. 감미롭지 않아?"

레노치카가 감싸주듯 말했다.

"자기야, 애기야... 꺼지라고 해! 널 갖고 놀고 있네. 너 위에 있다는 걸 과시하는 거라고. 한 마디로 개새끼야."

검은 머리 친구가 나지막한 목소리로 중얼거렸다.

그때까지만 해도 그녀들로부터 등지고 앉아 알 수 없었던 무리 중 한 청년이 자리에서 일어나 성큼 걸어왔다. 그는 키도 크고 비쩍 말라서 마치 죽마 장대처럼 서서는 사람들의 주의를 끌어 물건을 사게 만드는 호객꾼 같아 보였다.

"톨랴! 못 알아봤네!"

레노치카가 소리를 질렀다.

톨랴는 민망한 듯 다리를 번갈아 지탱해 가면서 고개를 끄덕였다. 예전의 자신감 넘치던 모습은 온데간데없었다. 그의 행동에는 초조함만 남아있었다. 자꾸만 움직이는 손에서도 그가 무언가를 두려워하고 있다는 것이 느껴졌다.

"같이 안 앉을래?"

레노치카가 물어봤다.

톨랴는 그들 옆에 앉았다. 그와 함께 왔던 사람들은 자리에서 웃으며 그를 관찰했다.

"잘 지냈어? 친구들인가 보네. 난 톨랴예요"

그는 들릴 듯 말 듯 한 목소리로 말했다.

그들은 간단하게 서로 통성명했다. 자기소개를 한 후에 검은 머리 친구는 마지막 남은 칵테일을 후루룩 소리 내며 탈탈 털어 넣기 시작했다. 그녀는 웨이터에게 손을 흔든 후 집게손가락과 새끼손가락을 들어서 두 번째 잔을 갖다 달라는 사인을 보냈다.

"난 지금 가택 연금 상태예요."

톨랴가 갑자기 말했다.

"오랫동안요?"

"재판 전까지요. 재판에서 무죄를 입증해주길 바라고 있어요."

"구체적으로 어떤 잘못을 저질렀는데요?"

키 작은 친구가 질문했다.

"내 계정에 사진 하나를 올려놨어요. 상사의 사진이요."

톨랴가 느리게 조용한 목소리로 우물거렸다.

"아... 인터넷에 온통 그 여자 사진이던데요... 포스팅 안 한 사람이 없을 정도로요."

검은 머리 친구가 차갑게 대꾸했다.

그러자 레노치카가 설명했다.

"톨랴는 그냥 올린 게 아니라 포토샵을 해서 올린 거야. 원본은 상사가 입에 채찍을 물고 있지만 그가 작업한 사진에서 그녀는 입에 십자가를 물고 있어. 신성을 모독했다고 판단한 거지."

"사실이 아니야, 레나. 사실 그 포토샵은 내가 한 게 아니라고. 누가 했는지는 나도 몰라. 나도 아는 사람이 포스팅한 걸 보고 공유한 것뿐이라고. 그냥 가져다가 내 계정에 공유만 했다니까."

"그래도 '먼저 십자가를 옮긴 후에 빨아 먹읍시다.'라고 해시태그를 쓴 건 자기 아닌가?"

레노치카가 물고 늘어졌다.

"왜 자꾸 내 잘못이라는 거지? 내가 아니래도."

톨랴는 인상을 찌푸렸다. 얼마 전까지만 하더라도 그는 그저 인생을 즐기는 편에 속했다. 그의 숙부가 지역의 정계 인사들과 땅 부자들과 친분이 있어서 그는 어렸을 때부터 주지사 밑에 있던 주요 인사들과 친했다. 영향력 있는 어느 재계 인물은 숙부에게 자연보호구역으로 정해진 농경지를 선물했고, 숙부는 숲의 관리원이 되어 장군, 장관, 전 운동선수, 경비원, 폭력배, 살인자, 돈 많은 사업가, 모리배들, 부자들, 지체 높은 인사들을 너나 할 것 없이 받아주었다. 심지어 주지사나 모스크바에서 온 회계 감사관들조차 그가 있는 숲으로 휴양을 하러 가곤 했으니 말이다. 그들 역시도 조국의 넓은 품에 안기고 싶었던 것이다.

손님들은 낚시도 하고 총을 쏘아서 새나 말코손바닥사슴, 산토끼, 멧돼지 등을 잡았다. 손질한 사냥감들은 눈밭 위로 질질 끌고 갔다. 하얀 눈 위에는 붉은 낫 모양의 흔적이 지저분하게 남았다. 개들은 미친 것처럼 혀를 내밀고는 그 주위를 뱅글뱅글 돌았다. 장작불이 타고 요리하는 사람들이 짐승의 가죽을 벗겨 칼로 잘라 조각조각 나누는 동안 톨랴의 숙부는 직접 사우나에 불을 때서 뜨끈뜨끈하게 만들고는 지친 사냥꾼들과 낚시꾼들을 보리수나무로 만든 나무판자 위에 눕혔다. 그는 약용 성분이 있는 노간주나무 가지를 잔뜩 깔고 관리가 잘 된 그들의 허벅지와 등을 자작나무 채로 열심히 두드렸다. 그가 사랑하고 애지중지하는 조카인 톨랴는 물을 뿌려서 수증기가 올라오도록 만들었다. 그는 바가지에 물을 한가득 채워서 달궈진 숯에 들이부었다. 손님들은 신음하면서도 더

해달라고 요청했다. 그들은 원시인처럼 소리를 지르면서 냉탕에 뛰어들었고, 그럴 때면 차가운 물 때문에 온 몸이 따갑고 화끈거리며 털이 쭈뼛쭈뼛 섰다. 멋진 저녁 식사를 준비하는 동안 탈의실에서는 보드카 잔이 돌려졌고, 가재가 빨갛게 익어갔으며 여자들이 즐겁게 대화를 나누었다. 젖은 타올 아래로 그녀들의 헐벗은 가슴이 더욱 도드라졌다.

바로 그곳에 안드레이 이바노비치 랴진도 있었다. 그는 게 껍데기를 벗기던 끈적끈적한 손과 솔잎 향이 배어있는 땀에 젖은 가슴을 가진 영리한 톨랴를 발견했던 것이다. 그리고는 그를 자기 밑에서 서식할 만한 기생충으로 임명했다. 톨랴의 숙부가 안드레이 이바노비치에게 그가 일하는 부처에 톨랴의 자리를 하나 마련해 달라고 설득한 때가 바로 그때였다.

이렇게 해서 톨랴는 부처에서 근무하게 되었다. 톨랴는 다양한 청년 캠프에 다니기 시작했다. 그는 모스크바의 유명한 가수들과 정계에서 가장 막강한 권력을 쥐고 있는 사람들을 가까이에서 보았다. 무대 위에 오른 그들에게 톨랴는 놈팡이들 사이에 끼어서는 있는 힘껏 소리 질러댔다.

"네! 네! 네!"

톨랴는 벤츠를 타고 다니기 시작했다. 숙부는 틈이 날 때마다 그의 신붓감 얘기를 했는데, 숙부가 눈여겨 본 그의 신붓감은 중요한 인물의 딸이었고, 해외에서 석사를 마친 엘리트였으며, 인스타그램 스타였다. 모두가 운명의 여신이 톨랴에게 미소를 보내고 탄탄대로로 승승장구할 것이라 여겼지만, 안드레이 이바노비치가 죽기 얼마 전 그 정계 중요 인물은 공금 10억 달러를 횡령한 혐의로 체포되고 말았다. 톨랴의 숙부는 졸지에 비호자를 잃고 바닥으로 곤두박질쳤다. 결혼식은 연기되었다. 다모클레스의 검이 그들을 위협했다. 숲 관리원으로서 숙부의 입지도 흔들리기 시작했다. 톨랴도 더 이상 거만하지 않았다.

"이 모든 상황에 대해 생각하고 따져봤는데, 마리나 세묘노바가 나를 밀고한 것 같아."

갑자기 톨랴는 깨달았다는 듯이 말했다.

"그럴 리가!"

레노치카가 흥분한 목소리로 말했다.

"세묘노바? 바로 문제의 그 여자 말이죠?"

검은 머리 친구가 두 번째 칵테일 '마르가리타'를 마시려고 하면서 질문했다.

"당연하죠! 첫째, 내가 전해 듣기로 그 여자는 내가 안드레이 이바노비치 선생님과 함께 있는 모습을 봤고, 나를 비쩍 마른 멍청이라고 험담을 했대. 내가 뭣 때문인지 몰라도 그 여자 눈 밖에 났나 봐요."

"그 여자가 좋아하는 사람이 있기나 한가?"

레노치카가 그에게 물었다.

"자기 자신만 사랑하는 여자인 것 같긴 하더라고, 아무튼. 그리고 이런 일도 있었어요. 오래 전 일이긴 한데 내가 고급 레스토랑에 앉아있는데, 멀리 떨어져 있는 테이블에 안드레이 이바노비치가 세묘노바와 함께 앉아있는 게 보이더라고요. 어차피 그 둘의 관계는 누구나 알기 때문에 나는 별로 관심을 두지 않았어요. 그런데 그들이 소란을 피우더라고. 그 여자가 랴진을 향해서 냅킨을 냅다 던지는 거야. 그러면서 코를 갈기더군!"

"와!"

"맞아! 그랬다니까! 그리곤 그 여자가 의자를 요란하게 뒤로 빼더니 일어나서 뭐라고 소리를 치고 날카로운 비명을 질러대는 거야. 아무튼 히스테리가 장난이 아니더라고. 나는 바로 핸드폰으로 영상을 찍기 시작했어."

"보여줘!"

레노치카가 소리 질렀다.

"나도 보여주고 싶지만. 그 사악한 메두사 같은 년이 나를 발견한 거야. 구석에 있는 테이블에 못생긴 랴진이 앉아서 홀짝홀짝 차를 마시고 있었어. 그녀가 그분을 시켜서 나더러 영상을 지우라고 하더군. 그래서 지웠지."

"그 여자는?"

"그 여자는 도망치듯 나갔고, 랴진만 남아있었어. 그리고 난 좀 불편해져서 되도록 그쪽을 안 쳐다보려고 했어. 그래도 내 상사니까. 게다가 그분은 난처한 상황에 부닥쳤으니까. 사람들 앞에서 망신도 당했고. 내가 왜 이 얘기를 하냐 하면, 그래서 그 여자가 나한테 안 좋은 감정을 갖고 있다는 거야."

"그 여자가 노리는 사람이 어디 한둘인가..."

검은 머리 친구가 중얼거렸다.

"그리고 제일 중요한 건 이 모든 일이 안드레이 이바노비치가 죽기 바로 전날 일어났다는 거야."

톨랴가 서둘러 덧붙였다.

레노치카의 머리가 화끈거렸다. 그녀의 가느다란 밝은 갈색 머리카락 사이로 정전기가 흐르기 시작했다. 그녀의 몸에서 불꽃이 튀었다. 레노치카의 분홍빛 혀 아래 숨어있던 비밀의 독약이 순간 밖으로 튀어나왔다.

"나도 그 여자가 범인이라고 생각해! 머리 좀 굴려봐. 모든 사람을 밀고하고 협박하면서 자기는 승승장구하고 있잖아! 연루된 게 확실하다고. 봐봐, 안드레이 이바노비치 부인도 죽었잖아! 그분 부인이 우울증 때문에 스스로 정맥을 끊는 동안 이 걸레 같은 년은 뭘 하는지 알아? 극장이나 기웃거리면서 요란한 파티나 열고 말이야! 그년은 랻진을 사랑하지 않았어, 사랑한 적이 없다고!"

레노치카의 목울대에 무언가 시커먼 덩어리가 치미는 듯했다. 칵테일 잔에 꽂힌 빨대는 잔 속에서 빙글빙글 돌면서 그녀의 턱을 때리려고 호시탐탐 기회를 노렸다. 바텐더는 생맥주 꼭지를 마치 새끼 강아지 대하듯 쓰다듬으면서 소란이 이는 쪽으로 고개를 돌렸다.

"난 그 여자가 싫어."

레노치카가 쉰 목소리로 말했다.

"벌써 새로운 애인이 생겼던데."

톨랴가 말했다. 그와 함께 왔던 무리는 이젠 톨랴는 까맣게 잊고 TV 화면을 보며 뭐가 그리 웃긴 지 배꼽을 잡고 있었다. 화면에는 여린 초록색 잔디 위로 축구화를 신은 열 개의 다리들이 요란하게 움직이고 있었다. 축구화들은 지네처럼 서로 엉키다 넘어졌다. 심판이 호루라기를 불었고, 축구 선수들의 얼굴이 낙담으로 일그러졌다. 관중석에서 소리를 꽥꽥 질러댔다. 공은 아웃 처리 되었다.

"그래서 누군데? 누군데요?"

키 작은 친구가 갑자기 활기를 띠면서 질문했다.

"그 여자가 지금 만나는 사람은 누군데요? 주지사인가요?"

"카푸스틴과 그렇고 그런 사이라고 들었어."

레노치카가 윙크를 하면서 말했다.

"아니, 아니야! 내가 직접 봤는걸. 그때 갔던 그 고급 레스토랑 엘리베이터에서 말이야."

"또 레스토랑? 갑부라도 되나 봐요."

검은머리 친구가 웃으면서 말했다.

"숙부가 초대한 거였어요. 그러니까 나를 초대 했다기보다는 변호사랑 그곳에서 만나기로 한 거였죠. 제 사건에 대해 논의를 하려고요. 아무튼 갑자기 내가 화장실에 가고 싶은 거예요. 화장실이 멀리 떨어져 있어서 VIP 룸을 지나가야 했죠. 복도에 VIP 손님들을 위한 엘리베이터가 따로 있었는데, 문이 열려있어서 보니 세묘노바가 있는 거예요. 그런데 혼자가 아니더라고요. 남자랑 키스하고 있었어요."

"키스라니!"

"누구랑요?"

친구들이 눈을 반짝이며 질세라 물었다.

"카푸스틴이 아니더라니까요! 청년이었어요! 젊었고요. 중요한 건, 서서 물고 빠는데 내릴 생각도 안 하더라고요. 이번에는 전의 실수를 반복하지 않으리라 다짐하고 바로 촬영했죠. 핸드폰 카메라로요! 3초밖에 안 됐지만! 처음엔 흐릿하더니 후엔 초점이 잡히더라고요. 킥킥"

톨랴는 신이 나 있었다. 그는 알 수 없는 노래에 맞춰 승전을 알리는 북을 치듯 테이블을 손목의 뼈마디로 두드렸다.

"뭐 하려요? 당신 혹시 파파라치 아니에요? 뭐 하러 찍은 거죠?"

검은머리 친구가 같은 말을 되풀이했다. 그녀의 앞머리가 칵테일에 빠져서 끈적끈적한 고드름 같은 모양이 됐다.

"왜라뇨? 나는 아무 잘못이 없는데 지금 경찰 조사를 받고 있어요. 그런데 그 여자는 도둑질을 밥 먹듯이 하면서 제기랄, 아무런 걱정 없이 바람둥이들과 놀아나고 있잖아요. 머리에 든 것도 없으면서 잘난 척이나 하고 말이에요."

톨랴가 또박또박 말했다.

"영상 좀 봐도 될까?"

레노치카 역시 흥분해서 말했다.

톨랴는 주머니에서 전화기를 꺼내 여러 번 터치했다. 아이콘 몇 개가 생겼다가 사라지기를 반복하더니 파일이 열렸고, 전체 화면으로 짧은 영상이 돌아가기 시작했다. 여자 친구들이 이마를 모았다. 마치 엄지와 검지 그리고 중지를 붙인 것 같은 모양을 이뤘다. 그들 셋은 화면 속 포옹하고 있는 연인을 뚫어지게 쳐다봤다. 세묘노바는 재규어 모피 코트를 입었고, 높이 올린 파마머리는 양쪽 관자놀이 쪽으로 내려뜨렸으며, 몸은 남자 쪽으로 기댄 체였다. 남자는 굶주린 이리처럼 그녀의 목을 물었고, 그의 얼굴은 재규어 모피 깃에 가려 보이지 않았다. 영상이 1초 동안은 흐릿하게 보였지만 갑자기 초점이 잡히며 선명해졌고, 남자는 고개를 들고 세묘노바의 입 안에 자기 혀를 집어넣었다. 그의 주황색 머리카락이 넓은 이마 뒤로 넘겨지더니 매력적인 옆모습이 드러났다. 레노치카는 화면 속 남자가 자신이 그토록 그리워하는 빅토르라는 것을 알고 충격에 빠졌다…

그녀는 어렸을 때의 일을 아직도 기억했다. 무더운 여름이 한창이었고, 민들레꽃과 사시나무에서는 공기처럼 가벼운 솜털이 떨어져 나왔다. 그 솜털은 콧구멍으로 들어오기도 하고 땅 이곳저곳으로 퍼지는데, 목화씨 같거나 혹은 곧 나비가 될 털이 북슬북슬한 고치 같았다. 레노치카는 집에서 성냥을 들고 와서는 아파트 단지 내의 놀이터로 내려가 민들레 씨앗에 불을 붙였다. 파란 불꽃이 점화하더니 이내 검은 재만 남겨놓았다.

그곳 놀이터에서 옆집에 사는 어린 여자아이를 마주친 적이 있었다. 시골 할머니 댁에 있다가 돌아온 그 애는 구름처럼 아주 부드러운 원피스를 입고 있었다. 잠시도 가만히 있지 않으며 여자아이는 끊임없이 수다를 떨었다. 그런데 아이의 속눈썹에 솜털 하나가 떨어져 있었다. 눈물이 나는데도 손으로는 그걸 떼어 낼 수가 없었다. 왜냐하면 아이의 손이 있어야 할 자리에 손목만 덩그러니 남아있었기 때문이다. 손목에는 붕대가 감겨 있었다. 아이 어머니가 털어놓기를 경찰관이 그 애가 꽃병에 있는 초콜릿을 꺼냈다는 이유로 손목을 잘랐다고 했고, 레노치카는 꽤 오랫동안 그때의 충격을 떨쳐버리지 못했다.

또 한 번은 그녀가 공원에 있는 그네에 앉아있는데 술에 취한 아버지가 그녀를 데리러 온 적이 있었다. 그는 이따금 비틀거리면서 걸었다. 그날따라 기분이 좋았던 아버지는 파티를 열고 싶었던 것 같다. 그는 노점상에게서 커다란 분홍색 솜사탕을 샀다. 그들은 기차역 옆을 지나가다가, 갑자기 지저분한 술집에 들렀는데, 술집 입구에서는 그의 옛 술친구들이 사이좋게 소란을 피우고 있었다. 손톱 밑에 시커먼 때가 낀 그들의 손이 레노치카의 정수리를 흔들어댔다. 그중 한 명은 바지 주머니에서 과장되게 정중한 몸짓으로 눈처럼 하얗고 구멍이 숭숭 뚫린 각설탕 하나를 꺼내 주었다. 사회주의 건설에 이바지했던 이들은 술집의 스탠딩 테이블 주위에 모여 있었고, 그들은 맥아로 만든 노란색 술을 부어라 마셔라 했다. 잔에서는 풍성한 거품이 흘러내렸다.

레노치카는 집에 가자고 아버지를 끌었지만, 아버지는 술에 취해 욕지거리나 해댔다. 사방은 온통 사람들의 웃는 소리와 저속한 말들로 소란스러웠다. 두려운 나머지 레노치카는 밖으로 나와서 간판 아래 섰다. 술집 옆에서는 한 무리의 노숙자나 다름없는 사내아이들이 죽치고 있었다. 그들은 담배를 피우면서 레노치카에게 놀리듯 다가오라는 듯한 시선을 보내고 있었다. 그중 가장 정신 나간 놈은 삐딱하게 모자를 쓰고는 본드가 든 비닐봉지를 손에서 놓지 않았다. 봉지에는 공기가 들어가서 공격태세로 부풀어 오른 개구리처럼 커졌다.

"너 뭐야, 아빠가 너 버렸냐? 이제부터 우리랑 살면서 길에서 노숙하는 거다."

그는 레노치카에게 소리를 꽥 질렀다. 레노치카는 너무 무서워서 이빨이 덜덜 떨렸다.

세 번째 기억은 레노치카가 엄마랑 같이 버스를 타고 가고 있었을 때였다. 만원 버스 속에서 사람들은 서로를 밀쳤고, 급기야 그녀의 얼굴에 다른 사람들의 엉덩이와 날카로운 가방 모서리가 닿았다. 그들의 가방에서는 닭 다리와 완두콩 통조림들이 튀어나와 있었다. 사람들은 서로에게 거친 말들을 해댔다. 그들의 머리 위에서는 승차권을 구매하기 위한 지폐가 손에서 손으로 전달되었다. 그런데 이때 누군가 레노치카의 손을 세게 잡았었는데, 그녀는 그 사람이 누군지는 보지 못했다. 그녀의 심장은 터질 듯이 빠르게 뛰었다. 억센 손에 붙잡힌 그녀의 손은 두려워서 떨었고, 그의 손을 뿌리치려 했지만, 소리를 질러서 엄마를 부를 용기는 나지 않았다. 그녀의 손은 누군가의 억센 손에 이끌려 바지 지퍼에 닿았고, 그 안에 있는 무언가 부드럽지만 역겹고 털이 나 있는 것에까지 닿았다.

"레나! 우리 여기에서 내려야 해."

엄마가 그녀의 어깨를 잡으면서 외쳤다.

사방은 온통 사람들로 빽빽했고, 레노치카의 손은 억센 손길 안에서 버둥치다 드디어 자유를 얻었다. 승객들은 그녀를 밖으로 내보냈고, 그녀의 손가락들은 퇴폐적 손아귀에서 벗어났다. 그녀는 성추행을 당한 자신의 손이 끔찍하고 역겨웠다. 목 놓아 울고 싶은 마음이 간절했지만, 레노치카는 어머니가 너무 무서웠다. 만약 그녀가 당한 수치스러운 이야기를 듣는다면 어머니는 레노치카를 슬리퍼로 죽도록 때렸을 것이다.

지금 그녀는 마리나 세묘노바와 함께 키스하고 있는 빅토르를 보자 그때와 비슷하게 토할 것 같은 감정을 느꼈다.

"이 사람이 빅토르야."

그녀가 말했다.

"어떤 빅토르?"

톨랴는 그녀의 말을 못 알아들어서 다시 질문했다.

"빅토르, 빅토르, 빅토르라고!"

레토치카는 소리를 빽 지르고 톨랴를 밀치고 바 밖으로 뛰쳐나갔다. 그녀가 마시던 칵테일 잔은 큰 소리를 내며 바닥에 떨어져 깨졌고, 유리 파편이 여기저기 흩어졌다.

"이런! 저 여자가 돌았나! 벌금 내고 가라고!"

바에 있는 사람들은 죄다 호기심에 목을 쭉 뺐다. 키 작은 친구는 레노치카의 뒤를 또각거리면서 따라갔고 당황한 톨랴는 검은 머리 친구와 덩그러니 남았다.

"잠깐만 멈추어 서봐! 레나!"

그녀가 소리 질렀다.

하지만 레노치카는 어느새 사람들을 밀치면서 에스컬레이터를 따라 빠른 속도로 내려가고 있었다. 사람들이 그녀를 향해 수군대는 듯했다. 그녀가 걸친 외투의 끝자락이 자꾸 발에 걸렸다. 가방은 무릎에 자꾸 부딪혔다. 그녀는 회전문을 향해 돌진했고, 땅거미가 어둑히 깔린 밤의 수수께끼 같은 거리로 나왔다. 정면의 두어 개 건물에는 불이 들어와 있었다. 그곳은 중앙 거리였다. 가족들과 함께 산책을 나온 사람들 틈으로 음악 소리가 들려왔다. 레노치카는 두려웠다.

13

주립 회화 박물관 자재부의 교활한 매니저는 수선을 빌미로 이미 세 번씩이나 카펫을 받아갔고 마룻바닥을 다시 깔았다고 신께 맹세까지 했다. 하지만 그런데도 마룻바닥은 여전히 감기 걸린 수탉처럼 삐거덕거렸다. 특히 수시로 전시 작품이 바뀌는 메인 홀 입구에 있는 바닥 판자 두 개가 그랬다. 힐로 바닥을 디딜 때마다 개가 낑낑 앓는 소리가 났다. 그런데 이날 하필 힐을 신고 온 사람이 많았다. 초상화가인 어니스트 포고딘의 전시회가 열리는 날이었기 때문이다. 구석에서는 첼리스트 한 명과 바이올리니스트 두 명이 악기연주로 마법을 부리고 있었다. 니스칠로 반짝이는 현악기의 몸통에서는 검은색 F자 홈 두 개가 도드라져 보였고, 활은 마치 잠에서 깬 것처럼 몽롱하게 기지개를 켜는 듯 위아래로 움직였다.

"여러분, 여러분 이리로 오시지요!"

외모가 한창 무르익은 여성 관장은 양처럼 꼬불꼬불한 파마를 하고 수선을 떨었다. 그녀는 너무 긴장해서 인중이 땀으로 번들거렸다.

홀의 중앙에 있는 기다란 테이블에는 크리스털 잔이 군인 행렬처럼 가지런히 열을 맞추어 서 있었다. 투명하고 날씬한 크리스털 잔의 배 부분에서 탄산 거품이 출렁였다. 샴페인이 잔에 따라졌다.

그림들은 살짝 옆으로 기울여서 눈을 부릅뜬 채로 두꺼운 끈에 매달려 흔들렸다. 마치 함선들을 연결해놓은 것처럼 바닷물 색의 플라스터로 칠한 바로크 양식의 액자 틀이 대포 포신의 머리 부분처럼 반짝였다. 한 초상화에서는 지역 내무부 장관이 몸을 살짝 옆으로 틀고 앉아 쿠투조프 장군처럼 옷을 입고는 실눈을 뜨고 전면을 응시하고 있었다. 그는 가슴에 사선으로 두 개의 훈장을 달았고, 옆구리에는 사브르*의 손잡이가 덜렁거렸다. 다른 초상화는 유수포바 공후부인처럼 근엄하게 앉아있는 주지사의 아내였는데, 그녀의 왼손에는 귀엽게 생긴 스피츠가, 그녀의 목에는 검은색 초커 목걸이가 걸려있었다.

모든 초상화에는 공무원, 가수, 운동선수와 같은 유명 인사들과 그들의 아내들과 아이들이 모두 군복 상의나 세일러복, 패티코트**, 혹은 혁명 전에 입던 무도회복을 입고 있었다. 한편 홀의 중앙에는 판타지 만화에나 등장할 법한 괴물처럼 인상을 찌푸리고

* 헝가리인들이 사용했던 기다란 검
** 드레스 안에 입는 여성용 속치마

있는 개선장군 같은 러시아 대통령의 모습이 커다란 캔버스에 그려져 있었는데 그는 백마를 타고, 신하를 거느리고, 자애로운 군주였던 알렉산드르 3세의 형상을 하고 있었다. 주지사는 얼룩무늬 회색 말을 타고 있었는데 대통령과 상대적으로 대조를 이루고 있었다. 그가 입은 군복에 달린 장군의 견장은 햇빛에 반짝였고, 모자에 달린 코케이드*는 용감하게 그 빛을 발했으며, 말발굽 아래서는 먼지가 일었다.

어니스트 포고딘은 전시회에 참석하러 오면서 무슨 이유에서인지 지팡이를 가져오지 않았고 무늬가 있는 양단으로 만든 가운을 걸치고 왔다. 그는 위에는 러시아식 셔츠를 아래는 터키식 블루머를 입었다. 옆에는 다리만 1m 50cm가 되는 꺽다리 아가씨를 거느리고 말이다. 빨간 원피스의 절개된 부분을 통해 보이는 그녀의 다리는 정말 놀라웠다.

"안겔리나예요. 배우 지망생이죠."

포고딘은 사람들에게 그녀를 소개했다.

포고딘은 다섯 번 결혼했고, 도시에서 추문을 낳은 여자들과의 사이에서 낳은 자식들만 해도 족히 열 명은 되었다. 마지막 아내는 그의 변태짓을 견디지 못하고 도망갔다. 소문에 따르면 아내에게 포고딘은 직접 그린 아내의 얼굴이 들어간 침대보와 베갯잇, 이불커버를 특별 주문해 침대를 꾸미라고 했다고 한다. 아내는 베개의 눌린 부분을 정리하다가 그 길로 바로 도망을 가버렸다. 아내가 집

---

* 왕가의 색인 홍백의 리본을 작게 원형으로 묶은 모장(帽章).

에 없을 때면 많은 어린 여자들이 그의 침대에서 뒹굴었다. 포고딘이 아내의 얼굴들에서 디오니소스*적 쾌락에 빠져있을 때 아내는 집 밖을 배회하면서 순순히 오르기아**의 끝을 기다렸던 것이다.

갑자기 마이크에서 굉음이 들렸다. 손님들은 귀를 틀어막고, 장난꾸러기를 나무랐다. 문화부 장관이 마이크 쪽으로 점프하듯 다가왔다. 에너지 넘치는 그의 종아리 근육이 살짝 수축했다. 근육질의 한쪽 어깨에는 힘이 들어가 있었다. 자부심 가득한 눈빛으로 그는 홀 안을 둘러보았다. 앞쪽에 사랑에 빠진 듯한 표정을 하고 앉은 박물관 관장도 보였고, 말 잘 듣는 지역 신문사 기자들은 지저분한 셔츠 위로 주렁주렁 장비를 달고 있었다. 불독처럼 생긴 공무원들은 초상화의 위대함 앞에 땅에 닿을 정도로 얼굴을 숙이고 있었으며, 어딜 가든지 볼 수 있는, 예술을 사랑하지만 젊음은 이미 오래전에 시든 여자들의 모습도 보였다.

"어니스트 포고딘은 러시아의 살바도르 달리입니다. 그는 우리의 거울이며 시대의 예술가입니다."

장관이 연설을 시작했다. 그의 연설은 장황했다. 한 마리의 페가수스가 날아오르는 듯했다.

"이것은 독창성의 승리입니다. 신비스럽고도 정확한 회화의 표현입니다. 작가 본인이 굉장히 뛰어난 인물이기도 합니다. 아마 지금쯤 메트로폴리탄 미술관이나 루브르 박물관 측에서 우리 박

---

* 포도나무와 포도주의 신이며 풍요의 신이자 황홀경의 신이다.

** 무아지경, 난잡한 쾌락

물관을 부러워할 것입니다."

그는 말했다.

"저는 그와 동시대에 살고 있다는 사실로 행복합니다."

장관이 연설을 마쳤다.

그는 그를 그린 초상화가 곁눈질로 자신의 실제 모델을 감상하고 있는 것을 보았다. 초상화 속에서 장관은 로모노소프*식 가발을 쓰고 붉은색의 기다란 재킷을 입고 있었다. 한 손에는 거위 깃털을 쥐고 있었고, 그 옆에는 지구본이 시커먼 받침대 위에 올려져 있었다. 그는 어두움과 먹구름 사이로 러시아의 새로운 도약을 예견하면서 미래 세대에게 보내는 글을 쓰고 있었다.

사람들은 장관에게 박수갈채를 보냈다. 장관 다음으로는 박물관 관장이 나왔다. 그녀의 굽이진 머리카락 한 올 한 올마다 인생의 수수께끼, 우주, 은하수, 응축된 에너지, 어두운 터널 끝의 빛, 노화, 달의 차오름, 지문, 상승하고 하강하는 토네이도 등이 묻어 있었다. 관장의 말은 감사로 넘쳐났다. 장관을 향한 감사는 마치 오크 통 속에 있던 이스트로 발효된 반죽처럼 그녀의 말속에서 부풀어 올랐다. 감사에 더해 설탕, 캐러멜, 육두구, 카더멈, 계핏가루, 당밀이 첨가되었다. 이것들은 모두 함께 바클라바**를 만드는 제과점 냄새를 풍겼다. 그리고는 이내 녹아내린 버터와 꿀 시럽으로 촉촉해졌다.

* 18세기 러시아 과학자이자, 모스크바 국립대학교 설립자

** 터키식 전통 파이

“위대한 어니스트 포고딘 선생님의 작품을 전시하는 것은 우리 박물관의 영광입니다.”

그녀는 떨리는 목소리로 말했다.

그녀는 화가의 이름을 유독 더 힘주어서 말했다. 마이크에 또다시 잡음이 들렸다. 박수 소리가 들렸지만, 뒤에서 누군가가 화가 많이 난 목소리로 소리치자 박수 소리가 묻혔다.

“거짓말! 허풍!”

참석자들의 등 뒤에서 누군가가 소리 질렀다.

참석한 손님들은 양쪽으로 갈라졌고, 그러자 그들 사이에 회색 턱수염을 듬성듬성 기른 늙은이가 모습을 드러냈다.

“무슨 문제라도 있나요?”

장관은 미소를 지으며 질문했다.

“이것은 국민을 우롱하는 행위입니다! 여러분은 여기 전시회 티켓이 얼마인지 아시지요? 어마어마하게 비싸지요.”

“누가 저 사람을 들여보낸 거지? 누가 전시회 개막식에 저런 노숙자를 들여보낸 거냐구!”

포고딘이 화를 내면서 말했다.

관장은 마치 공을 잡으려는 골키퍼처럼 다리를 벌리고 선 채 경비원을 불렀지만, 장관은 좀 더 그 상황을 즐기고 싶었다. 그래서 그는 계속해서 노인을 자극했다.

“그래서 비싸단 말씀이신가요? 좋은 예술 작품 관람에 돈을 쓰기 아깝단 말씀이신가요?”

“저도 화가입니다. 그런데 이건 그림도 아니에요! 그림 자체도 쓰레기지만, 그나마도 원본이 아닙니다!"

노인이 쩌렁쩌렁한 목소리로 말했다.

홀 안으로 수군거리는 말들이 퍼졌다.

"원본은 주인들이 갖고 있죠. 여기 있는 작품들은 입에 올리기도 거북할 정도에요! 이 종이에는 그림을 그릴 수도 있지요. 지금 제가 여기서 바로 이 작품이라고 걸려있는 그림에다가 글자 'X'를 적어보리다!"

노인은 소리치며 전시회에서 가장 중요한 그림 쪽으로 성큼성큼 향했다. 포고딘은 쏜살같이 달려갔고, 그곳에 모인 중년의 관람객 여성들은 그에게 욕지거리해댔다. 경비가 빠른 몸놀림으로 뛰어왔고 비운의 화가는 제압을 당한 채 사람들이 모두 보는 가운데 굴욕스럽게 끌려나갔다.

"좀도둑들 같으니!"

그는 나가면서도 있는 힘껏 외쳐댔다.

"어찌나 다들 질투를 하는지요, 주위에 온통 저런 자들이라니까요!"

포고딘이 안타까운 듯 말했다. 양단으로 된 그의 가운은 사파이어처럼 이글거렸다.

사람들은 불만을 토로했다. 기자들은 손바닥을 문질렀다. 포고딘과 함께 온, 키가 장대처럼 큰 여자는 동그란 입을 살짝 벌린 채 말없이 눈을 크게 뜨고는 사방을 둘러봤다. 그녀의 도톰한 입술은 마치 이렇게 말하는 듯 했다.

"오, 코코코, 로코코, 노노노"

첼로와 바이올린은 다시 연주하기 시작했다. 사람들은 샴페인 잔을 들고 흩어졌고, 그림 옆을 물 흐르듯이 지나갔다. 이 광경은 마치 성대한 성화같았다. 문화부 장관은 파티의 주인공에게 진심을 다해 작별의 악수를 하며 나갔고, 그를 따라서 프록코트를 입은 공무원들이 홀에서 함께 증발했다. 기자들은 전시회의 주인공을 에워쌌다. 포고딘은 자랑을 늘어놓았다. 그는 우쭐해서는 주먹으로 허리를 짚었다.

"저는 훼손된 과거의 위대한 유산을 부활시키고 있습니다."

그는 자신의 그림에 대해 설명했다.

"저는 우리의 지닌 유산에서 수세기 동안 쌓인 먼지를 털어내고 있습니다. 제 붓 아래에서 러시아의 본 모습이 깨어나고 있습니다. 새롭고 생기 있고 현대식 모습을 갖춘 채로 말입니다! 이것은 초상화 그 이상입니다. 이것은 미래의 사학자가 우리 시대의 교향곡을 연주할 악보입니다. 누가 우리 도시와 우리 주, 더 나아가 우리나라에서 명성을 떨쳤고, 누가 조국의 발전에 기여했는지를 이야기할 수 있도록 말입니다."

"저 궁금한 것이 있는데요, 이곳에 안드레이 이바노비치 랍진의 초상화는 보이지 않는 이유가 있을까요?"

신문사 기자가 질문했다. 포고딘은 신경질적으로 기침을 하면서 말했다.

"이보세요! 제가 여기에 저의 모든 작품을 전시할 수는 없는 노릇 아닙니까? 작품 수가 삼천 점에 달합니다. 그리고 그 작품은 현재 주인 잃은 집에 걸려 있습니다. 아, 주인들을 모두 잃은 집이겠군요."

그는 쉰 목소리로 말했다.

"그렇다면 이곳에 걸려있는 작품들은 다 복사본이 아니라는 뜻인가요?"

기자가 조심스럽게 질문했다.

"복사본이라니요? 지금 제정신이세요?"

화가는 잔뜩 화를 내면서 말했다.

"누구 말을 들으시는 건가요? 저 룸펜*의 말을 듣는 건가요? 낙오자 말을요? 저 사람이 여기에서 해놓은 짓거리를 보고도 그런 말이 나오나요? 당신은 저 부랑자 같은 작자가 내 캔버스에 글씨를 적으려고 한 것도 못 보셨나요? 그런데 그 캔버스에 그려진 게 누군지 아세요? 누군지나 알고 그런 얘기를 하는 겁니까? 이건 그…그분…살인..."

그는 몸에 힘이 빠져서 잠시 하던 말을 중단했다. 그의 콧구멍이 떨리고 있었다. 기자들도 입을 다물었고, 잠시 어색한 침묵이 흘렀다.

"그런데 대체 선생님은 어디에서 자신의 훌륭한 작품들을 제작할 영감을 얻으십니까?"

한 여성 기자가 포고딘에게 녹음기를 들이밀며 질문했다.

그러자 포고딘의 마음이 누그러졌다.

"베이비, 이리 와요. 저에게 영감을 주는 사람은 다름 아닌 이

---

* 부랑자 혹은 실업자를 이르는 말

여성분입니다. 안젤리나, 배우 지망생이죠."

그는 샴페인 잔을 들고 멀찍이 서 있는 함께 온 키가 큰 여자를 불렀다.

안젤리나는 원피스의 절개 부분으로 자신의 강력한 무기인 다리가 드러나도록 걸으면서 모든 카메라가 그녀의 몸을 아래에서 위로, 그러니까 크리스찬 루부탱 구두의 앞 코부터 발목을 따라 부드러운 무릎을 지나 원피스의 주름 사이로 사라지는 섹시한 허벅지 쪽으로 이동하게 했는데, 이 모습은 마치 거대한 콩나무가 빨간 구름 속으로 사라지는 것 같았다.

아름다움을 탐하고 난 후 카메라들은 벽 쪽을 향해서 가장 궁금하고 가장 관능적인 일, 즉 가공의 세계를 관조하는 일에 심취해 있는 전시회 방문객들 쪽으로 향했다.

"비슷하군."

어떤 사람들은 이렇게 말했다.

"안 닮았는데."

또 어떤 사람들은 확고하게 정반대의 의견을 갖고 있었다. 누군가 포고딘의 어깨를 굉장히 친근하게 만졌다. 그 사람은 머리카락을 짧게 자르고 소련의 체력 단련 프로그램인 ГТО('노동과 방위를 할 준비가 되어있다'의 약자)의 배지를 달고 있었는데, 그 역시 마리나 세묘노바의 생일 파티에 참석했었던 키 작은 사내였다.

그는 스파클링 와인을 허겁지겁 들이켰다.

"축하드려요!"

그는 어니스트 포고딘과 반갑게 인사했다.

"선생님은 천재십니다!"

"저는 천재이고, 이쪽은 제 뮤즈입니다."

포고딘은 그의 말에 동의하면서 그에게 안젤리나를 소개했다. 안젤리나가 피부미용 클리닉 '바실리스크'에서 검은 담비 털로 연장한 속눈썹을 연신 깜빡이는 것으로 미루어 보았을 때 뮤즈는 지루해하고 있었다. 그녀는 잠시 혼자 있고 싶은 마음도 있었고, 어서 속히 이 대화가 끝나 연회가 시작되어 금으로 된 선물도 받고, 진지한 사람들로부터 벗어나서 도시의 스타들과 어울리고 싶어 하는 것 같았다. 사실 그녀는 그 즉시 박물관을 벗어나고 싶었다.

"정말로 아름다워요, 여신이 따로 없군요."

키 작은 사내는 포고딘에게 윙크를 하면서 그의 말을 지지했다. 이렇게 말하는 그는 계속 무언가에 잔뜩 흥분한 것 같았다. 그는 마치 온몸이 전기에 감전이 되기라도 한 것 같았고, 재킷 주머니에는 신문 하나가 아무렇게나 삐져나와 있었다.

"이건 뭐죠? 나에 대한 기사가 실렸나 보죠? 초상화에 관한 기사인가요?"

포고딘이 신문을 향해 고갯짓하면서 질문했다.

"아니요, 여기에 있는 건 다른 거예요, 한 마디로 폭탄이죠!"

키 작은 사내는 꽤 다양한 모습을 보여주었다. 긴장한 탓인지 그는 신문에 샴페인을 조금 쏟았고, 그러자 둘둘 말린 신문이 조금 젖어 그 부분이 어두워졌다. 포고딘은 조소하듯 미소 지은 후 안젤리나의 목을 건드리면서 말했다.

"자기 알고 있었나? 프랑스인들이 한 번은 방수가 되는 종이로 신문을 만들 것을 고안했지 뭔가. 아침 식사와 점심을 먹는 동안에도 신문을 볼 수 있도록 하려는 의도였지. 계란프라이를 쏟아도 문제없고 커피를 천장에서 왕창 쏟아도 아무 문제없도록 말이야. 그런 종이라면 천하무적이니까. 그런데 정작 애네들은 신문이 뭔지도 모른단 말이야. 안 그런가, 베이비?"

그는 여자 친구 쪽으로 몸을 숙여서 자신의 풍성한 구레나룻으로 그녀의 딸기처럼 빨간 볼을 간지럽히기 시작했다. 그러자 안겔리나의 완벽한 이빨이 드러났다. 그녀도 싫지는 않은 것 같았다.

"자기, 이제 가서 놀아."

포고딘은 갑자기 여자 친구의 엉덩이를 두드리며 명령했고, 그런 후에는 키 작은 사내 쪽으로 몸을 돌렸다. 안겔리나의 빨간 원피스는 돛처럼 펄럭이며 악사들이 있는 곳으로 사라졌다.

"저 아가씨 예쁘죠?"

그가 자랑하듯 물었다.

"마니픽*!"

사내는 어떤 이유에서인지 갑자기 프랑스어로 대답했고, 잠시 뜸을 들인 후에 신문을 꺼냈다. 둘둘 말려있던 신문이 펼쳐졌고, 회색빛 A2 용지는 조금 전의 사건으로 일부가 젖어 있었다.

"러시아 연방 신문입니다. 랴진의 살인사건에 관한 기사입니다."

키 작은 사내가 외쳤다.

---

* magnifique '훌륭하다', '멋지다'라는 뜻

화가는 순간 얼굴을 찌푸리며 주위를 두리번거리기 시작했다. 홀은 시끌벅적했다. 그림 아래로 작품에 매료된 딜레당트*들이 여전히 이리저리 왔다 갔다 하고 있었다. 한편 중요한 작품 속 주인공의 아랫배 아래에는 예술 평론가가 숨어있었다. 그녀가 끼고 있는 안경의 두꺼운 렌즈 안에서 물감의 터치는 일그러져 보였다. 캔버스에 칠해진 피루엣** 들과 까브리올*** 들은 하나의 코르 드 발레****로 합쳐졌다. 여자는 인상을 썼다.

"살인이라뇨? 왜 하필 제 전시회에 오셔서 그런 말씀을 하시죠? 다음에 얘기합시다!"

포고딘이 이 말을 할 때 그들 앞에 박물관 관장이 나타났다. 양처럼 곱슬곱슬한 머리카락을 가진 그녀의 얼굴에는 환희가 충만했다.

"이것은 대단한 성공이에요, 어마어마한 성공이라고요! 매표소에 있는 티켓이 전부 매진이에요! 내일은 발 디딜 틈도 없을 거예요!"

그녀가 숨을 힘들게 내쉬며 말했다.

"기뻐요, 저도 기쁩니다."

포고딘이 건성으로 대답했다.

"우리 도시에 사는 사람들이 진정한 예술을 알아볼 줄 아는 것

---

* 미술, 문예, 학술을 비직업적으로 애호하는 사람.
** 발레용어: 한쪽 발로 균형을 잡거나 점프를 하여 공중에 있을 때 한 바퀴도는 것.
*** 발레용어: 공중으로 뛰어오르면서 무릎 아랫부분을 부딪치게 하는 호방한 남성적 스텝.
**** 발레용어: 발레단 중에서 솔로를 추지 않는 무용수들을 가리키는 집단적인 명칭.

같군요."

"알아보는 정도가 아니지요! 참, 그림을 배경으로 셀카를 찍으면 추가 비용을 받아야겠지요?"

"그럼요, 그럼요!"

포고딘이 동의했다.

지극히 진부한 질문으로 무장한 또 한 명의 집요한 기자가 달려왔고, 관장은 가식적인 표정을 지으면서 서둘러 인터뷰에 응할 채비를 했다. 그녀의 머리 위 바벨탑은 그녀가 걸음을 걸을 때마다 무너질 태세를 취하고 있었다. 머리카락을 짧게 깎은 키 작은 사내는 당황스레 술잔을 비우고 있었다.

"그런데 거기에 뭐라고 적혀있습니까?"

화가는 호기심을 억제하지 못하고 그에게 물었다.

"로비로 가실까요?"

그들은 홀에서 나와서 창가에 섰고, 창밖에는 어마어마한 파노라마가 펼쳐져 있었다. 주립박물관의 후문으로 나 있는 뒷골목은 밤색 농양으로 가득 찼다. 어젯밤부터 하수관이 파열되어 하수관에서 흘러나온 물로 골목은 흥건했다. 근육통을 앓고 있는 듯한 장화신은 여자 한 명이 코를 움켜쥔 채 얕은 곳을 찾아가며 웅덩이를 건너고 있었다. 여자가 앞으로 고꾸라지는 모습을 곁눈질하고는, 포고딘과 키 작은 사내는 다시 신문 기사 이야기로 돌아왔다. 신문은 펼쳐져 있었다. 제목이 상당히 자극적이었다. '장관을 살해한 사람은 내연녀인가?'

"잠깐, 잠깐만요, 어떻게 아니 어떻게 그럴 수가? 그러니까 그 여자가 죽였다고요? 랍진은 심장에 문제가 있어서 그렇게 된 것 아니었나요?"

포고딘이 중얼거렸다.

"이걸 봐요."

키 작은 사내는 실눈을 뜨고서 기사 본문을 가리켰다.

"여기에 적혀있습니다. '실명을 밝히기를 꺼리는 익명의 제보자가 사진을 몇 장 보내왔습니다.' 그리고 여기 '주에서 조사한 바로는 지역 장관이 심장마비로 작고한 것으로 알고 있지만, 이 사진의 진실은 다른 쪽을 가리킨다는...' 그런데 그들의 표현인 '진실은 다른 쪽을 가리킨다'는 누가 쓴 건지 글재주가 꽝이네요."

"계속 읽어봐, 읽어보라니까."

포고딘이 중얼거렸다.

"아무튼... '핸드폰으로 촬영한 사진에서 경제 발전부 장관인 안드레이 이바노비치 랍진은 자신이 죽음을 맞이하던 그날 저녁에 자신의 내연녀인, 주에 상당한 자산을 보유한 마리나 아나톨리예브나 세묘노바의 집 근처에 있었던 것이 확실합니다.' 그러니까..."

"우리는 이 엉터리 기사가 아니어도 그날 저녁 고인이 어디를 갔는지 알고 있어요. 아니, 모르는 사람이 있기나 한가요?"

포고딘이 뾰로통하게 물었다.

"그런데 마리나 세묘노바는 자기가 그날 저녁에 장관을 못 봤다고 주장하죠."

키 작은 사내가 한쪽 손을 흔들면서 말했다.

"아무튼, 그 다음으로 넘어가서... 여기예요! '저희가 입수한 사진은 기록적인 폭우가 내리던 밤에 찍힌 사진임에도 불구하고...' 젠장! 기록적인 폭우라니! 기록적인 폭우가 뭐 어쨌다고! 이걸 왜 이리 강조하는 거지?"

"이봐, 집중 좀 하자고!"

주위에 보는 이가 없다는 것을 확인하고 포고딘은 가운 주머니에서 안경을 꺼내 썼다.

"망할 원시 같으니."

그는 살짝 민망해하면서 속삭였다. 사내는 계속 읽어나갔다.

"이렇게 해서 '폭우에도 불구하고 사진 속에서 우리는 누군가로부터 도망가는 사람이 누군지 확인할 수 있습니다. 그런 다음 그 사람은 토요타 앞에서 멈춰 섭니다. 네 번째 사진에서 그 사람은 뒤를 돌아보는데, 우리는 그가 다름 아닌 주 장관 랴진이라는 것을 확인할 수 있습니다. 랴진은 그 차에 탑니다. 그 이후로 장관의 생전 모습을 본 사람은 없습니다."

"그런데… 도대체 누가 사진을 찍은 거지?"

포고딘이 중얼거렸다.

"그게 중요한가요?"

키 작은 사내가 한숨을 쉬면서 말했다.

"지나가던 사람이 우연히 찍었겠죠. 중요한 건 그 다음이라고요! '사진에 비밀스러운 자동차의 번호판이 나타나 있습니다. 우리는 익명의 제보자로부터 입수한 정보를 확인하기 위해 차주를 조사해 보았습니다. 우리가 확인한 정보는 충격 그 자체였습니다. 토요타의 소유주는 니콜라이라는 남자이며, 그는 수년간 장관의 내연녀로 있으면서 여러 가지 불법적인 뒷거래로 소문이 파다하던 마리나 세묘노바의 직원이었습니다. 지역 잡지사인 사이렌은 얼마 전에 그들의 거래에 관한 증거 자료를 발표했습니다.' 그 다음은 카투시킨에 대한 기사죠... 여기, '니콜라이는 마리나 세묘노바의 건축 회사의 물품 공급 부서에서 일했습니다. 저희에게 사진을 보내준 익명의 제보자의 말에 따르면 최근 들어 세묘노바와 랴진 사이로 검은 고양이들이 뛰어갔다고 합니다*.' 젠장, 왜 하필 고양이들이야, 옳은 표현은 고양이 한 마리 아닌가? 아무튼, 계속 읽어요. '여러분, 안드레이 랴진을 죽음으로 내몬 차를 운전하고 있던 사람이 그의 내연녀 밑에서 일하던 직원이었다는 사실이 놀랍지 않으십니까? 이게 혹시 흔히들 말하는 청부 살인이 아닐까요? 지역 검찰도 무언가를 숨기고 있는 것은 아닐까요? 세묘노바가 검찰을 매수할 가능성은 없는 걸까요?'..."

키 작은 사내는 신문에서 시선을 떼고는 창밖을 바라봤다. 박물관 뒤에 있는 골목에서는 여전히 역한 물이 뿜어져 나오고 있었다. 그리고 그곳에서 아까 보았던 여자가 장화를 신고서 반대 방향으로 힘겹게 건너가고 있었는데 이제는 등에 잠시도 가만히 있지 않는 아이를 업고 있었다. 사내는 그 여자가 얌전하게 있지 않는 아이를 등에 업고 무사히 반대편으로 절뚝거리면서 이동하는 것을

* 실제 표현은 '~와~사이에 검은 고양이 한 마리가 뛰어갔다'이며, 이것은 두 사람의 관계가 좋지 않은 것을 의미한다.

눈으로 확인한 뒤 포고딘 쪽으로 몸을 돌렸다. 포고딘은 마치 보이지 않는 파리를 잡기라도 하는 것처럼 입술을 내민 채 몰입해서 기사를 다시 읽고 있었다.

"이봐!"

포고딘이 소리쳤다.

"여기 적혀있는 걸 봐봐. 토요타 소유주는 랴진이 죽은 바로 다음 날 사망했어. 그는 교차로에서 트럭을 들이받았고. '우리에게 사진을 보내준 익명의 제보자의 말에 따르면 마리나 세묘노바는 후에 사고를 당한 그 차주에게 돈을 주고 랴진을 죽이라고 시켰을 가능성이 농후합니다. 하지만 사건은 조금 다르게 전개됩니다. 니콜라이는 양심의 가책을 느꼈는지 모든 것을 경찰서에서 사실대로 이야기하고 싶어졌습니다. 그러자 세묘노바는 그를 죽이기로 결심합니다. 모든 범죄자가 그렇듯 범죄의 증인과 범죄의 현장으로부터 벗어나고 싶었을 겁니다. 니콜라이가 죽던 날 마리나 세묘노바는 평소에는 잘 나타나지도 않던 자기 소유의 건축 회사에 갔습니다. 킬러로 추정되는 사람과 킬러를 고용한 것으로 추정되는 여자가 중요한 대화를 나눈 것이죠. 그녀가 니콜라이에게 수면제나 그를 죽음으로 내몰 수 있는 다른 약을 먹였을 가능성이 있을까요?'"

포고딘은 기사를 다 읽어나간 후 안경을 매만졌다. 키 작은 사내는 그가 무슨 말을 해주기를 바라는 듯한 시선을 보냈다. 그들 옆으로 몇 명의 방문객이 활기차게 작별인사를 하면서 홀 밖으로 나갔다. 박물관 관장이 로비 쪽으로 얼굴을 내밀고는 말했다.

"제 사무실에서 곧 연회를 열겁니다!"

"네네."

포고딘이 대답했다.

키 작은 사내는 관광객들이 모두 나가자 질문했다.

"어떻게 생각해요? 모스크바의 연방 신문에서는 경찰 조사를 비판하고 있어요. 검찰 측에서 뭔가 숨기고 있다는 걸 눈치챈 거죠. 제 느낌인데, 아무래도 검사 카푸스틴을 조사할 것 같아요. 이건 그냥 조사하는 정도가 아니라, 일종의 시그널이라고요! 카푸스틴의 옷을 벗길 수도 있어요!"

어니스트 포고딘은 불만 가득한 얼굴로 상대방의 말을 들으면서 신문에 적힌 내용이 더는 중요하지도 않고 시시하다는 듯 기지개를 켜고 심지어 하품까지 했다.

"순 뻥이에요! 허풍이라고! 순 헛소리! 만약 니콜라이가 살인자라면 왜 그 짐승이 순순히 제 발로 사냥꾼에게 달려갑니까? 랴진은 또 왜 그의 차에 탔냐는 말입니다! 운전기사도 있고, 경호원도 딸린 사람이!"

"그들은 퇴근을 시켰겠죠..."

키 작은 사내는 소심하게 덧붙였다.

"나는 이거 안 믿어요. 앞뒤가 전혀 안 맞아요. 쓰레기 같은 신문이라 이겁니다. 괜히 황색언론이라고 하겠어요! 그리고 당신은 인터넷으로 무료로 볼 수 있는 걸 왜 사고 난리예요!"

"제가 좀 옛날 사람이라. 종이 신문을 좋아합니다."

사내가 서운하다는 듯 반박했다.

"그리고 저 혼자 열을 내는 건 아닙니다. 카푸스틴 주위에는 오래 전부터 먹구름이 끼고 있어요. 그는 혼자서 지나치게 많이 해먹었어요."

"사실 그분의 초상화를 의뢰 받았습니다. 주문이 들어왔죠. 앞으로 한참을 더 그려야 합니다. 그리고 만약 화가 어니스트 포고딘이 누군가의 초상화를 그린다면 그 사람은 쉽게 추락하지 않는다 이 말입니다. 최소 5년은 그 자리를 지킬 거란 뜻이죠."

그때 문화부의 하급 관리인 젊고 살이 포동포동 찐 사람이 홀에서 나와서 그들 쪽으로 다가왔다. 그는 뭐라도 먹고 마셔볼까 하는 기대를 갖고 남아있었고, 그의 시선은 위쪽에 연회가 차려져 있는 박물관 관장의 집무실을 더듬고 있었다. 그는 문제의 기사가 전면에 보인 채 창틀에 구겨져 있는 신문을 발견하고는 무슨 연유에서인지 지나치게 반색을 했다.

"아! 신문 읽고 계시네요! 마리나 세묘노바가 살인자로 지목되었다는 내용을 읽고 계시는군요!"

"선생님도 알고 계시나요?"

포고딘이 허세를 부리듯이 질문했다.

"모르는 사람이 있나요. 저도 오늘 아침에 메신저로 기사 링크를 받았습니다. 제대로 걸려들었던데요. 세묘노바는 신문사를 상대로 엄청난 액수로 소송을 걸 수 있어요! 허위 사실을 유포했으니까요!"

"그런데 만약 그녀가 정말로 살인자라면요? 그럴 가능성을 배제할 수는 없죠. 그렇다면 이 모든 일이 상당히 이상하게 돌아가고 있다는 겁니다. 언론에서는 왜 이것을 터트린 걸까요? 그녀가 미리 알고 증거를 인멸한 뒤 해외로, 예컨대 태국 같은 곳으로 도주할 수 있잖아요. 그들은 마리나 세묘노바를 노리는 것이 아닙니다. 검찰 총장 카푸스틴을 노리는 거죠. 이건 모스크바 검찰 총장에게 주는 신호인 겁니다. 카푸스틴의 옷을 벗기라는 것이죠. 그것도 아니라면 이건 검찰 총장이 우리한테 기사를 통해서 보내는 일종의 사인입니다."

키가 작은 사내가 말했다.

"사인이요? 황색 언론으로요? 웃기는 소리예요."

포고딘이 어깨를 으쓱하면서 말했다.

"저에 대해서는 어떤 기사가 난지 아세요? 우리집 창문 아래로 숫처녀가 줄을 서 있다는 겁니다. 그러니까 저기 시골에서 아가씨들이 자신들의 처음을 주려고 무더기로 몰려온다는 거예요."

이 말을 하면서 포고딘은 어색하게 환한 미소를 지어 보였다.

"그러니까... 찌라시 수준이라고 보시면 됩니다, 여러분. 참, 내 키다리 아가씨가 어디 있더라? 내 뮤즈! 누가 데려가면 안 되는데."

그의 뮤즈는 마치 그가 부르기라도 한 것처럼 금세 그의 옆에 와 있었다. 그녀는 원피스가 조금 조이는 듯했다. 그녀가 자신의 기다란 몸에 조금만 힘을 줘도 원피스 원단이 흔들렸다. 그녀의 몸은 어서 속히 원피스를 벗어나고 싶어 하는 것처럼 보였다.

"자기? 우리 여기 얼마나 더 있어야 해요?"

그녀는 화가의 귀에 대고 애교 섞인 목소리로 말했다.

"금방 나가자고, 베이비. 연회가 있는 위층에 잠깐 들렀다 가자. 그 동안 자기는 저기 가서 콧잔등에 분이나 바르고 있어."

키다리 아가씨는 그를 향해 고개를 끄덕이더니 향긋한 알데하이드 향을 남긴 채 멀어져 갔다.

"부럽습니다, 선생님처럼 위대한 분들 말입니다."

뚱뚱한 하급 관리인은 그녀에게 느끼한 시선을 보내면서 부러운 마음을 한껏 드러냈다.

"그러니까 카푸스틴에 대해 선생님께서는 어떻게 생각하십니까? 그의 안위는 걱정할 필요가 없을까요?"

키가 작은 사내는 여전히 하던 이야기로 돌아가서 질문했다.

"입은 삐뚤어져도 말은 바로 해야죠! 그 사람의 안위가 위태로운 것이 아니라, 그 사람이 다른 사람의 안위에 위협을 가하는 것이죠!"

뚱뚱한 관리인이 웃으면서 말했다.

"카투시킨이라는 기자가 사과한 거 보셨어요? 보셨냐 고요? 차마 눈 뜨고는 못 보겠던데요!"

그는 스마트폰을 꺼내어 집게손가락으로 터치를 하더니 두 사람에게 선명한 화면을 보여줬다. 스마트폰 액정에는 칠이 벗겨진 벽면을 배경으로 기자 카투시킨의 머리가 흐릿하게 보였다. 머리에는 무언가를 감추려는 듯 '올림피아드-80'이라는 로고가 그려진 우스꽝스러운 모자를 깊숙이 눌러쓴 상태였다. 카투시킨의 벌겋게 충혈된 눈 아래에는 시퍼런 멍이 보였다. 그는 앞이 잘 안 보이는 듯 연신 눈을 깜빡였다. 그리고는 쉰 목소리로 말했다.

"저희 주의 검찰 총장님께 용서를 구하고 싶습니다... 제가 틀렸습니다. 저는 외국 회사로부터 돈을 받고 그냥 그들이 시키는 대로 하려고 했습니다. 그리고 저의 조국을 지저분한 추문으로 오염시켰습니다... 저는 허위 사실을 유포했고, 거짓말쟁이입니다. 저는 배신자입니다. 하지만 이제 저는 죄를 자백합니다. 제가 선생님의 선량한 이름을 더럽힌 죄를 용서해 주십시오... 선생님은 자신의 몸을 사리지 않고, 헌신적으로 법질서를 지키고 계십니다..."

퉁퉁 부은 카투시킨의 입술은 힘들게 움직이고 있었다. 그의 볼에 난 풍성한 턱수염 사이로 보랏빛 멍이 보였다.

"이제 그만, 그만 좀 해요. 이런 머저리 같은 사람의 얼굴을 들여다 봐서 뭘 하려고? 저 자의 등이 완전 가재처럼 휘어졌네요. 이제 '사이렌'이라는 신문은 폐간될 겁니다. 저는 연방 정보통신검열국에서 철저하게 조사를 해줬으면 해요."

포고딘이 손사래를 치면서 말했다.

"그럼 마리나 세묘노바는요? 그 여자는 략진의 죽음에 관여했을까요? 아니면 아무 상관 없을까요? 뭐가 어떻게 된 걸까요?"

키가 작은 사내는 여전히 흥분을 가라앉히지 못했다.

하지만 박물관에 여전히 남아있는 방문객들이 로비에 밀려들고 있었다. 모두가 어니스트 포고딘을 에워쌌다. 곧 선택받은 손님들을 위한 연회가 시작하려던 참이었다. 그들은 다양한 타르트와 코냑의 쓴맛을 떠올리며 미리부터 들떠있었다. 화가를 칭찬하는 소리가 사방에서 들려왔다.

그들 모두가 어니스트 포고딘을 칭송하면서 중앙 계단 앞까지

왔을 때였다. 화가는 망사로 된 치마의 밑단을 사각거리면서 자신을 향해 걸음을 재촉하는 세묘노바를 보았다. 그녀의 뒤를 따라 일류센코가 재규어 모피 코트를 들고서 휘청거리면서 걸어오고 있었다.

"어니스트! 어니스트!"

세묘노바가 그를 불렀다.

"미안해요, 내가 많이 늦었죠? 시간은 없고, 전시회는 놓치기 싫고 그랬어요!"

그녀는 잔뜩 들떠 있었고 의상, 얼굴, 몸매 어디 하나 흠잡을 데 없이 완벽했다. 뚱뚱한 하급 관리인은 감탄하면서 눈을 껌벅였고, 키가 작은 사내는 자신의 짧은 머리카락을 넘겨 올렸으며, 어니스트 포고딘은 몸을 숙이고 그녀의 향기 나는 손에 키스했다.

14

도시의 광장에서 체육대회가 열렸다. 그곳은 사람들의 흥겨운 몸짓과 대화로 온통 시끌벅적했다. 노점에서는 잘 부쳐진 알라지*와 삶은 옥수수를 팔았고, 스비텐**과 묘다부하***를 따라주었다. 광장 한 쪽에는 민속놀이를 하는 경기장이 만들어졌다. 청소년들은 산책하는 사람들의 함성을 들으면서 하키를 했다. 하키 채는 마치 펜싱 래피어****처럼 공에 붙었다 떨어지기를 반복했다. 가장무도회 복장을 한 이들은 사람들에게 랍타(러시아 전통 놀이), 코냐시카(인간 말 게임), 비시발리(어린이용 공놀이)를 하자며 주의를 끌었다. 유모차에 탄 볼이 발그레한 아기들은 마치 신하를 내려다

* 팬케이크의 일종
** 동 슬라브 민족의 전통음료
*** 물, 꿀, 이스트를 넣어서 만드는 발효주
**** 찌르기 전법 전용의 얇은 검

보듯 부모들을 바라보았고, 종종 울퉁불퉁한 아스팔트에 러시아 국기를 떨어뜨리곤 했다. 무대 위 큐브형 스피커에서는 차스투시카(러시아 구전 노래)가 빠른 속도로 흘러나왔다.

드디어 광장 전체에 웅장한 목소리가 울려 퍼졌다. 주지사가 도시 주민들에게 환영사를 하러 온 것이다. 양쪽으로는 부하 직원들이 일렬로 서 있었다. 조금 있으면 이 지역의 가장 인상적인 경기들이 펼쳐질 예정이었다.

"서방에서 우리나라를 공격했을 때"

주지사가 고래고래 소리를 외치며 말했다.

"해를 거듭할수록 우리에게 도핑 의혹을 제기하고, 우리나라 스포츠를 폄하하고, 우리를 국제 경기에서 제외하려는 시도를 할 때도, 우리는 억울하다고 해서 얻어맞은 개처럼 으르렁대지 않았습니다. 우리끼리도 잘할 수 있습니다! 우리에겐 우리만의 스포츠가 있습니다. 우리에게는 주먹 싸움*과 벽 싸움**이 있습니다. 이외에도 우리는 다양한 경기에서 이미 두각을 나타내고 있습니다! 우리에게는 가장 유연한 체조 선수들이 있습니다. 우리에게는 가장 강력한 육상경기 선수들이 있습니다. 우리는 그 누구에게도 우리를 중상모략 하도록 묵시하지 않을 것입니다. 그들이 우리를 괴롭히는 이유는 우리가 두렵기 때문입니다. 그렇지요?"

광장은 흥분한 사람들의 함성으로 웅성거리기 시작했다. 무리

---

* 격투기와 같은 러시아 전통 놀이
** 두 팀이 벽처럼 마주보고 일렬로 써서 싸우는 전통 놀이

속에 끼여서 불편하게 다리를 움직이고 있던 레노치카는 연보라색 풍선을 흔들었다. 그녀가 근무하고 있는 부처 사람들도 모두 이 행사에 참석했다. 전날 인사과장이 층마다 돌아다니면서 직원들에게 무슨 일이 있어도 반드시 참석하라고 엄포를 놓았기 때문이기도 했다. 레노치카는 지시에 순순히 따랐다. 사람들은 홍에 겨워 모처럼 생기에 넘쳤다. 광장 한복판을 힘센 사람 한 명이 헬스기구를 들었다 놨다 하면서 다녔다. 여자 광대는 뚱뚱한 여자들에게 훌라후프를 나누어주면서 누가 제일 오래 잘 돌리는지를 지켜보았다. 광장 주변에 있는 일부 거리는 통행이 제한되었고, 그곳에서는 파이와 국기를 판매했다.

민족별로 텐트가 쳐졌다. 소수민족은 전통의상을 선보였다. 타타르인들은 착착(전통음식)을 판매하고, 우즈베크인들은 슈르파(전통음식)를 팔고, 바슈키르인들은 쿠미스(전통음료)를 따라주고, 카지키스탄인들은 플로프(전통음식)를 내오고, 체첸인들은 호박을 넣은 빵인 힌칼시(전통음식)를 대접했다. 냄비에서는 미각을 자극하는 연기가 나고, 장작에서는 불이 활활 타올랐다. 여기저기에서 우스꽝스러운 공과 배드민턴 라켓과 투포환이 그려진 의상을 입은 사람들이 아이들과 놀아주었다.

소문은 광장을 따라 퍼졌다. 레노치카는 동료들이 뉴스를 전달하는 것을 들었다. 동료들은 정말 놀라운 소식을 중계하고 있었다. 마리나 세묘노바가 체포되었다는 것이었다. 안드레이 이바노비치 랴진의 내연녀에 관한 뜨거운 소문이, 한껏 변형되고 뒤틀린 채 퍼져나갔다. 경솔하고 애교 많은 랴진의 내연녀는 회화 박물관에서 나올 때 체포되었다는 말들이 있었다. 그녀가 멋진 차를 향해 계단을 내려가던 중 사방에서 경찰들이 그녀를 덮쳐 와서는 부드러운 손목에 수갑을 채웠다고 주장하는 이들도 있었다.

어떤 이들은 또 세묘노바가 아로마 목욕을 하고 있을 때 체포됐다고 떠들어 댔다. 검은색 복면을 쓴 사람들이 피부미용 클리닉 '바실리스크'에 들이닥쳤다는 것이다. 옷을 벗은 채로 땀을 빼면서 우유와 꿀 그리고 에센셜 오일을 탄 따뜻한 물에 잠겨있는 뻔뻔한 그녀를 그들이 탕에서 끌어내고 팔을 꺾었다는 것이었다.

그리고 세묘노바가 죽은 랼진의 고해 성사를 맡았던 전담 신부에게 고해 성사를 하고 난 뒤 경찰에 자수했다는 이도 있었다. 신부가 그녀에게 세상의 심판을 받으라고 종용했다는 것이다. 세묘노바가 청바지와 바지 차림으로 군데군데가 훼손된 지저분한 길을 지나 도시 전체를 횡단해서 제 발로 경찰서에 갔다는 것이었다. 혼자 이렇게 중얼거리면서 말이다.

"용서해주세요, 용서해주세요, 용서해주세요!"

레노치카는 황당한 소문에 어안이 벙벙해졌고, 마리나 세묘노바의 치욕스러운 장면을 상상 속에서 이리저리 떠올려 보느라 귀가 빨갛게 달아올랐다. 언젠가 그녀는 세묘노바의 옆모습을 위아래로 슬쩍 훑어봤던 적이 있다. 그 여자의 턱에는 이구아나를 연상시키는 자루가 하나 달려있었다. 모두가 칭찬하고 감탄해 마지않는 미녀에게도 결점이 있었던 것이다. 안드레이 이바노비치가 설마 이걸 못 봤을까?

마리나 세묘노바는 학업을 중단한 데다 낙하산이어서 항상 똑똑하게 보이고 싶어 했다. 한 번은 레노치카가 랼진의 지시로 그녀의 집에 간 적이 있었는데, 그때 그 여자는 다운받은 영화를 보고 있었다. 인기척이 들리자 그녀는 '정지' 버튼을 눌렀고, 화면은 검은색과 회색이 섞인 수수께끼 같은 장면에서 멈췄다.

"너 '쿨레쇼프 효과'라고 들어봤니? 몰라? 어쩜 그렇게 멍청하니. 그건 말이야 편집을 할 때 서로 다른 이미지 두 개가 앞뒤로 충돌하면서 새로운 의미가 탄생하는 것을 뜻해."

세묘노바는 레노치카의 무식한 순간을 잡아내고 싶어 안달이 난 듯했다. 그녀는 새로운 단어를 알아내는 것을 좋아했고 그때마다 사람들이 있는 곳에서 끊임없이 그 단어를 반복해 사용하곤 했다.

"레나, 너랑은 매번 뭔가 자메뷰 같아. 뭘 자꾸 눈을 깜박거려? 자메뷰라고. 데자뷰 같은 건데 정반대 의미야. 오래전부터 알던 사이인 것 같기는 한데 네 멍청한 모습은 볼 때마다 새로운 거 있지."

'물활론', '인류 지향 원리', '빌헬름 라이히', '유한 계급론', '지구촌', '스토캐스틱'과 같은 단어가 그녀의 입술에서 나왔다. 어떤 단어가 정확하게 어떤 뜻을 갖는지 항상 제대로 이해하는 것은 아니었지만, 그녀는 모든 문장과 단어를 혀에 넣고 무슨 별미인 것처럼 음미하는 것이었다. 일류센코는 그녀의 결핍된 지적 욕구를 충족시켜주는 액세서리 같은 존재였다. 그들은 자주 남들의 사랑에 대해서, 그것을 쟁취하기 위한 책략 같은 것에 대해서 논쟁을 벌이곤 했다. 레노치카는 가끔 그들의 대화를 엿들을 때가 있었다.

"마리나, 당신은 인간 사냥꾼이에요. 당신은 벤자민 프랭클린의 전략을 아주 잘 터득하고 있어."

일류센코는 과자를 씹으면서 말했다.

"그게 뭐지?"

세묘노바가 질문했다.

"그건, 당신이 명령을 내리지 않고 부탁을 하는 거지. 당신이 무언가를 해달라고 부탁을 하면, 부탁 받는 쪽에서는 그 부탁을 기꺼이 계속해서 들어주게 되는 거야."

"또, 내가 뭘 또 잘하는데?"

기분이 좋아진 세묘노바가 질문했다.

"또요? 파셔네이션."

"그건 또 뭐지?"

"그건 당신이 누군가를 홀리는 것을 뜻해. 그래서 당신의 손아귀에 걸려든 희생양은 도덕이나 이성이라는 다른 신호를 못 듣는 거지. 희생양은 당신의 덫에 걸린 그 상태를 좋아하게 되는 거야."

가끔 마리나 세묘노바는 람진이 근무하는 부처에 오기도 했다. 그러면 람진은 신경이 예민해졌다. 그는 최소한 자신의 집이나 직장에서 만나는 건 피했으면 했기 때문이다.

"장관님은 지금 손님 접대를 하고 계십니다."

레노치카가 그녀에게 말해주었다.

그러면 세묘노바는 타조 가죽으로 만든 자신의 값비싼 가방을 소파에 던지고는 거울을 보면서 머리 스타일을 분주하게 매만지기 시작했다. 갈색 머리카락 밑에 풍성한 볼륨을 넣기 위해 어떤 난해한 무스를 뿌렸다. 그러면 응접실은 사향으로 가득 찼다.

"아니 어떤 패거리가 와 있길래 이렇게 오래 걸리는 거지?"

그녀는 거드름을 피우면서 질문했다. 그럴 때면 레노치카는 짜증을 누르면서 얼버무렸다.

"토지 관리 관련해서 논의 중이세요."

가끔 세묘노바가 착하게 굴 때도 있긴 했다. 레노치카에게 여성용 화장품을 선물한 적이 있었다. 하지만 화장품은 레노치카에게 안 맞았고, 그녀는 그걸 쓰레기통에 던져버렸다. 세묘노바의 이러저러한 훈계들과 함께. 그런데 그녀가 했던 조언이 어느 날은 인격형성 트레이닝에서 암기하게 시키는 만트라처럼 레노치카의 머릿속에 박혔다.

"만약 남자가 말을 안 들으면 잠잘 때 각방을 쓰면 돼. 그러면 바로 실크처럼 나긋나긋해지거든."

세묘노바는 이런 방식을 고인이 된 랼진에게 적용했다. 한 번은 장관이 꼬박 일주일 동안 자신과 잠자리를 못 한 적이 있었다. 그는 그녀의 집 현관을 세게 두드리고, 벨을 누르고, 소리를 지르고 사정도 해봤지만, 그녀는 자기 뜻을 굽히지 않고 잔인하게도 문을 열어주지 않았다. 그녀는 대꾸도 안 하고 문도 걸어 잠갔다. 사건의 발단은 지극히 사소한 것이었다. 그녀는 랼진과 함께 공개적으로 남편과 아내처럼 유럽 여행을 떠나고 싶었던 것이다. 선물도 많이 받고 오페라 공연도 보고 레스토랑도 다니면서 말이다. 하지만 랼진은 그들의 관계가 공공연하게 알려지는 것이 두려웠다. 그는 아내와 주지사를 두려워했다. 그들 부부는 주에서 주최하는 가족의 소중함에 관한 세미나에도 등록을 했다. 유럽 여행을 갔다가는 비난을 당할 수 있었다.

하지만 이제 장관은 죽었고, 도시 전체는 왠지 모를 축제 분위기로 들떠있었다. 무대에 시장이 등장했다. 거대한 화면 안에 유독 그의 처진 볼살이 커다랗게 잡혔다.

"우리 도시는 지난 한 해 동안 새로운 늑목을 열 개나 설치했습니다. 우리는 다음 세대가 운동을 하고 건강하게 지낼 수 있도록 신경을 아주 많이 쓰고 있습니다…"

광장에 시장의 단조로운 일장 연설이 울려 퍼지고 있었다. 시장의 말을 듣는 사람은 없었다. 그의 말은 사소한 대화와 인사를 위한 반주에 지나지 않았다. 시민들은 그의 앞에서 누군가가 뿌려놓은 만화경 속 형형색색의 자갈처럼 서 있었다. 분홍색 자갈은 옆길로 새버렸고, 하늘색 자갈은 휘어진 대각선 방향으로 움직였고, 갈색 자갈은 원을 그리면서 돌고 있었다.

하지만 무대 아래 펼쳐진 소인국에서 갑자기 분리론자적 목소리가 등장했다.

"공원을 어떻게 지킨단 말입니까? 공원에 있는 나무를 다 베어버릴 심산이잖소!"

목소리는 확성기에서 나오고 있었다. 확성기를 갖고서 어떻게 금속 탐지기를 통과해 들어왔을까? 누가 눈감아 주었단 말인가?

"당신은 누구요? 왜 축제를 망치는 거요?"

화가 난 시장이 말했다. 사람들이 술렁이기 시작했다.

확성기에서 나오는 목소리는 강세 있는 음절과 정확한 억양으로 분명하게 발음하기 시작했고, 페스트에 걸린 것처럼 소동을 일으키는 어떤 무리가 주동자의 말을 받아서 동조했다.

"공원은 우리 것이다! 공원은 우리 것이다! 공원은 우리 것이다!"

무대 위에 있는 사람들이 부산하게 움직였다. 고위직 공무원들 주위에 만일의 사태를 대비해서 경호원들로 이루어진 인간 벽이 만들어졌고, 광장에는 사람들 사이를 뚫고 사방에서 무장 경찰들이 나타나 소동을 일으키는 사람들 쪽으로 서둘러 달려갔다.

"우리는 역사적으로 의미가 있는 도시공원을 파괴하는 행위를 중단할 것을 요구합니다! 이것은 우리의 문화이고, 우리가 호흡하는 폐입니다. 우리 자녀들에게 무엇을 유산으로 물려줄 겁니까? 여러분, 지금 여기에서 우리가 주는 세금으로 배를 불리는 이들에게 물어봅시다! 저기 회화 박물관 근처에 훼손된 하수 처리 시설은 고칠 생각도 안하면서 이들이 하는 일 좀 보십시오!"

그의 동조자들은 손뼉을 치고 응원을 보냈지만, 주동자의 목소리는 그 즉시 중단되었다. 그 이유는 무장 경찰들이 검은 까마귀처럼 그와 함께 하는 이삼십 명에 달하는 동조자들을 에워쌌기 때문이었다. 확성기는 빼앗겼고, 여자들의 비명과 욕설이 오갔다.

레노치카는 주동자의 얼굴을 자세히 보려고 노력했지만 사람들이 몰려들어 밀치고 시야를 가리는 바람에 잘 보지 못했다. 경찰들의 동그란 헬멧의 윗부분과 사람들의 머리가 흔들리는 것만 보일 뿐이었다. 이렇게 해서 갑자기 등장한 공원 보호론자들은 광장에서 쫓겨났다. 그들 중에는 쉬러 왔다가 연행된 선량한 시민들도 있는 것 같았다. 어떤 할머니가 욕하는 소리도 들렸다.

"존경하는 여러분! 저들의 선동에 말려들지 마십시오! 저들은 우리가 오랫동안 준비해 온 스포츠 행사를 망치려고 합니다! 하지만 우리는 저런 불량배들이 축제를 망치도록 방관하지 않을 겁니다. 우리는 계속해서 오늘 행사를 기뻐하고 즐길 것입니다."

주지사가 사람들에게 말했다. 그의 말에 답례라도 하려는 듯이 관악기 연주가 시작되었다. 갑자기 옛날 소련 시대 노래가 광대하게 흘러나왔다.

하늘에 열기가 뜨거우리!
영웅에 대해 노래하리!
운동이 우리를 발전시키리니!
정정당당하게 겨루어봅시다!

"저게 뭔데요? 뭔데요?"

레노치카가 연거푸 같은 질문을 반복했다.

"공원 보호주의자들이죠. 뭐, 벌써 끌고 갔어요. 전부 15일 동안 구금할걸요. 아니 할 일 없으면 집에나 있을 것이지!"

그녀의 동료 중 한 명이 대답했다.

"레노치카, 우리 차라리 도넛이나 먹으러 가요."

그들은 그곳에 모인 사람들 틈을 비집고 나갔다.

"확성기를 들고 있던 사람은 누구였을까요?"

사방에서 사람들이 질문했다.

“공원을 없앤다나 봐요. 그런데 저런다고 해결되는 것도 아니고.”

“전쟁을 일으켜도 소용없을 거예요.”

“도둑놈들 같으니!”

“시장은 듣고도 공원에 대해서 아무 말도 못 했어. 힘이 없는 거지!”

군중에게 뿌려진 동요의 씨앗에서 가느다란 줄기와 싹이 났고, 사람들 사이로 퍼져나갔다. 잔뜩 흥분한 입들은 쫑긋 세운 귀에 궁금한 이야기들을 쏟아 부어줬다. 레노치카는 들었다.

“그런데 그 남자 틀린 말을 한 것도 아닌데...”

“기억하세요, 시장이 플래시몹을 발표했던데? 표트르와 페브로니야 동상 앞에서 최고의 사진을 찍는 사람을 뽑았대요. 그중에 사진을 가장 잘 찍은 사람들에겐 바다에서 쉴 수 있는 여행 상품을 준다고 했었죠. 그런데 결과적으로 그 상품은 시청공무원들이 다 받아갔다죠. 그리곤 국민들을 마치 무슨 병신들처럼 해산시켰다고요!”

“전쟁 참전용사의 집을 허물고 매음굴을 만들었어요. 그리고 거기에서 모피코트를 판매하고 있어요.”

“공원을 밀고 사무실을 지을 거예요. 사람들이야 막사 같은 데서 살든 말든 말이죠.”

“우리는 지붕이 무너져 내리는 임시 거처에서 살고 있어요.”

“도둑놈들! 정말 짜증 나는 사람들이에요! 방송 통신회사 메가

폰 운영비는 누구 돈으로 하는 거죠?"

레나가 있는 쪽으로 지인들이 다가왔다. 그들은 그녀에게 고개를 끄덕하며 인사했다. 그녀는 그들 중 한 명에게 한쪽 손을 흔들어서 답례했다. 하지만 그녀의 머리는 마치 망치로 한 대 얻어맞은 것 같았다. 세묘노바에 대해서 사람들이 하는 말이 정말인가? 그녀는 빅토르의 배신을 어떻게 견딜 것인가? 자신도 정말 부서를 옮기게 된단 말인가?

커다란 곰 모양의 키 큰 인형이 그들의 길을 막고 섰다. 곰은 그들과 포옹하길 원했다. 레노치카는 피했지만, 동료 중 한 여성은 곰의 겨드랑이 밑으로 들어갔다. 그녀의 얼굴이 환하게 함박 미소를 지었다. 눈가에서 관자놀이까지 주름이 졌다. 무대에서 흘러나오던 노래는 신나는 후렴구로 마무리되었다. 광장에 있던 사람들은 흥분하더니 금세 또 진정했다. 사슴은 뿔을 거두고 사자는 세웠던 발톱을 거뒀다.

아니면 기분 탓인가? 광장 여러 군데에서 소리 지르는 사람들이 불쑥불쑥 등장했다.

"공원은 우리 것!"

"공원에서 손 치워라!"

무슨 연유에서인지 오차코프시와 크림반도를 정복하던 시기에나 입었을 법한 올림픽 유니폼을 입은(바지의 세로줄이 있는 부분에는 '소치-2014'라는 로고가 그려져 있었다) 체육부 장관이 무대로 나와서 마이크 앞에 섰는데 긴장한 기색이 역력했다. 하지만 그는 사람들이 큰소리로 외쳐대는 말을 무시하면서 준비해 온 종이를 들고 연설을 했다.

"우리나라에서 최초의 축구 시합은 1897년 상트페테르부르크에서 있었습니다. 러시아 최초의 프리미어리그는 1912년에 개최되었습니다. 당시에 러시아가 우크라이나를 상대로 6:1로 압도적인 우승을 거뒀습니다. 최초의 전용 스케이트장은 상트페테르부르크에서 1838년에 건설되었습니다. 최초의 피겨스케이팅 페어 경기도 바로 다름 아닌 우리나라에서 1908년에 개최되었습니다. 스키와 관련해서는 15세기에 벌써 스키를 탈 줄 아는 군인이 따로 있었다는 기록이 남아 있습니다. 그리고 1704년부터는 심지어 스키를 타면서 우편배달을 하는 우체부들도 있었습니다. 최초의 러시아 스키 선수권대회는 모스크바에서 1910년에 있었습니다. 스키 스포츠 분야에서는 우리나라 여성들도 괄목할만한 성과를 보였습니다. 1935년에는 다섯 명의 붉은 군대 여성 간부들이 모스크바에서 튜멘시까지 2132km에 달하는 거리를 95일 만에 정복했습니다. 1936년에는 전자 제품 공장 여직원 열 명이 모스크바에서 토볼스크시까지 2400km에 달하는 거리를 40일 만에 완주했습니다. 한편 1937년에는 콤소몰* 운동선수 다섯 명이 울란우데**에서 모스크바까지 스키를 타고 갔습니다. 그들이 스키로 이동한 거리는 6065km에 달합니다."

"공원을 건드리지 마라!"

---

* 소련 공산주의 청년조직

** 러시아 부랴티야 공화국의 수도

사람들 중 몇 명이 소리를 질렀다.

하지만 장관은 이에 아랑곳하지 않고 하던 말을 계속했다.

"우리나라 최초의 하키 경기는 1899년에 상트페테르부르크에서 투치코프 다리 근처에 있는 스케이트장에서 개최되었고, 러시아와 영국이 대결을 벌였습니다. 점수는 4:4로 동점이었습니다. 그리고 다들 아시다시피 우리는 캐나다를 제치고 세계 최강이 되었습니다. 자전거 스포츠 관련해서는..."

"공원은 우리 것! 공원은 우리 것!"

이제는 제법 큰소리로 사람들이 외치고 있었다. 또다시 경찰들이 보이기 시작했다.

"도대체 뭣들 하시는 겁니까?"

체육부 장관이 당황하면서 말했다.

"다들 미친 거 아닙니까? 지금 목소리를 높이고 있는 분들은 현장에서 테러 혐의로 체포할 겁니다. 여러분은 질서를 어지럽히고 있고, 축제를 훼방놓고 있습니다. 쓸데없는 행동을 당장 중단해 주십시오, 여러분!"

체육부 장관은 어찌할 바를 몰라서 동료들 쪽을 둘러봤다. 주지사는 무대에서 이미 내려간 지 오래였고, 그를 도와주려고 문화부 장관이 서둘러 그를 향해 오고 있었다. 그가 머리에 쓰고 있는 스키용 하얀 털모자가 눈에 띄었다.

"친애하는 동포 여러분, 진정해주시기를 부탁드립니다."

그는 당황한 체육부 장관을 대신해 국민들을 향해서 호기롭게 연설을 시작했다.

"저도 여러분처럼 이 도시에서 자랐습니다. 저도 이 공원에서 산책을 해왔습니다. 저는 문화부 장관으로서 우리의 과거의 유산을 열심히 보존할 것을 약속드립니다. 우리 자녀들의 건강 역시 마찬가지입니다. 거짓말쟁이들의 말을 믿지 말아 주세요! 아무도 공원을 없애지 않을 겁니다! 더 아름답게 바꾸려고 하는 것이란 말입니다. 상점, 카페테리아, 비즈니스 센터도 짓고 말입니다. 공원은 예전보다 더 활기를 띠게 될 것입니다. 여러분은 오히려 시장님께 감사하게 될 겁니다!"

"우리는 공원이 더 아름다워지는 것을 원하지 않습니다!"

캡 모자를 쓴 중년의 남성이 다소 높은 음으로 소리를 지르자 경찰들이 그를 향해 가늘게 눈을 뜨더니 그를 광장 밖으로 끌고 갔다.

"수치스럽습니다! 수치스럽습니다!"

십여 명의 사람들이 따라서 외쳤다.

"질서를 어지럽히는 행위를 중단하십시오. 여러분을 해칠 사람은 없습니다!"

문화부 장관은 계속해서 말했다.

"여러분 자신을 우습게 만들지 마십시오! 여러분은 지금 조종당하고 있는 겁니다. 여러분은 지금 속고 있는 겁니다. 일부러 여러분의 화를 돋우는 겁니다. 이렇게 하면 누구에게 득이 될지 생각해 보십시오. 왜 공원을 갖고 이렇게 난리를 피우는 겁니까? 누가 먼저 시작한 겁니까? 한두 명의 소위 말하는 열성분자들의 소행이란 말입니다. 만약 이런 식으로 계속 소란을 피우면..."

"너나 잘해!"

레노치카의 옆구리 쪽에서 누군가가 외쳤다. 그녀는 주위를 둘러봤지만, 누군 그런 막말을 했는지 알 수가 없었다.

사태가 심각한 것을 눈치챈 많은 사람들은 광장에서 유모차를 끌고 아이들을 데리고 나갔다. 축제에서 흘러나오는 음악의 속도에 변화가 있었다. 알레그로에 포르테시모와 아지타토가 섞였다. 문화부 장관은 연설을 계속했다. 그는 자신의 연설에 심취해있었다. 그의 행동에는 대각선이나 날카로운 모서리 같은 구석이 있었다.

"모든 비극은 자신의 역사를 존경하지 않는 데서 비롯됩니다!"

"공원은 우리의 역사가 아니란 뜻입니까?"

레노치카의 오른쪽에 있는 베레모를 쓰고 있는 여자들이 화를 참지 못하고 소리를 질렀다. 그녀의 동료는 도넛은 까맣게 잊었다. 그녀는 화가 나있었다.

"도대체 뭐 하는 인간들이야? 왜 물을 흐리고 난리야? 축제의 시작이 얼마나 좋았는데!"

그녀는 공원 보호론자들을 욕했다.

하지만 문제는 해결될 기미가 보이지 않았다. 그들을 억압하면 할수록 사람들을 광장에서 끌어내면 낼수록, 공원 보호론자들은 더 거세게 저항했다.

"소파힌 선생님을 풀어 주십시오! 그런 게 역사를 존경하는 거죠!"

레노치카 근처에 있는 한 청년이 인상을 찌푸리면서 소리 질렸다.

“뭐예요, 소파힌을 또다시 체포했어요?”

그녀는 놀랐다.

“그놈의 소파힌을 체포하든 말든!”

동료가 대답했다.

그들 옆으로는 빛나는 헬멧을 쓴 검은 기사들이 허벅지에는 곤봉을 차고 소란을 피우는 사람들을 찾아 사람들 사이를 비집고 다녔다. 그들은 자신들의 무장한 딱딱한 등으로 레노치카의 동료들을 아프게 밀치며 지나갔다. 장관들 역시 무대에서 사라졌다. 이제 마이크 옆에는 견장을 차고 있는 사람이 서서 자기 앞에 있는 사람들을 마치 최면술사나 거리에서 패딩 파격 세일을 홍보하는 직원처럼 설득하고 있었다.

“여러분이 하는 행위는 범법행위입니다. 당장 과격한 행위를 중단하십시오. 아무런 잘못도 없는 무고한 시민들의 휴식을 방해하지 마십시오. 반복합니다. 여러분의 행위는 범법행위입니다. 당장 과격한 행위를 중단하십시오. 무고한 시민들의 휴식을 방해하지 마십시오.”

레노치카는 걸음을 재촉했다. 그녀가 들고 있던 연보라색 풍선은 그녀의 손가락을 벗어나서 원, 타원, 물방울 모양으로 흐느적거리며 하늘 위로 올라갔다. 그녀는 약간의 소란이 있음에도 불구하고 여전히 축제가 계속되던 거리로 나왔다. 그리고 한 텐트 앞에서 아시아인 요리사가 주는 음식을 받으려고 줄을 섰다. 벽에 붙은 탄두르*에서는 삼사**가 구워졌다. 삼각형 모양의 뜨거운 삼사는 특별 제작된 기다란 모양으로 탄두르에서 꺼내졌고, 방금 구워진 따끈따끈한 삼사는 허기진 행인들의 주머니를 노렸다.

"뭐로 할 건데?"

누군가 레노치카에게 말을 건넸다. 누군가 그녀의 어깨를 두드렸다. 그녀는 뒤를 돌아보았다. 그녀 뒤에 빅토르가 서운하고 약간 미안한 표정으로 가느다랗게 눈을 뜨고 있었다. 레노치카는 즉시 그 자리를 벗어나려고 했으나 빅토르는 그녀의 어깨를 낚아채고 강아지 같은 표정으로 그녀의 눈을 뚫어져라 쳐다봤다.

"자기야, 잠깐만! 날 피하지 말고, 내 말 좀 들어봐!"

레노치카는 여전히 저항했다. 하지만 빅토르는 그녀를 단단히 잡았고, 그러자 그녀는 순한 양처럼 저항을 멈췄다.

"너 도대체 왜 그래? 전화는 왜 안 받고? 너 나한테 왜 이러는 거야?"

"내가 왜 그러냐고! 네가 더 잘 알 텐데!"

레노치카가 식식거리면서 대답했다. 주위에 줄 서 있는 사람들은 시끄럽게 수다를 떨고 있었다. 삼사는 계속해서 구워졌고, 구워지는 즉시 손님 접시에 담기고 있었다. 삼사의 옆 부분은 기름으로 번들거렸고, 위에는 참깨 씨앗이 뿌려져 있었다.

"세묘노바 때문인가?"

빅토르가 그녀를 흔들고서는 말했다.

---

* 인도식 화덕

** 파이의 일종

"내가 설명했잖아! 내가 조사하고 있던 사람이었어! 나는 위에서 시키는 대로 했을 뿐이라고! 그 여자의 환심을 사야 했으니까! 내 말 알아들어?"

"그 여자 체포됐어요?"

레노치카가 중얼거렸다.

"그래, 내가 그 여자의 구속 영장을 준비했어."

빅토르는 작은 목소리로 낮게 읊조렸다.

"랼진의 집 주위에서 차를 세워놓고 엘라 세르게예브나를 감시하고 있더라고! 가정부가 엘라 세르게예브나의 시체를 발견한 바로 그 날 말이야!"

"엘라 세르게예브나 집 근처에서요?"

"그래, 맞아! 집 안에 들어가서 정보를 좀 캐오라는 임무가 있었어. 그런데 넌 날 의심이나 하고 말이야. 자기, 내 말 듣고 있어?"

"마리나 세묘노바가 엘라 세르게예브나를 죽였어요."

레노치카가 바보처럼 중얼거렸다.

"그게 그런 게 아니야. 하지만 기사가... 중앙 신문에 실린 기사 봤어?"

빅토르가 말했다.

"자동차... 니콜라이..."

"맞아. 우리도 그 사람이 세묘노바의 부하직원이라는 것 정도는 알고 있어. 그 사람이 랼진을 마지막으로 차에 태웠고..."

그들은 서로 밀착했다. 마치 샴쌍둥이처럼 붙어서는 서로에게 귓속말을 했다. 그들은 서로를 뜨거운 입김으로 달구고 있었다.

요리사는 그들에게 주문을 하라고 재촉했고, 1분 후에 두꺼운 종이 접시에는 다진 고기와 렌틸콩이 들어간, 밀가루로 만든 납작한 편지 봉투 같은 빵 두 개가 담겼다. 빅토르는 돈을 꼼꼼하게 셌고, 레노치카는 쟁반에 있던 냅킨을 챙겼다. 그들은 플라스틱으로 만든 테이블 쪽으로 갔고, 거기에는 이미 고집을 부리는 아이를 데리고 있는 신혼부부가 벨랴시*를 입에 우겨넣고 있었다. 아이는 몸을 비틀면서 심하게 징징대고 있었는데, 듣기가 무척 힘들 정도였다.

레노치카는 뜨겁고 바삭한 삼사의 끝부분을 냅킨으로 받쳐 들고서 한입 베어 먹을 부분을 요리조리 찾아봤다. 광장에서는 진정하라고 종용하는 단조로운 톤의 명령이 더 이상 들리지 않았다. 또다시 음악 소리가 크게 들렸다. 한편 교차로의 사격장과 석궁과 활이 있는 텐트 뒤에는 죄수 수송 차량이 서 있었다. 고래고래 소리를 지르는 사람들을 쇠로 된 갑옷 안으로 감추고 포장한 것이었다.

"그 여자와 키스하고 있던걸요. 엘리베이터 안에서요."

레노치카는 맛있어 보이는 삼사 조각 하나를 삼키면서 말했다.

"믿음을 주기 위해서 그런 거야, 그것도 일이라고!"

빅토르는 주장을 굽히지 않았다. 그는 여전히 레노치카를 놓아주지 않았다. 한 손으로 그녀의 어깨를 잡은 채, 다른 한 손으로는 삼사를 잡고 있었다.

"물론 그랬겠죠, 굉장히 유쾌한 일이죠. 잠도 같이 잤겠네요?"

---

* 타타르족의 전통 빵

"나라고 좋아서 그랬겠어? 당신이 내 맘을 알기나 해!"

빅토르가 식식거리면서 말했다.

"그런데 자주 그런 식으로 일해요? 용의자랑 같은 침대에서요?"

그들은 여전히 논쟁하고 있었지만, 이제는 서로 화를 내지 않고 함께 먹을 빵 껍질을 찾은 박새 두 마리처럼 행동했다. 그 사이 아이의 땡깡은 정도를 넘어서서 밖으로 내보내 졌는데, 아이는 발버둥을 치면서 거부했다. 그 가족이 나간 자리를 두 명의 불만 가득한 여자들이 차지했는데, 그들의 뾰로통한 얼굴에는 가난이 묻어 있었다. 어찌어찌 자리를 차지한 그들은 불평하면서 다른 사람들에게도 들으란 듯이 말을 했다.

"어쩜 저런 식으로 축제를 망칠 수가 있담!"

"아무런 죄도 없는 사람들은 또 어쩜 그렇게 쉽게 현혹되던지. 들었어요, 들었어요? 그들이 목에 핏대를 세우던 거 말이에요!"

"우리 애들을 조종이나 하지 않았으면. 다 저능아들 같아요! 그런 식으로 해서 뭘 얻겠다고. 얻어터지기나 하죠."

"내일 멋진 시간을 한 번 만들어봅시다. 사람들을 교육하자고요."

"맞아, 맞아요. 소파힌은 한 명으로 족하다고요! 이제는 광장에도 애들을 내보내기가 겁난다니까요."

레노치카는 귀를 쫑긋 세웠다. 레노치카는 그들이 엘라 세르게예브나가 교장으로 있던 학교의 선생들인 것을 직감했다.

"여러분은 소파힌 선생님을 아세요?"

레노치카가 질문했다.

화가 난 여자들은 마치 기다렸다는 듯이 말했다.

"네, 우리는 그 사람과 같이 일했어요! 오래 전부터 시작된 문제를 바로 잡으려고 애를 쓰고 있어요!"

그 중 한 명이 잔뜩 화를 내면서 말했다.

"나는 그가 아이들을 잘못된 길로 인도하고 있다고 엘라 세르게예브나 선생님께 말을 했었어요! 수업 시간 내내 쓸데없는 것만 주입시키고 있더라니까요! 내가 한 번은 그 사람 수업을 잠깐 들어봤는데, 글쎄 뭐라고 하는지 알아요?"

다른 한 명이 흥분한 상태로 말했다.

"뭐라고 했는데요?"

첫 번째 교사가 잔뜩 화가 난 상태로 덤벼들었다.

"홀로도모르* 말이에요! 상상이 가세요? 그는 아이들에게 아무런 거리낌도 없이 30년대에 기아를 조장했다는 식의 말을 했단 말입니다. 농부들에게서 씨앗을 빼앗듯이 말입니다. 이삭 세 알법** 얘기는 왜 한답니까? 왜, 왜 그 얘기는 들먹인단 말입니까?"

한 여교사의 얼굴이 화가 나서 일그러졌다. 그녀의 미간에는 주름이 졌다.

"기아에 관해 이야기하는 것이 나쁜가요?"

---

* 기아로 인한 살인

** 소비에트 연방의 모든 재산은 국가재산으로 간주하며, 이 국가재산을 함부로 탐할 경우 10년 이하의 금고형 혹은 재산을 몰수하고 사형을 시킨다는 법이다.

레노치카는 자신이 핵심을 파악하고 있는지 확인차 질문했다.

"거짓말하니까 하는 말입니다! 대놓고 거짓말을 하니까요! 날조하니까요! 거짓부렁이란 말입니다!"

첫 번째 교사가 화를 내며 얘기했다.

"우리나라에서는 1929년에 벌써 정부 관료들의 노력 덕분에 인류 역사상 처음으로 실업률을 제로화했단 말입니다, 이해하세요? 계획 경제와 산업화를 도입해서... 실업률을 없앴고요. 스탈린은 우크라이나에 드네프르 수력발전소를 지어줬고, 그들에게 전기를 공급해줬는데, 그들은 고맙다는 말은 고사하고, 징징대고, 저주나 해댄단 말입니다. 홀로도모르에 대한 파시스트적인 이야기나 유포하고 있고요. 그리고 우리 학교의 소파힌이라는 사람은 자기 우물에 침을 뱉고 있단 말입니다!"

"소련시대 때에는"

첫 번째 교사가 잔뜩 화가 난 목소리로 덧붙였다.

"우크라이나 인구가 두 배까지 늘어났는데, 소련이 붕괴하자마자 인류학의 운명도 끝이 났단 말입니다. 그들은 남의 나라의 대사관을 욕하고 손만 벌릴 줄 아는 작자들이에요. 그런데 소파힌은 그들이 하는 말을 따라 하는 것도 모자라 아이들에게 세뇌를 시키고 있다고요! 그런 자는 감방에서 좀 썩어야 해요. 당연히 그래야 합니다."

"그 사람 돈 받고 그런 걸 거예요. 미국인들한테 말입니다. 그가 그토록 좋아하는 미국에서 어떤 일이 벌어졌는지 알고나 그런 거였으면. 거기에서는 30년대에 700만 명이나 기아로 죽었답니다.

거기도 홀로도모르가 있었답니까?”

여교사의 목소리는 떨렸고, 건조한 손바닥으로 움켜쥔 찻잔에서는 김이 모락모락 났다.

“네, 우리도 여러분과 논쟁할 생각 없습니다. 우리도 같은 생각이에요.”

빅토르가 말했다.

그는 식사를 끝냈고, 그의 손은 이제 자유롭게 레노치카를 만지고 있었다. 레노치카도 싫지는 않았다. 그녀는 이제 빅토르의 것이고 싶었다. 그녀는 아페투오소*, ‘슬프고, 열정적이며, 굉장히 다정하게’가 점점 더 강렬하게 연주되고 있는 축제 음악에 귀를 기울였다. 레노치카는 빅토르의 어깨에 기댔다. 그녀의 가슴이 황홀함으로 차올랐다.

---

* 악보에서 감정을 지니고 연주하라는 말

15

알코올 중독자인 아버지가 돌아가시고 나서 레노치카의 삶에는 잠시 변화가 있었다. 어머니는 힘 좋고 돈 많은 어떤 남자를 데려왔다. 돈의 출처는 어둡고 의심스러웠지만, 마리네이드와 술 냄새로 진동하던, 습기로 인해 쿰쿰한 냄새를 풍기던 흐루쇼카*에 볕이 들고 배부른 날들이 이어졌다. 남자는 낙천적이고 힘이 좋았다. 그의 근육으로 다져진 울퉁불퉁한 등에는 지방종이 퍼져있었고, 문신이 그가 움직일 때마다 연보라색 카펫처럼 흔들렸는데, 그의 등에는 용의 비늘, 십자가들, 여자의 가슴 같은 것이 그려져 있었다. 그는 한 달 동안 모습을 보이지 않다가 폭죽처럼, 요란한 불꽃놀이처럼 다시 돌아왔다. 그럴 때면 엄청나게 많은 음식과 선물 상

---

* 소련이 주택 문제를 해결하기 위해 만든 아파트로, 니키타 흐루쇼프 집권 당시에 대량으로 건축하여 국민들에게 배당해주었다. 벽이 얇아서 단열이 안 되고 방음도 잘 안 되는 아파트이다.

자들이 등장했다. 어머니에게는 밍크코트를, 레노치카에게는 컴퓨터를 사주었고, 그 덕분에 레노치카는 동급생 친구들 사이에서 일약 스타가 되었다. 부엌에는 커다란 냉장고가 생겼고 방금 잡은 돼지고기나 쇠고기, 생선과 연어 알이 들어찰 데가 없을 정도로 먹을 것이 넘쳐났다.

그해 여름에 그 남자가 준 돈으로 레노치카는 이모와 할머니와 같이 별장에서 살게 되었다. 별장 인근의 호숫가에 있는 멋진 집 한 채를 임차했다. 레노치카는 졸업시험을 앞두고 있었고, 시험공부를 위해 선생님을 고용했다. 그녀는 지금도 그해 비가 많이 내리던 8월을 생생하게 기억하며 그리워했다. 방학이 얼마 전에 시작됐나 싶었는데, 가을이 어느새 훌쩍 다가와 있었고 곧 학교로 돌아가야 했다. 공기 중에는 이미 거름 냄새가 흐릿하게 났다. 비와 차가운 이슬에 젖은 레드커런트는 슬프도록 시큼한 맛을 냈다. 자작나무 잎사귀 끝이 군데군데 노랗게 물들었다. 미용실에서는 이런 걸 보고 하이라이트라고 할 것이다. 탈색 말이다. 당시에 레노치카는 유행하는 단어들을 많이 익혔다. 할머니가 귀를 뚫으면 안 좋다고 말렸지만, 드디어 귀를 뚫었다. 할머니는 귓불에 구멍이 생기면 시력이 안 좋아진다고 확신하고 있었다. 말도 안 되지만 말이다. 레노치카는 다행히도 귀를 뚫은 후에도 여전히 시력이 좋았다. 심지어 소파힌의 옷깃에 있는 도트 무늬의 개수까지 셀 수 있을 정도로 시력이 좋았다.

소파힌이 그녀의 개인 수업을 맡았다. 레노치카는 1년 내내 시험공부를 해야 했는데 그때 소파힌이 등장한 것이었다. 그는 빨간 머리에 떨리는 듯 가느다란 손가락을 가진 남자였으며 채식주의자였다. 게다가 굉장히 수다스럽기도 했다. 할머니는 그를 보자마자 금세 좋아했지만 결혼도 안 하고 이젠 싱싱함과 젊음을 상실한 레노치카의 이모는 그를 보자마자 미워했다.

"나는 채식주의자들이 너무 싫어."

한 번은 그가 가고 나서 이모가 중얼거렸다.

"항상 뭔지 모르게 불만이 있거든. 내 동기의 아내가 처음에는 고기를 안 먹더라고. 그런 다음에는 생선을 거부했어. 그리고는 생식으로 전환하더라고. 결국 크리슈나파* 사람들이 있는 수도원으로 가버리더라고."

"소파힌은 계란은 먹어요."

무슨 이유에서인지 레노치카는 그의 편을 들었고, 이모는 여전히 언짢은 기색이 역력했다.

정말로 무엇을 어떻게 요리할 것인지에 관한 그의 집착에는 뭔가 병적인 데가 있었다. 하지만 레노치카는 그가 자신을 어른처럼 대해주는 것이 마음에 들었다.

한 번은 그들이 고대에 대해 공부를 하며 음식 얘기를 나누었는데, 그가 그녀의 실수를 집어냈다.

"Ab ovo usque ad mala. 이것은 '처음부터 끝까지'를 뜻하죠. 라틴어를 그대로 직역하면 '계란부터 사과까지'를 의미해요. 로마 사람들은 음식을 먹을 때 삶은 계란부터 먹었어요."

---

* 힌두교의 주요 종파 중 하나인 비슈누파의 한 분파이다.

소파힌은 불만 섞인 투로 중얼거렸다.

"저는 계란을 하나 이상은 못 먹겠어요."

레노치카는 공부 외에 다른 얘기 하는 것은 뭐든 좋아서 그의 말에 대꾸했다.

"다진 계란 먹어본 적 있어요? 계란을 완숙으로 삶아서 노른자를 떼어내고 시금치, 버섯, 간으로 만든 파테*를 넣어 섞고..."

그때 삐거덕거리는 문소리가 들리더니 이모가 방을 들여다봤다.

"요리 수업하라고 돈 드리는 거 아닙니다!"

그녀는 선생을 질책했다.

소파힌은 얼굴을 붉히며 초조해하기 시작했고, 문제집을 들고 입을 다물었다. 남은 한 시간 동안 그들은 비잔틴 제국이 멸망하기 전의 황제들에 대해 공부했다.

레노치카가 그를 남자로서 좋아했을까? 그렇지 않았던 것 같다. 그는 너무 창백하고 나이가 많았다. 레노치카가 그의 나이를 짐작한 것은 그가 해주는 이야기의 도움이 컸지만 말이다. 얼굴만 봐서는 알기 힘들었다. 목에는 베이지색 모반이 있었고, 콧부리에는 주름이 져 있었으며, 가느다란 코를 가진 남자였다. 그들이 표트르 대제의 법령에 관해 그리고 술 취한 남편을 정부에서 운영하는 술집에서 끌어낸 아내들을 처벌하는 것에 관해 논의하던 중이었다. 그가 갑자기 안락의자에 기대서는 슬픈 목소리로 고백했다.

* 걸쭉한 형태의 햄

"내 아내가 알코올 중독자였어요, 레노치카. 당신은 내 말을 잘 이해해줄 것 같아서 털어놓는 거예요. 당신은 앞으로 앞길이 창창하죠. 아직 발효되지 않은 열매랄까..."

레노치카는 얼굴이 빨개지는 것 같은 기분이 들었지만, 바로 등을 곧게 펴고 진지하면서도 안타까워하는 듯한 표정을 지으려고 노력했다. 그녀는 자기에게 잘 어울리는 집에서 입는 오렌지색 사라판을 입고 있었고, 자신이 시집갈 때가 다 된 아가씨처럼 보인다고 상상했다. 많은 것을 경험했으며, 나쁘고 부도덕한 여자로 인해 고통을 받았던 그가, 닻을 향해, 구원자를 향해 헤엄쳐 오듯 레노치카에게 온 그가, 그녀의 신랑감이란 말인가.

이런 생각을 하면 할수록 그녀는 이것이 점점 더 사실인 것처럼 느껴졌다. 이모는 할머니가 없을 때면 특히나 더욱 소파힌에게 상처가 되는 말을 내뱉곤 했다. 이모는 그가 레노치카에게 조금 빠져있다는 것을 느낄 수 있었기에, 그래서 시기하고 겁이 났던 것이다.

"언제까지 이렇게 개인 수업을 하면서 사실 건가요?"

그녀는 테라스에서 차를 마시며 스스럼없이 물었다.

"아시다시피 이웃집이다 보니 여기 와 있는 겁니다. 방학 기간이기도 하고요. 학교에서 받는 급여 외에 두 명이 생활하기에는 괜찮은 벌이가 된 달까요..."

소파힌이 그녀에게 보고하듯이 말했다.

"당신이 입고 있는 셔츠를 봐서는 그런 것 같지 않은데요. 그리고 '옆집에 살기 때문에'가 무슨 뜻인가요? 우리를 그만큼 경멸한다는 뜻인가요?"

이모는 무례하게 그의 말을 잘랐다.

"제가 경멸에 대해 언급했나요? 당신은 항상 내 말을 지나치게 꼬아서 듣는군요. 그러면 조카님에게 내 편을 들어달라고 부탁하는 수밖에 없겠군요."

그는 큰 소리로 웃으면서 말했다.

"애한테요?"

그녀는 짐짓 한숨을 쉬면서 자리에서 벌떡 일어나 소리를 질렀다.

그럴 때면 레노치카는 속상하고 마음이 아프고 불쾌했다. 블루스타킹*은 또다시 이제 막 활짝 핀 레노치카를 보고 질투에 눈이 멀었던 것이다. 근처에 있는 가게에 식료품을 사러 가면서 이모는 그녀에게 질문했다.

"레노치카야, 넌 왜 높은 굽이 있는 구두를 신은 거니? 우리는 지금 리셉션에 가는 게 아니라 시골에 살고 있잖아. 네 패션 감각은 어디에 있니?"

"제가 신고 싶은 대로 신었을 뿐인걸요."

레노치카는 시무룩하게 중얼거렸다.

"아니면, 네 선생님이 널 볼까 봐 그러는 거니? 그 사람은 이상하고 믿을 수가 없는 사람이야. 그 나이에 역사 수업을 하는 사람이라니! 쥐꼬리만 한 급여로 버티는 꼴이라니... 콧부리에 덜렁거

* 여성성이 결여되고, 옷도 입을 줄 모르는 여자들을 지칭하는 말.

리는 머리카락이나 좀 없앴으면 좋겠어. 엄청 거슬리거든. 그것 때문에 그 남자 눈을 제대로 쳐다볼 수가 없어."

한 번은 레노치카의 집에 여자 친구들이 놀러 와서 그들은 함께 호숫가로 갔다. 장마가 지나 뜨겁고 무더운 태양의 계절이 오자 다시금 학교에 갈 날들이 많이 남아있었다. 방학은 그대로 영원히 지속할 것만 같았다. 친구들은 나무판자 위에서 차가운 호수의 가장 깊은 곳으로 뛰어들었다. 레노치카는 비키니 수영복을 입고, 보라색으로 반짝이는 탄환 모양의 귀걸이를 하고 있는 자신이 상당히 여성스러운 것처럼 느껴졌다. 보트를 타고 지나가던 청년들은 그들을 향해 손을 흔들었고, 그들은 미친 사람처럼 큰 소리로 웃어댔다.

레노치카가 그들을 버스 정류장까지 바래다주었을 때, 길에서 소파힌과 마주쳤다. 그는 웬일인지 그녀를 보자 너무 기뻐했고, 갑자기 큰 소리로 행복에 겨운 듯 외쳤다.

"오, 그대는 정말 아름다워요! 레노치카. 그 수영복 너무 잘 어울려요!"

그는 그녀에게 뛰어와서 허리를 잡고 위로 안아 올렸다가 내려주고는 그녀의 친구들에게 손을 흔들고 사라졌다. 이 모든 것이 너무도 갑작스러워서 레노치카는 숨이 멎는 것 같았다. 그녀의 여자 친구들도 물론 감동을 받았다.

"저 사람 뭐야? 네 개인 수업 선생님이야? 대박!"

레노치카는 어깨에 힘을 잔뜩 주고서 집으로 돌아왔다. 뭔가 중요한 것을 예감하면서 말이다. 집에서는 마치 그녀에게 무슨 일이 생겼는지 아는 것 같은 분위기였다. 할머니는 동문서답을 하고, 이모는 저녁 식사를 하는 동안 이상하게 행동하더니 식사를 끝내고 설거지를 한 후에는 빨리 자기 방으로 들어가 버렸다.

다음날 소파힌이 수업을 하러 왔을 때 그는 뭔가 진지했고 심지어 슬퍼 보이기까지 했다. 전날의 경솔함은 온데 간데 없었다. 그들은 러시아 혁명까지 공부를 했다. 수업 도중 그는 갑자기 레노치카의 얼굴을 빤히 쳐다보고는 말했다.

"그거 알아요? 당신의 이모님은 당신을 아이로 생각하는데, 나는 당신을 나와 같은 어른으로 대해요. 당신은 내가 하는 말을 깊이 느껴요. 이런 일은 흔치 않죠..."

레노치카는 몸이 얼어붙은 것 같았다. 그들이 마치 순간이동을 해서 극장 무대로 온 것 같았다. 심장은 마구 뛰었고, 동시에 그녀는 제 3자가 되어 그런 자신의 모습을 감상했다.

"얘기할 게 있어요. 나는 사랑에 빠졌어요. 첫 번째 결혼이 실패하고 나서 이젠 그 누구도 못 만날 거라 생각했는데... 그런데 또다시 덫에 걸려들었네요. 전 기뻐요."

레노치카는 이해할 수 없다는 눈을 하고 소파힌의 얼굴을 빤히 쳐다봤다.

"저 결혼하려고 합니다."

소파힌이 미소를 지으면서 말했다.

레노치카는 밤새도록 손톱을 물어뜯으며 뒤척였고 뜬눈으로 밤을 새웠다. 겁이 나고 끔찍하면서도 한편으로는 기분이 좋았다. 그녀는 톨스토이의 '전쟁과 평화'에서 나타샤 로스토바와 관련된 부분을 찾아서 읽었다. 나타샤는 열다섯 살이었고, 그때 그녀는 처음으로 곧장 어머니에게 달려가서 소리 지르기 시작했다. '엄마, 엄마, 저 청혼 받았어요!' 레노치카는 과거에 이 부분을 읽을 때면 너무 끔찍했었다. 그런데 그녀가 지금 나타샤와 같은 상황에 직면해 있었다. 이혼 경험이 있는 성인 남자가 고등학생인 그녀에게 사랑을 고백한다니! 역겨우면서도 달콤했다. 그녀가 동의한다면? 그는 그녀가 만 16세가 될 때까지 기다려야 할 것이다. 부모의 동의하에 결혼할 수 있는 나이였다. 하지만 결혼에 대한 생각 자체는 아무래도 와 닿지 않았다.

다음 날 아침에 레노치카는 피곤하고 무거운 몸을 이끌며 아침 식사를 준비하러 부엌에 갔다. 이모와 할머니가 부엌에 벌써 나와 있었다. 할머니는 당황하면서도 생기 있고 기쁜 표정으로 레노치카를 쳐다봤다. 이모는 부엌 개수대 위에서 계란을 씻다가 레노치카가 오자 그녀 쪽으로 몸을 돌려 이야기했다.

"얘야, 나 결혼한다. 어제 소파힌씨가 나한테 청혼했어."

레노치카는 어제의 충격에서도 아직 벗어나지 못한 상태였다. 어떻게 그럴 수 있다는 말인가? 그러면 이 모든 것이 그녀만의 착각이었단 말인가? 그러니까 그가 사랑한 대상은 어린 그녀가 아니라, 늙고 따분한 이모였단 말인가! 이모는 그 길로 소파힌에게 시집을 가더니 심지어 아이까지 낳았다. 지금은 그녀가 땅을 치고 후회해도 이미 늦었지만 말이다. 그녀의 남편은 역사를 왜곡한 범죄자였으며, 신을 모독한 속물에 지나지 않았으며, 조국을 배신한 수감자이기도 했다.

레노치카는 남자 운이 없었다. 첫사랑 때부터 그랬다. 교과서 외에 읽은 책에 나오는 첫사랑은 달랐다. 그곳에서는 사랑에 빠진 사내아이들이 모두 고귀했다. 여자들은 부드러운 손가락과 작은 얼굴을 갖고 있었으며 영웅적인 행동을 했다. 나이팅게일이 노래했으며 인생은 즐겁기만 했다.

하지만 삶은 책과 달랐다. 녹슨 욕조의 수도꼭지에서는 물이 샜다. 어두컴컴한 방은 늘 지저분했고, 추한 장식장이 있을 뿐이었다. 오래된 크리스털 그릇과 휘어진 머리핀, 너덜너덜한 귀마개, 망가진 가구의 부품, 방전된 배터리 등과 같은 생활 쓰레기들은 여기저기에 널브러져 있었다. 어머니는 활발하고 돈 많은 남자와 스쳐 지나가는 짧은 연애를 하지 않는 동안에는 어린이집에서 당직을 선 이후에 늘 기분이 안 좋거나 너무 지친 나머지 항상 시비조였고, 그럴 때면 늘 셀로판지가 부스럭대는 소리를 내며 손을 더듬어 수면제를 찾곤 했다.

소파힌이 등장하기 2년 전쯤이었다. 레노치카는 당시만 하더라도 날씬하지도 않고, 뚱뚱하고, 옷도 시장에서 산 싸구려 티셔츠나 입고 있었다. 그녀의 회백색 피부에는 여드름 꽃이 피었다. 생물 선생님은 그녀의 한쪽 동공이 확장된 것을 보고는 돌연변이라고 불렀다. 아이들은 그 말을 기억했다가 레노치카를 보기만 하면 소리를 질러댔다.

"돌연변이! 돌연변이! 방사선!"

미성숙하고 여드름투성이에 예쁘지도 않은 레노치카는 모두가 좋아하는 시가라는 사내아이를 사랑하게 되었다. 키도 크고, 팔도

긴 아이였다. 에너지가 넘치고 앞에 나서기를 좋아하며 영리한 녀석이었다. 그의 반 친구들은 그를 '잘생긴 덤벙이'라고 불렀다.

레노치카는 반의 모든 여자아이들 역시 그를 굉장히 좋아하는 것 같다고 느꼈다. 실제로 어떤 바보 같은 여자아이와 그는 사귀었고, 레노치카는 괴로워하면서 그들의 로맨틱한 산책을 상상했다. 그들은 달콤한 커플이었다.

아니, 레노치카는 시가의 여자 친구 목록에 들어가고 싶은 마음이 전혀 없었다. 그녀는 스쳐 지나가는 비밀 연애를 꿈꾸는 것만으로 만족했다. 그녀는 학교 끝나고 둘이서 교차로에 서서 한참 동안 수다를 떨 그날을 상상하곤 했다. 레노치카는 유행하는 잡지에 나오는 예쁜 상의를 입고 있을 것이다. 속눈썹에는 마스카라를 바를 것이다. 피부는 깨끗하다. 그리고 시가는 그녀의 어깨를 톡 건드리고는 '아, 레노치카, 넌 정말…'이라는 말을 남기고 떠날 것이다.

마치 그녀가 너무 예뻐서 말을 끝맺지 못하는 것처럼 말이다. 그녀는 이 일을 밤마다 상상하면서 누구에게 기도하는지도 모른 채로 울며 기도했다. 그리고 조용히 소원을 빌며 중국 동전을 꺼내어 육각형 모양을 그리고는 던졌다. 어머니는 귀신같이 눈치 채고 욕을 중얼거렸다.

"미친년! 침대로 안 가! 너 때문에 잠을 못 자겠어!"

레노치카는 시가가 어디에 사는지 정확히 알고 있었다. 몇 동 몇 층인지, 1층으로 가는 입구는 어디에 있는지도 알고 있었다. 그는 학교에서 두 블록 떨어진 곳에 살았다. 그녀는 저녁이면 종종 그의 집 창문 아래를 서성이며 그의 방이 어느 쪽에 나 있는지를 알아 맞추려고 애쓰면서 한참 동안을 서 있다 가곤 했다. 그런 그녀를 그가 눈치 챈 것 같았다. 그들은 몇 번 그의 아파트 마당에서 마주친 적이 있었다.

"돌연변이 방사선! 너 여긴 웬일이냐?"

그는 소리 질렀다.

충격, 행복, 슬픔, 그리고 아픔. 이 모든 것이 한꺼번에 레노치카 안에서 뒤섞였고, 그녀는 머리끝까지 하얘져서 가게에 가는 길이었다든지, 그 건물에 여자 친구가 산다든지 하면서 둘러댔지만, 정작 시가는 듣지도 않고 가버렸다.

그와 함께 있는 순간 레노치카는 열이 났었다. 적어도 그녀는 그렇게 느꼈다. 귀에서는 소리가 나고 양손은 가늘게 떨렸다. 그녀의 짝이던 여자아이가 한 번은 이렇게 놀린 적이 있었다. '넌 꼭 어딘가에서 뛰어내린 애 같아.' 아이들은 모두 그녀에 대해 험담을 했다. 체육 시간에 탈의실에서 아이들은 레노치카가 지나가면 옆으로 비키며 키득거리면서 웃었다. 한 번은 토요일에 레노치카가 어려운 공부로 골머리를 앓고 있을 때, 모르는 남자가 전화를 해서는 자기가 시가의 친구라고 소개했다.

"시가가 널 많이 좋아해. 그런데 너한테 채일까 봐 두렵대. 나한테 대신 전화해달라고 부탁했어. 아무튼 30분 뒤에 학교 뒷마당으로 와, 시가가 그곳에서 너를 기다릴 거야."

레노치카는 그의 말을 안 믿는다고 대답은 했지만 머리에 피가 솟구쳤고, 등은 금새 땀으로 흥건해졌다. 만에 하나 혹시라도, 그 말이 진짜라면? 당당하게 걸어가야 했다. 그저 태연한 표정을 지으면 된다. 두 눈으로 확인하기 위해 왔다고 말하면서 말이다. 만약 그곳에 정말로 시가가 있다면, 이것은 무엇을 의미할까? 그녀는 어머니가 쓰다 만 베이지색 파우더를 찾아냈다. 손가락을 두드려서 파우더를 발랐다. 그리고는 자수가 덧대어진 새로 산 바지를 입고 밖으로 나왔다. 학교 근처에는 아무도 없었다. 가슴이 쿵쾅거렸다. 만약 사람들 눈에 띄면 우연히 지나가던 것처럼 보이려고 천천히 학교 주위를 한 바퀴 돌았다.

학교 후문 쪽에서 레노치카는 그대로 몸이 얼어붙는 것 같았다. 누군가 휘파람을 불었고, 귀에 거슬리는 명랑한 목소리들이 듣기에 지저분하고 역겨운 말들을 내뱉고 있었다. 몇몇 아이들은 큰 소리로 웃으면서 그들의 말을 따라 했다. 레노치카는 그대로 의식을 잃을 것만 같았다. 그녀는 어디에서 목소리가 들리는지 파악하기 위해 이리저리 뛰어다녔지만, 갑자기 누군가가 발을 구르면서 뭐라고 놀려댔다. 소리를 지르는 아이들은 배를 잡고 웃었고 그녀 옆을 뛰어서 지나쳐갔다. 대여섯 명은 되어 보였다.

모두 그녀와 같은 학교에 다니는 아이들이어서 그녀는 그들을 알고 있었다. 그리고 마지막 남아있는 아이는 얼굴을 붉히고 있는 시가였다.

"이봐, 시가! 저 애를 잡아서 네 걸 집어 넣어버려!"

친구들이 도망가면서 그에게 농담조로 소리 질렀다.

레노치카는 울지 않기 위해서 옆구리를 꼬집으면서 몇 번이고 반복해서 말했다.

"병신들, 병신들..."

하지만 이제 수년이 흐른 지금 레노치카는 드디어 행복을 찾았다. 비싼 속옷을 입고 있는 레노치카는 예뻐 보였다. 카펫 옆에 있는 테이블 위에는 초록색 포도가 산처럼 쌓여있었고, 잘게 썰어놓은 치즈 냄새가 진동했다. 레노치카를 사랑하는 빅토르가 세미드라이 스파클링 와인을 따라주고 있었다. 크리스털 같은 맑은 소리가 났다. 그들은 이미 오랫동안 앉아서 술을 마시고 있었고, 빅토르는 점점 짐승처럼 거칠어졌다. 레노치카는 오히려 그러면 그럴수록 흥분되고 자극되었다.

"나는 자기를 라디에이터에 묶고 싶어!"

빅토르가 그녀의 귀에 대고 속삭였다. 레노치카의 옷은 그녀가 옷을 벗었던 그 침실에 아직 널브러져 있었고, 플라스틱으로 만든 오뚝이는 옷장 속에서 멍청하게 그들을 쳐다봤다.

"자기가 하고 싶은 대로 해요..."

그녀는 잔뜩 흥분해서 대답했다.

그는 그녀의 뒷목을 잡아 자기 쪽으로 몸을 향하게 한 후에 그녀를 라디에이터 쪽으로 데리고 갔다. 가느다란 그녀의 양팔은 제비날개처럼 뒤로 꺾였다. 그는 그녀의 양손에 수갑을 채웠다. 레노치카는 카펫에서 시작된 애무가 계속되기를 바랐고, 호흡은 점점 더 가빠졌다. 빅토르는 거칠게 숨을 쉬면서 고양이처럼 생긴 그녀의 홍채를 탐욕스럽게 바라봤다. 그의 손바닥이 그녀의 가느다란 목을 움켜쥐었다.

"난 당신을 원해."

그는 거친 목소리로 말했다. 레노치카는 숨을 고르고는 유혹하듯 미소 지었다. 그녀는 속절없이 항복해 레이스가 뜯겨나간 채로 흔들리는 천장을 바라보는 장면을 상상했다.

"당신에게서 듣고 싶은 대답이 있어."

빅토르는 테스토스테론이 물씬 느껴지는 낮은 목소리로 말했다.

"네, 네, 네... 얼마든지!"

레노치카는 눈을 살짝 감았다. 그녀의 몸은 녹아내렸고, 그에게 복종하고 애무하고 섹스를 할 준비가 되어 있었다.

"너야. 안드레이 람진을 자살로 내몬 사람이 너라고."

빅토르가 그녀의 귓속에 대고 속삭였다.

순간 레노치카의 속눈썹이 위로 바짝 올라갔다.

"뭐라고요? 그게 무슨 말이죠?"

"맞아, 너는 일 년 내내 그에게 이름을 밝히지 않고 편지를 보냈어. 너는 너무 화가 나서 그를 가루로 만들 준비가 되어 있었지. 그리고 이 모든 것은 그가 네가 아닌 마리나 세묘노바를 사랑했기 때문이지."

그는 차분하지만 엄한 목소리로 말을 이어 나갔다.

레노치카는 저항을 해보았지만 수갑 때문에 손이 아팠다.

"날 풀어줘요! 무슨 말을 하는 거예요?"

그녀는 겁에 질린 채로 소리를 지르기 시작했다.

"허튼수작 부리지 마. 안 그러면 얼굴을 갈겨줄 테니까, 미친 년!"

빅토르가 엄포를 놓았다.

"다 알고 이러는 거야. 날짜 별로 네가 뭘 했는지 모두 안다고. 1년 전에 랍진이 술 취한 상태에서 널 따먹었지. 그리고는 너 혼자 착각에 빠져서는 그를 쫓아다니기 시작했어. 애정 어린 문자도 보내고 욕실에서 찍은 사진도 보내고 말이야. 그는 너로부터 벗어날 방법을 모른 채 혼자만 끙끙 앓았지. 그는 네가 미친년이고 동네방네 소문을 내리라는 것도 알고 있었어!"

"미친 건 당신이야! 개새끼, 미친 놈. 이런 뻔뻔한 인간 같으니! 경찰서에 가서 다 이야기할 거야!"

"이야기 해보시지!"

빅토르는 큰 소리로 웃었다.

"안 그래도 그들이 지금 이리로 오고 있어. 모든 증거가 바로 이 현장에 있으니. 너는 이메일 주소를 바꾸어 가며 그를 협박했지. 그의 자취를 따라 세묘노바의 집 근처까지 그를 미행했고. 그가 '토요타'에 타는 사진을 찍은 것도 너였어! 신문사에 자료를 보낸 것도 너고. 엘라 세르게예브나와 역사 선생을 밀고한 사람도 너야!"

"거짓말! 거짓말! 거짓말이야!"

레노치카는 소리를 질러댔다.

"진실이야. 네 아이폰에 그를 괴롭힌 증거들이 있는 것도 우연의 일치일까? 네 사진첩에 랍진이 비를 맞고 있는 사진이 있는 것도? 등록 안 된 유심카드로 그에게 끊임없이 메시지를 보낸 것도? 그것도 거짓말이라고 할 건가? 네가 직접 두 사람이 주고받은 내용을 캡처해 둔 화면이 그대로 저장되어 있는데도 발뺌할 거야? 그가 죽던 날 밤, 네가 그에게 무슨 문자를 보냈는지 다시 한번 상기시켜줄까? '나는 당신이 보여요. 당신은 운전기사를 퇴근시키고 좋아하는 잠바로 갈아입고는, 택시에서 내려서 그 여자 집 쪽으로 가고 있죠. 저는 이대로 물러서지 않을 거예요. 주지사에게 당신이 그 창녀를 위해 입찰을 몰아주는 것에 대해 편지를 쓸 참이에요.' 이런 문자를 5분에 한 번꼴로 보냈잖아! 럄진은 너무나 두려웠던 거야! 그래서 심장 발작이 온 거고! 너 때문에!"

"아니야! 당신은 내 아이폰을 볼 수 없었어! 당신이 알아냈다는 거짓말을 믿을 수 없어!"

레노치카는 절박하게 외쳤다.

"바로 이 방에서, 우리가 함께 보낸 첫날 밤에 나는 보았지. 네가 쳐 자고 있을 때 너의 손가락을 끌어다 아이폰 액정에 갖다 댔지. 비밀번호 잠금이 해제되었고, 너의 업무용 이메일도 있었어. 안드레이 이바노비치의 계정이었고, 너는 그것을 비서로서 운영하고 있었어. 나탈리아 페트로브나는 순진하게도 문제의 그 사진을 이 이메일로 보냈지. 채찍, 코르셋, 팜므 파탈을 어필하는 사진 말이야. 그녀 역시 자기 보스를 유혹하고 싶었던 것 같아. 그런데 너는 몰래 사진을 다운받은 후에 그걸 악용한 거지. 부처 내에 그 사진을 다 돌린 거야. 모두가 감상하라고 말이지."

"나를 뒷조사하다니, 이건 범법 행위라고!"

그녀는 저항했다. 소리를 질렀다기보다는 울부짖었다. 그녀의 목소리는 아카펠라를 부르는 소년처럼 불안정했다.

"니콜라이, 엘라 세르게예브나, 나탈리아 페트로브나, 톨랴와 너의 동료들! 이들 모두가 네 손에 놀아났다고! 만약 이래도 부정하면 내가 네 더러운 낯짝을 갈겨주지, 창녀야!"

레노치카는 몸이 덜덜 떨렸다. 그녀는 계속해서 비명을 질렀다. 그녀가 있는 힘껏 수갑을 풀려고 발버둥을 치자 팽이처럼 몸이 말렸다. 수갑이 라디에이터에 부딪히는 소리가 났다. 빅토르는 그녀에게 바짝 다가가서 자신의 뜨거운 손으로 그녀의 뜨거워진 이마를 눌렀다.

"당신은 그런데... 화내니까 참 예쁘네. 나 지금 흥분돼."

그는 숨소리를 내면서 말했다.

"나는, 나는..."

레노치카는 말을 더듬었고, 그녀의 턱은 떨렸다.

"나는 그들 내외를 죽이지 않았어요. 자기네들이 스스로 죽은 거라고요. 나는 안드레이 이바노비치가 그렇게 되었을 때 겁이 났어요. 나는 그를 사랑했어요! 나는 니콜라이가 그를 죽였다고 생각했어요. 나는 그가 살인을 자백하길 원했어요!"

"그랬구나?"

빅토르는 레노치카의 이마를 부드럽게 쓰다듬으면서 그녀가 잔뜩 흥분하도록 조롱했다.

"참, 니콜라이한테도 번호를 밝히지 않고 쪽지를 남긴 건가?"

"아니, 아니에요. 불에 태워버릴 까봐 겁이 났어요. 나는 메모를 타이핑했어요. 옛날 방식으로 쓴 메모지 말이에요. 이건 그 사람 잘못이에요! 그 사람이 죽인 거예요! 전 아니라고요!"

"아니, 그 사람을 죽인 건 자기야."

빅토르는 땀으로 흥건한 그녀의 사타구니와 배, 그리고 평평한 가슴을 손등으로 쓸어 올리면서 흥분되는 듯이 중얼거렸다.

"네가 사랑에 눈이 멀어서 네 상사를 죽인 거라고. 그리고는 그의 주변에 있는 모든 사람도 말이야. 부인, 애인, 그의 후임자, 총애받는 직원... 우리 아가씨는 몇 년이나 살다 나올까?"

"나는 절대 감옥에 안 가요! 나는 죄가 없다고요!"

그는 그녀의 따귀를 때렸다. 레노치카는 벽에 관자놀이를 세게 부딪혔다. 그녀의 광대뼈에 빅토르의 손바닥 자국이 벌겋게 났다.

"네가 한 짓은 짐승만도 못해! 다 불어야 할 거야!"

빅토르가 공표하듯 말했다.

"어떻게 남편과 아내를 모두 죽음으로 내몰 수 있지?"

그의 숱 많은 빨간 머리가 흥분한 나머지 시커멓게 변한 것 같았다. 그는 테이블 쪽으로 다가가서 잔에 든 와인을 한 모금 홀짝였다.

"지금 나한테 랍진이 그때 너를 어떻게 덮쳤는지 자세히 설명해 봐."

그는 안주로 포도를 먹으면서 말했다.

레노치카는 딸꾹질을 했고, 목구멍에 침이 자꾸 넘어와서 숨을 헐떡였다. 그녀는 부처에서 여는 연회가 끝나고 함께 랍진의 집무실에 갔었다. 그의 얼굴은 창백했고 눈에는 초점이 없었는데, 그가 거친 소리를 내며 자신의 응접실 문을 잠그고, 이리 저리 앞뒤로 분주하게 움직이던 일이 떠올랐다. 진자처럼, 재봉틀에 있는 바늘처럼.

"넌 내가 지금 뭘 원하는지 알 거야."

당시 그는 레노치카에게 이렇게 말했다. 그녀는 겁이 났지만 한편으로는 짜릿하게 몸이 굳었다. 정말 그 화려하고 예쁜 마리나 세묘노바를 버리고 나와 바람을 피운단 말인가? 그것도 누가? 장관님이 말이야!

장관은 배로 자신의 비서를 테이블 쪽으로 밀고는 치마를 들추고 스타킹을 찢었다. 그의 태도는 무서웠고, 다소 병적이었다. 랍진은 그녀에게 키스하지 않았다. 그는 그녀를 테이블 위에서 마치 창녀를 다루듯 사용하고는 자기 집무실로 들어가 버렸다. 다음날 아침에 레노치카는 값비싼 향수 하나를 선물로 받았고, 랍진은 그런 식으로 그 일을 덮으려고 했다. 세묘노바는 여전히 기세등 했다. 레노치카는 또 다시 그의 관심 밖으로 밀려났다.

하지만 레노치카가 그의 사랑을 받기에 부족했던가? 그에게 복수를 하고 싶지는 않았던가?

"마리나 세묘노바는 도둑질을 했어요...그녀는 감옥에서 나오면 안돼요!"

그녀는 한 단어 한 단어를 어렵게 내뱉었다.

"왜 마리나 아나톨리예브나가 감옥에 있다고 생각한 거지? 소문이 그렇게 난 거야. 가짜뉴스지. 그건 네가 허튼 수작을 못 부리도록 수를 쓴 거야."

"어떻게, 어떻게 그럴 수가? 감옥에 정말 안 갔단 말이에요?"

레노치카는 잔뜩 흥분해서 말했다.

"당연하지, 감옥에 없어! 집에 있어. 커피에 크림 넣어서 마시고 있지!"

"아아!"

레노치카는 더 이상 자제력을 잃고 소리를 지르기 시작했다. 그녀의 밝은 갈색 머리카락이 땀으로 얼굴에 들러붙었고, 라디에이터에 고정된 그녀의 몸이 괴로운 듯 흔들렸다.

"얼마든지 소리 질러, 들을 사람 없으니까!"

빅토르가 콧방귀를 뀌었다.

그는 목이 타서 와인을 벌컥벌컥 들이켰다. 울고 있는 레노치카는 불쌍하면서도 역겨웠고, 마치 죽지 않을 만큼만 밟아버린 곤충 같아 보였다. 날개는 없지만 아직 기어 다니는 곤충 말이다. 밖에서 경찰의 사이렌 소리가 들렸다. 그가 침대에 앉자, 패치워크로 만들어진 깨끗한 침대 덮개에 주름이 졌다. 핸드폰 문자 음이 연달아 울렸다.

'우리는 수사관 빅토르가 진짜 누구를 만나는지 알고 있다. 그 사람은 창녀 세묘노바가 아니다. 그 사람은 아무하고나 몸을 섞는 일류센코다'라고 문자는 말하고 있었다. 빅토르는 순간 몸이 얼어붙었다.

'빅토르, 넌 섹스를 했어.' 두 번째 문자였다.

'사제와 수사관이 이렇게 떡을 친다.' 세 번째 문자에는 영상도 첨부되어 있었다. 집에서 핸드폰으로 찍은 영상이었다. 빅토르는 완전한 나체 상태로 일류센코의 침대에 누워있었다. 화면 밖에 있는 일류센코의 목소리는 지나치게 상냥하고 부드러웠다. 화면 방향을 정면으로 틀었다. 그러자 둘 다 화면에 잡혔다. 그들은 서로 얼굴을 향한 채 코를 비비고 있었다.

놀란 빅토르는 영상을 껐다. 그의 양손이 경련했다. 그는 갑자기 멍하니 라디에이터에 묶여있는 레노치카를 바라보았는데, 그녀는 여전히 알아듣기 힘든 혼잣말을 계속했고, 속옷을 입고 있는 그녀의 몸매는 직사각형처럼 보였다. 가슴과 허리와 허벅지가 같았다. 그녀의 허벅지에는 보라색 모세혈관이 퍼져있었다. 양쪽 발이 앞뒤로 덜렁거렸다.

사이렌 소리는 이제 창문 바로 아래서 굉장히 크게 들렸다. 문 두드리는 소리, 비명 소리가 들리더니 레노치카를 체포하려고 빅토르가 아는 무장 경찰들이 침실에 들이닥쳤다. 레노치카는 엉엉 울면서 몸부림을 치기 시작했다.

"나는 안드레이 이바노비치를 사랑했다고요! 나는 그럴 생각이 없었어요! 마리나 세묘노바를 체포하세요!"

빅토르는 그길로 집에서 뛰쳐나와 차디찬 밤거리로 나왔다. 그는 계속해서 일류센코의 전화번호를 눌렀지만, 그는 전화를 받지 않았다. 그가 망할 놈의 기계를 땅에 던져서 돌로 부숴버리고 싶어 하던 찰나 액정에 갑자기 번호가 떴다. 모르는 번호였다.

"여보세요!"

빅토르는 잔뜩 풀이 죽은 바리톤 음으로 대답했다.

"빅토르, 빅토르!"

일류센코가 다급히 소리치고 있었다.

"내 아이클라우드가 털렸어... 빅토르, 내 말 들려? 클라우드가 털렸다고!”

빅토르는 도시를 가로지르는 자작나무 길로 등을 돌렸다. 그래서 시끄러운 욕설과 고성이 오가며, 총소리가 들리는 가운데 결박된 레노치카를 사람들이 끌고 나가는 모습을 보지 못했다. 그는 발길질하는 레노치카의 맨발도, 비싼 속옷 위에 걸친 연보라색 코트도 못 보았다.

빅토르의 맥박이 지나치게 빨리 뛰고 있었다. 레노치카는 체포되었지만, 중상모략과 밀고 바이러스는 집요하게 도시를 지켜보고 있었다. 누군가는 자신의 이웃을 몰래 염탐했고, 카자흐족들은 누군가 국가의 상징을 모욕하지는 않는지, 교량이 흔들리지는 않는지, 신성을 모독하지는 않았는지를 예의주시하며 무언의 채찍을 휘둘러 댔다.

주에 사는 주민들은 하고 싶은 말들을 지나치게 검열하며, 사방을 의심의 눈초리로 바라보았다. 혹시라도 소셜 네트워크에 무슨 실수라도 하지 않았는지, 호주산 고기나 프랑스산 치즈를 먹지는 않았는지, 개인 가상 사이트를 통해 금지된 사이트에 접속하지는 않았는지, 가지 말아야 할 곳에 다른 사람들을 끌어들이지는 않았는지 등...

용맹스러운 노래가 지붕 아래에서 흘러나왔다. 어딘가에서 국민 단결의 날 기념 행진을 연습하고 있는 것 같았다. 연주곡의 음들이 종종 이탈했다. 볼이 통통한 풍선 하나가 자유를 찾아 서둘러 하늘로 올라가고 있었다.

옮긴이 승주연

상트페테르부르크 국립대학교를 졸업하고 러시아어 언어학 석사학위를 받았다. 제 15회 한국문학번역상을 수상했다. 한국문학번역원을 통해 공지영의 〈봉순이 언니〉(Моя Бонсун), 오정희의 단편집 〈불의 강〉(Огненная река), 김애란의 단편집 〈침이 고인다〉(Женьшеневый вкус одиночества), 천명관의 〈고령화 가족〉(На краю жизни), 김영하의 〈무슨 일이 일어났는지는 아무도〉(Никто не узнает...), 정이현의 〈달콤한 나의 도시〉(Милый мой город)를 한러 번역해왔으며, 러한 번역서로는 국립어린이청소년도서관 우수 번역 도서로 선정된 〈어린이 도서관 사서를 위한 도서〉(Детский библиотекарь), 국립오페라단의 러시아 오페라 '보리스 고두노프' 공연 대본 등이 있다. 저서와 해설서로는 뿌쉬낀하우스에서 출간한 〈승선생의 119 러시아어〉와 〈러시아어 토르플 공식문제집 2단계 해설서〉가 있다. 현재 러시아어 자격증 시험 토르플 말하기 영역 감독관이자 한러 교류 협회 회원으로 있다.

상처받은 영혼들

초판 1쇄 발행 2019년 6월 28일

지은이 알리사 가니에바
옮긴이 승주연

편집 류순옥

삽화·디자인 Papergum
마케팅 이삼영

펴낸곳 도서출판 열아홉
발행인 함초롬
주소 서울시 종로구 효자로 7-2 오리온빌딩 302호
전화 02-720-1930
팩스 02-720-1931

종이 월드페이퍼(주)
인쇄·제본 현문자현

ISBN 979-11-966124-3-6

이 도서의 국립중앙도서관 출판예정도서목록(CIP)은
서지정보유통지원시스템 홈페이지(http://seoji.nl.go.kr)와
국가자료공동목록시스템(http://www.nl.go.kr/kolisnet)에서 이용하실 수 있습니다.
(CIP제어번호: CIP2019022642)